蛰居散记　欧行日记

郑振铎◎著

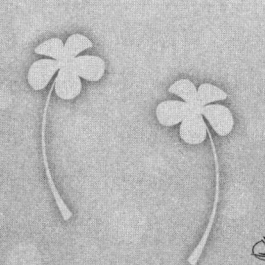
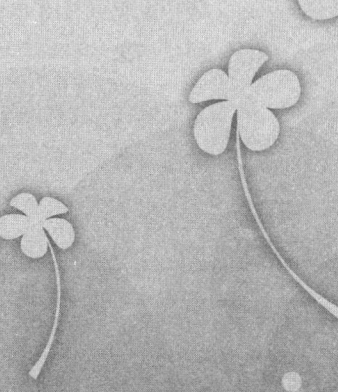

吉林出版集团股份有限公司

图书在版编目（CIP）数据

蛰居散记　欧行日记/郑振铎著.—长春：吉林出版集团股份有限公司，2017.11（2022.5 重印）
ISBN 978-7-5581-3082-3

Ⅰ.①蛰… Ⅱ.①郑… Ⅲ.①散文集—中国—现代②日记—作品集—中国—现代 Ⅳ.①I266

中国版本图书馆 CIP 数据核字（2017）第 262470 号

蛰居散记　欧行日记

著　者	郑振铎
策划编辑	何　宁
责任编辑	白聪响
封面设计	老　刀
开　本	650mm×960mm　1/16
字　数	180 千
印　张	15
版　次	2018 年 4 月第 1 版
印　次	2022 年 5 月第 2 次印刷

出版发行	吉林出版集团股份有限公司
电　话	总编办：010-63109269
	发行部：010-63109269
印　刷	三河市京兰印务有限公司

ISBN 978-7-5581-3082-3　　　　　　　　　　定价：45.80 元

版权所有　侵权必究

目 录

蛰居散记

自　序 ……………………………………………… 3
一　暮影笼罩了一切 ……………………………… 5
二　悼胡咏骐先生 ………………………………… 10
三　记刘张二先生的被刺 ………………………… 12
四　野有饿殍 ……………………………………… 17
五　鹈鹕与鱼 ……………………………………… 20
六　汉奸是怎样造成的 …………………………… 24
七　最后一课 ……………………………………… 27
八　烧书记 ………………………………………… 31
九　"封锁线"内外 ………………………………… 36
一〇　坠楼人 ……………………………………… 40
一一　从"轧"米到"踏"米 ………………………… 42
一二　韬奋的最后 ………………………………… 47
一三　记几个遭难的朋友们 ……………………… 52
一四　记吴瞿安先生 ……………………………… 56
一五　记复社 ……………………………………… 61
一六　"废纸"劫 …………………………………… 65
一七　售书记 ……………………………………… 68

1

一八 我的邻居们 ……………………………………… 72
一九 秋夜吟 …………………………………………… 75
附　录 ………………………………………………… 79

欧行日记

自　记 ………………………………………………… 119
欧行日记 ……………………………………………… 121

蛰居散记

Zhe Ju San Ji

自 序

胜利！胜利！胜利！

我们在水深火热的沦陷区里，度日如岁，天天盼着胜利的到来，简直如大旱之望云霓，我们忍受着人类所不能忍受的痛苦；我们吞声饮泣的睁眼看着狼虎的择肥而噬，狐兔的横行，群鬼的跳梁；我们被密密的网罗覆罩着；我们的朋友们里，有的杀身成仁，为常山舌，为文氏头，以热血写了不朽的可泣可歌的故事；有的被捕受刑，历尽了非人道的酷暴的待遇，幸而未死，然已疮痍满身，永生不愈；最大多数的人民是受着不可言说的压迫与恐怖，日在饥饿线上挣扎着；言之痛心，闻者酸鼻。

然而别一方面却是荒淫，奢靡，快乐无度。无耻与丧心病狂者流，统治了一切。敌人与勾结敌人之奸官，奸商，莫不致富万万，乃至数十百万万；人民求食所谓"文化粉"（北方以豆渣、花生壳、高粱、黍米等合磨为粉，称之为"文化粉"）而不可得，而彼等则食必珍羞，日掷百万而无吝；人民在黑暗中摸索着，而彼等则灯火辉煌，俾夜作昼；人民出无车，而彼等则汽车如虎，街头疾驰；人民住无室，而彼等则高楼巨厦，三宅四院而尚嫌不足；人民妻离子散，而彼等则娇妻艳妾，左拥右抱；人民衣裳褴褛，鞋穿袜破，而彼等则冠戴堂皇，靴光如漆。极度的荒淫无耻与极度的受压迫的呻吟，作着极鲜明的黑与白的对照，是地狱相，是鬼趣图。

而现在，胜利终于到来了！

但在这样的一个黑暗时期，一个悠久的"八年"的黑暗时期里，如果能有一部详细的记载，作为"千秋龟鉴"，实胜于徒然的歌颂胜利的欢呼。

我从"八一三"事变后，便过了好几次的流离迁徙的生活；从"一二·八"后，便蛰居于一小楼上，杜绝人事往来。虽受着不少次的虚惊，幸而未作"楚囚"，未受刑迫。胜利的欢呼，使我从冬蛰里苏生。我没有受害，没有入狱，竟也没有饥饿而死，不可不谓为一个"奇迹"！我在这里以十万分恳挚的敬意，致谢于许多帮助我隐匿着，生活着的朋友们。如果没有他们的好意与有勇气的担当，我也许早已遭逢了不幸。

劫后余生，痛定思痛，把这几年来目睹耳闻的事实，写了下来，成为这本《蛰居散记》，也许可以使将来的史家们有些参考罢。是为序。

一九四五，八，二十。

一　暮影笼罩了一切

"四行孤军"的最后枪声停止了。临风飘荡的国旗,在群众的黯然神伤的凄视里,落了下来。有低低的饮泣声。

但不是绝望,不是降伏,不是灰心,而是更坚定的抵抗与牺牲的开始。

苏州河畔的人渐渐的散去。灰红色的火焰还可瞭望得到。

血似的太阳向西方沉下去。

暮色开始笼罩了一切。

是群鬼出现,百怪跳梁的时候。

没有月,没有星,天上没有一点的光亮。黑暗渐渐的统治了一切。

我带着异样的心,铅似的重,钢似的硬,急忙忙的赶回家,整理着必要的行装,焚毁了有关的友人们的地址簿,把铅笔纵横写在电话机旁墙上的电话号码,用水和抹布洗去。也许会有什么事要发生。准备着随时离开家。先把日记和有关的文稿托人寄存到一位朋友家里去。

小箴已经有些懂事,总是依恋在身旁。睡在摇篮里的倍倍,却还是懵懵懂懂的。看望着他们,心里浮上了一缕凄楚之感。生活也许立刻便要发生问题。

但挺直着身体,仰着头,豫想着许多最坏的结果,坚定的作

蛰居散记

着应付的打算。

下午，文化界救亡协会有重要的决议，成为分散的地下的工作机关。《救亡日报》停刊了。一部分的友人们开始向内地或香港撤退。他们开始称上海为"孤岛"。但我一时还不想离开这"孤岛"。

夜里，我手提着一个小提箱，到章民表叔家里去借住。温情的招待，使我感到人世间的暖热可爱。在这样彷徨若无所归的一个时间，格外的觉到"人"的同情的伟大与"人间"的可爱可恋。个个人都是可亲的，无机心的，兄弟般的友爱着，互助着，照顾着。他们忘记了将临的危险与恐怖，只是热忱的容留着，招待着，只有比平时更亲切，更关心。

白天，依然到学校里授课。没有一分钟停顿过讲授。学生们在炸弹落在附近时，都镇定着坐着听讲；教授们在炸声轰隆，门窗格格作响时，曾因听不见语声而暂时停讲半分数秒，但炸声一息，便又开讲下去。这时，师生们也格外的亲近了，互相关心着安全。他们谈说着我们的"马其诺防线"的可靠，信任着我们的军官与士兵。种种的谣传都像冰在火上似的消融无踪。可爱的青年们是坚定的。没有凄惋，没有悲伤；只是坚定的走着应走的路。有的，走了；从军或随军做着宣传的工作。不走的，更热心的在做着功课，或做着地下的工作。他们不知恐怖，不怕艰苦，虽然恐怖与艰苦正在前面等待着他们。教员休息室里的议论比较复杂，但没有一句"必败论"的见解听得到。

后来，"马其诺防线"的防守，证明不可靠了；南京被攻下，大屠杀在进行。"马当"的防线也被冲破了。但一般人都还没有悲观。"信仰"维持着"最后胜利"的希望。"民族意识"坚定着抵抗与牺牲的决心。

同时，狐兔与魑魅们却更横行着。"大道市政府"成立，"维

一　暮影笼罩了一切

新政府"成立。暗杀与逮捕，时时发生。"苏州河北"成了恐怖的恶魔的世界。"过桥"是一个最耻辱的名辞。

汉奸们渐渐的在"孤岛"似的桥南活动着，被杀与杀人。有一个记者，被杀了之后，头颅公开的挂在电竿上示众。有许多人不知怎样的失了踪。

极小的一部分知识分子动摇了。

学生们常常来告密，某某教员有问题，某某人很可疑。但我还天真的不信赖这些"谣言"。在整个民族作着生死决战的时期，难道知识分子还会动摇变节么？这简直是不可思议的"盲猜"与"瞎想"。

但事实证明了他们情报的真确不假。

有一个早上，与董修甲相遇，我在骂汉奸，他也附和着。但第二天，他便不来上课了。再过了几天，在报上知道他已做了伪官。

张素民也总是每天见面，每天附和着我的意见，但不久，也便消声匿迹，之后，也便公开的做了什么"官"了。

还有一个张某，和陈柱，同受伪方的津贴，这事，我也不相信。但到了陈柱（这个满嘴的"威武不能屈，富贵不能淫"的东西）"走马上任"，张某被友人且劝且迫的到了香港发表"自首文"时，我也才觉得自己是被骗受欺了。

可怕的"天真"与对于知识分子的过分看重啊！

学生里面也出现"奸党"。好在他们都是"走马上任"去的，不屑在学校里活动；也不敢公开的宣传什么，或有什么危害。他们总不免有些"内愧"。学校里面依然是慷慨激昂的我行我素。

虽然是两迁三迁的，校址天天的缩小，但精神却很好；很亲切，很温暖，很愉快。

青年们还在举行"座谈会"什么的。也出版了些文艺刊物；

蛰居散记

还做着民众文艺的运动，办着平民夜校。和平时没有什么不同；只不过多带着些警觉性。可爱与骄傲，信仰与决心，交织成了这一时期的青年们活动的趋向。

我还每夜都住在外面。有时候也到古书店里去跑跑。偶然的也挟了一包书回来。借榻的小室里，书又渐渐的多起来。生活和平常差不了多少，只是十分小心的警觉着戒备着。

有一天到了中国书店，那乱糟糟的情形依样如旧。但伙计们告诉我：日本人来过了，要搜查《救亡日报》的人；但一无所得。《救亡日报》的若干合订本放在阴暗的后房里，所以他们没有觉察到。搜查时，汪馥泉恰好在那里。日本人问他是谁。他穿着一件蓝布长衫，头发长长的，长久不剪了，答道："是伙计。"也真像一个古书店的伙计，才得幸免。以后，那一批"合订本"便由汪馥泉运到香港去。敌人的密探也不曾再到中国书店过。亏得那一天我没有在那里。

还有一天，我坐在中国书店，一个日本人和伙计们在闲谈，说要见见我和潘博山先生。这人是清水，管文化工作的。一个伙计偷偷的问我道："要见他么？"我连忙摇摇头。一面站起来，在书架上乱翻着，装作一个购书的人。这人走了后，我向伙计们说道："以后要有人问起我或问我地址的，一概回答不知道，或长久没有来了一类的话。"为了慎重，又到汉口路各肆嘱咐过。

我很感谢他们，在这悠久的八年里，他们没有替我泄露过一句话，虽然不时的有人去问他们。

隔了一个多月，好像没有什么意外的事会发生，我才再住到家里去。

夜一刻刻的黑下去。

有人在黑夜里坚定的守着岗位，做着地下的工作；多数的人则守着信仰在等待天亮。极少数的人在做着丧心病狂的为虎作伥的事。

　　这战争打醒了久久埋伏在地的"民族意识";也使民族败类毕现其原形。

二　悼胡咏骐先生

我和咏骐先生的相识，不过三年左右。上海战役失败之后，上海的情形，紧张，混乱。友人们撤退的，躲避的纷纷不绝。在其间，也有许多若橡树似的，屹立于暴风雨之中而坚定不动的，咏骐先生即是其中之一。他稳定的站在危难、艰苦、恐怖、纷扰的环境中，像一个巨人似的；在他的巨影之下，许多人赖以安定，不惧。他执了一盏光明四射的灯笼，在茫茫黑夜里，引导着许多人向前走。他的勇敢、冷静与明晰分毫的理论，增加了同伴者无穷的勇气。

他不是一位孳孳为利的普通商人。他看得远，见得广，想得透澈。他知道一个商人在这国难时期应尽的责任是什么。他的一切措施，一切行动，都是以国家民族的利益为前提的。他从事商业近二十年，但他的经济情形也仅足够一家温饱而已。而对于爱国事业，则无不竭力帮助着；比千万百万富翁所尽的力量更多，更大！

他主持宁绍人寿保险公司；他的看法，是把"人寿保险事业"作为"社会事业"之一的；并不为了营利。他应用了最科学的方法，经营"人寿保险"事业；有许多设施，足为后来人最好的楷模。

有一次，他和我谈起：公司的投资；以投于有益于国家民族

二　悼胡咏骐先生

的事业为主。购买外汇，垄断米粮布匹及其他日用品的都是民族的罪人。他的公司绝对的不愿做这种事。他和我商量，要把一部分资金从事于保存民族文化。我尽力的赞成他，说：我愿以全心全意的帮助他做这件事。可惜商谈后不久，他便一病不起，再没有机会做这件事。这实在是民族文化之一大损失！也是他有志未遂的事的一端！

他待友笃信。对于穷的文化人——文化人没有不穷的——尤其愿意用种种方法来帮助。有时，得到帮助的人竟不知道是他的力量。

他有信仰，他有理想，他有远见。他见到最后胜利的不远；他信仰我民族的必有光明远大的前途。他鞠躬尽瘁于兹；虽病已深，体已弱，虽已弥留在病榻上，也还念念不忘于兹！

一个火种遗留下来，可以传之不熄。他便是这不熄的火种。

他虽死，但他的巨影还荫覆着无数的未死者们。他虽赍志以死，不及见最后胜利的完成；但未死者们一念及他的忠笃的大无畏的爱国家，爱民族的精神，便增加了无穷的勇气。

他虽死，但他的精神不死，我们悼念他；但我们一念到他，便应想到要完成他未完成的遗志，未完成的工作与他的未实现的信仰与理想！

他这埋伏下来的火种，这精神，是永远不熄的！

三　记刘张二先生的被刺

在洪水横流，天地变色的上海，友人们首先遇难的是刘湛恩，张似旭二先生。

在那个时候，伪"维新政府"还没有成立，只有一个牛鬼蛇神的"大道市政府"，在鬼鬼祟祟的帮助着敌人干着谋杀的工作。

我们有一个地下的组织，包括了比较上层的爱国分子：有实业家，有银行家，有保险业者，有青年会的干事，有航运公司的人，有书店老板，有报馆记者，有著作家，有海关上的职员，有会计师，有大学教授等等，每星期有一个秘密的集会。在三四年间很做了些事。在这个团体之外，还有一个专门做对外宣传的机关，"国际问题研究会"，刘湛恩和胡愈之二先生是其中的主干，温宗尧也在这会里。他们在国际上很发生了些作用。

湛恩先生是慷慨激昂惯了的，在这会里，说的话最多，做的事也最多。当时不知道温宗尧已经变了，已经变做一个敌人的走狗，还引他为同志而推心置腹的对待他。但在伪"维新政府"将出现的前夕，湛恩先生听见人言籍籍的说温宗尧也是参与"维新"组织的一人，他素来心直口快，便正言厉色的质问着他。温宗尧绝口的否认着。他倒相信了温宗尧的话。不料这一次的会却是最后的一个会。过不了几天，温宗尧终于现出他的汉奸面目，湛恩先生也遇刺成仁。"国际问题研究会"遂以解散。

三　记刘张二先生的被刺

友人们都相信湛恩先生的死,是温宗尧所主使或告密的。像湛恩先生那样的嫉恶如仇,无所顾忌的人,敌人也许早已列在黑单上;不过这一次的事,更促成其早日发动而已。

湛恩先生他自己恐怕也已经发觉了"危险";他预备要离开上海。他这时正担任着沪江大学的校长职务。为了他的慷慨与无畏,沪江大学里举办了不少附属的机关,成为上海一般热忱的青年"向往"的中心,他一死这些附属的机关便都烟消云散或"迁地为良"了。

如今想起湛恩先生成仁的情形还宛然在目。

有一天,我在薄暮的时候,夹着皮包,到沪江大学的一个附属机关去教课。在圆明园路的转角上,遇到了湛恩先生从对面走来。

我们立谈了一会。我问他道:"你的汽车呢?"

他道:"已经出卖了;预备就要走。"

我道:"你走了,事情怎么办呢?"

他道:"已经交代妥当了;随时可以走。"

"感觉到有什么迫切的危险么?"

他点点头。我们黯然的握手久久而别。

这一别便不再相见!

第二天上午,我坐了双层的公共汽车往东边去了。经过了静安寺路大华路口,有人问道:"早上有一个在这个地方被打死的么?"卖票的答道:"对的,我的那趟车刚好经过这一站,亲眼看见一个人躺在地上,凶手朝北逃。听说后来已被捉住。"

在这时,这种恐怖的暗杀事件已成了"司空见惯"的把戏,所以大家也变成不大好奇。我却纳闷着:这死的到底是一个仁人志士呢,还是一个汉奸?

旁晚,晚报出版,封面上赫然的用大字载着:"沪江大学校

蛰居散记

长刘湛恩遇刺"的消息,说是,湛恩先生上午九时,在大华路口等公共汽车,一个凶手从后边跑过去,对他开了一枪,立即转身逃去。但逃到爱文义路附近,终于被路人和巡捕逮捕了。这凶手不肯说出主使的人来。

我执着报纸的手因愤激而微微的抖着。友人们里第一个为国牺牲的人,第一个死于自己人的手里的人!我不能相信:竟会有人替敌人来暗杀爱国之士的!

也许是我的"幼稚"吧,我从来不曾想到过,也从来不会相信,会有人肯替敌人做事的——除了本来是不足齿于人类的伪"大道市政府"的一批"流氓"们。上海人至少是会采取消极的不合作主义的。难道还会有什么丧心病狂的替敌人奔走效劳么?后来知道虹口方面的公共汽车恢复了,招考女卖票员,居然有人去投考,居然考取了,已在车上卖票。我总以为这是不可想象的"怪事"。难道她们会有面目与车上乘客天天见面么?想不到竟会有人更进一步的替敌人来谋杀我们自己的仁人志士!

我伤心!我失望!我悲哀!我郁郁闷闷的感到心头上有一个瘤结,化不开,消不去!我不仅仅伤心湛恩先生的死,不仅仅悲哀一个同道的伟大的人物的凋谢,我是对于整个民族的融铸为一体的抗敌的信念有些因失望而不能十分坚持了!——当然后来一件件的事实,证明我这个"信念"也许有些太"幼稚"。

"如果湛恩先生不卖去汽车,也许可以不至那末容易被刺中吧?"我心里想着。

但后来知道,警务人员曾从凶手身上搜出一张小条子,上面有几个数字。问他,不肯说是指的什么东西或有什么意义。经过一番调查,才明白那几个数字乃是湛恩先生汽车的号码。可见敌人处心积虑,欲置湛恩先生于死地者为时已久。即坐了汽车,也是不能避免的。所可憾者,湛恩先生的到香港的船位本已定好,

三　记刘张二先生的被刺

过两天便可以脱出险地；不料他们发动得那末快！这位同道的伟大的人物便这样的"成仁"而死！

湛恩先生死后不久，复有张似旭先生的被刺事件发生。

似旭先生是经常的在上面所说的那个地下的爱国团体出席的。他虽然是英文《大美晚报》的记者，却是一个强烈的正义感的爱国者。在国际宣传上，他也尽了很大的力量。从湛恩先生被刺后，他的踪迹便相当的秘密。

我有时在跑马厅北首的一家德国咖啡馆里喝茶；那个地方人很少，尤不易碰见相识的人；窗外是一大片绿油油的草地，眼界很宽很爽。

似旭先生便在这个咖啡馆里被刺死的。

一天下午，他在那里喝茶，不知是不是曾约会了人，突然的有一个凶手走上楼，向他开了一枪。他倒在椅上死去。凶手下楼逃走，谁也不敢追他。但在门口，被一个捷克青年遇到了，抱住了不放，他又开了一枪，把那位见义勇为的异国人也打死了。

我从此不再踏进这家咖啡馆；有一种异样的伤感与悲愤抓住了我，使我不再有喝午茶的闲情逸致。

我也从此不忍常坐于双层公共汽车的上层。从东走，在车窗上，可以望得见大华路口湛恩先生成仁的地方，也要经过那家咖啡馆，似旭先生的被刺的所在，处处触目伤心！岂止是"车过腹痛"而已！

湛恩、似旭二先生死后，我们的国际宣传的工作便松懈得多了，但那个地下工作的团体还是健在着，还继续的活动了三四年，一点也不曾退却，不曾忽略过一件小事或大事。集合了那末方面广大而复杂的人物在一起，经常的开着会，做着不少的事业，却始终不曾为敌人和敌人的走狗们所发觉，所注意，这不能不说是这个团体的分子的健全和机构的严密。也不能不相信：那

蛰居散记

一边虽然有少数的"为虎作伥"的汉奸们在跳梁,但最大多数的人民,却是我们的伙伴,我们的同志,我们的永远不死的前仆后继的精神的朋友!

四　野有饿殍

乞丐到处都有，而上海尤多，职业的乞丐是有组织的，收入相当可观，决不会饿死。非职业的乞丐，像黄包车夫的家属，女人孩子们，偶然作着这一行"生意"，找些意外的收入，那也是决不会挨饿的。但从"八一三"抗战以后，乞丐的数量一天天的增多，许多非职业的乞丐也都变成了职业的。尽有向来饱食暖衣的人也沦入了乞丐群中。他们竞争得异常激烈，而肯"布施"的人却是那样的少——一天天的少下去。原因是"施舍者"群自己也多半陷在"朝不保夕"的情形之下，如何能够再施舍别人呢。

日本人向世界夸口说，北平的乞丐已经肃清了，市容很整洁。但从北平来的人告诉我们：乞丐在那城市里根本不能生存；有乞的，没有舍的。沦入乞丐群的人，不到几天，或十几天便都饿死了。

上海的情形也是如此。"饿殍"在一天天的增加。

中产阶级在战前吃惯杜米饭的，渐渐的改吃洋籼米，改吃面粉制品，改吃杂粮。本来是两餐吃饭，一餐吃粥的，渐渐的改作两餐粥一餐饭了。改作两餐小米粥或绿豆粥，红豆粥之类，一餐面"疙瘩"，或面条子，或南瓜饼之类了。敌人"以战养战"，把江南产米区的米，香糯雪白的米，全都囊括而去。剩下的，小部分喂养着汉奸，极小部分才轮到老百姓头上。老百姓吃的是他们

蛰居散记

所不屑吃的碎米，发了臭的腐米，一半杂了糠粉的极坏的籼米，后来，爽爽快快的便连米粒儿也不见，除非用大价钱在黑市上搜求。

农人们自己吃不到自己种的米，应该吃米的老百姓们吃不到向来吃惯了的米，这米，一粒粒，一颗颗，雪白肥大的，全都经由汉奸们的手，堆到敌人的仓库里去。

有一天，我在霞飞路的一家商店窗口，见到一大批宣传画片，有几幅题着"满洲——东亚的谷仓"的，表现着满车满地的一袋袋的粮食，愤怒使我的脸涨红，我的双眼圆睁着，我想大声疾呼道：不错"满洲"是谷仓，可惜在那里的人，种稻的人却全都吃不到米粮，只有那批侵略者才有份大量的恣意的享用着。

听说，在那边，中国人是不许吃米的；即做着汉奸也不成。家有藏米的人都偷偷的吃着。儿童们上学，日本教师们突然的问道：你们昨天吃的什么东西？有的说杂粮，也有的说白米饭。第二天，说吃白米饭的儿童的家里却被抄家了，把藏的白米全都车了去，还把主人带了去治罪。从此以后，某家的人如果要吃大米饭，——这当然是万分之一中的"幸运者"——便遣开了或摒除了儿童们才吃。

还有一个故事：一个汉奸到一个日本人家里吃饭；喝醉了酒，在火车上呕吐了。被发现在呕吐物里有白米饭粒，立即把他逮捕了，追问下去，连那请客的日本人也受了处分。白米饭在东北三省是不许中国人吃的，虽然种稻的是中国人！

在北平，南京的伪组织里，也规定着哪一等官吏吃哪一种米。例如特任官可吃特号杜米，二三等的职员只好吃二等米之类。老百姓们呢，根本不配有米吃！说是实行配给制度，其实配给米的影子是难得见到的。

上海人的生活也不见得好。所以，向来乞丐们在家家后门口

四　野有饿莩

可以拿得到的残羹剩饭，渐渐的肯施舍的人少了，渐渐的成为绝无仅有的了。一家人家难得吃一顿饭，哪里还会有东西剩下，就是剩下一碗半碗饭的，也都要留着自己吃，如何舍得布施呢。

上海的乞丐一天天的多，失业的人川流不息的加入这一群里，但也随"生"随灭。他们活不了多久。在最近的几个月里，他们突然的减少，多半是很快的便饿死。

饿肚子的人有多少痛苦，是"饱食终日，无所用心"的人所不会了解的。但每天听着街头"饿杀哉"那惨绝人寰的声音，谁的心头不荡着一股怨气，一腔悲愤，一缕沉重的郁恨！这是我们的敌人驱赶他们到这条"饿杀"的路上去的。

"战前"的乞丐呼喊求乞的声音是宏亮实大的，有种种的诉说，种种的哀婉之辞，种种的特别的专门的求乞的"术语"。但在这些时候，他们，饿了几天肚子的人，实在喊叫不出什么乞怜求悯的话了，只有声短而促，仿佛气息仅存的"饿杀哉！"一句话了。

我看见一个青年人，瘦得只剩下一副骨和皮，脸上剩下一对骨碌碌的无神的大眼睛，脸色是青白的，双腿抖着，挣扎的在扶墙摸壁的走着，口里低低的喊道："饿杀哉！""饿杀哉！"我不忍闻的急走过去，我没有力量帮助他。就在那一天，或第二三天，那战抖着的双腿一定会支持不住而倒了下去的，成为一个无名的"饿莩"，战争所产生的"饿莩"。

这样的"饿莩"天天在街头发见，天天在不断的倒毙下去。

我硬了心肠走开去，转避了眼睛不敢去看他们，但我咬紧了牙关：这笔账是要算在我们的敌人，我们的侵略者的头上的。

五　鹈鹕与鱼

夕阳的柔红光，照在周围十余里的一个湖泽上，没有什么风，湖面上绿油油的像一面镜似的平滑。一望无垠的稻田。垂柳松杉，到处点缀着安静的景物。有几只渔舟，在湖上淀泊着。渔人安闲的坐在舵尾，悠然的在吸着板烟。船头上站立着一排士兵似的鹈鹕，灰黑色的，喉下有一大囊鼓突出来。渔人不知怎样的发了一个命令，这些水鸟们便都扑扑的钻没入水面以下去了。

湖面被冲荡成一圈圈的粼粼小波。夕阳光跟随着这些小波浪在跳跃。

鹈鹕们陆续的钻出水来，上了船。渔人忙着把鹈鹕们喉囊里吞装着的鱼，一只只的用手捏压出来。

鹈鹕们睁着眼望着。

平野上炊烟四起，袅袅的升上晚天。

渔人拣着若干尾小鱼，逐一的抛给鹈鹕们吃，一口便咽了下去。

提起了桨，渔人划着小舟归去。湖面上刺着一条水痕。鹈鹕们士兵似的齐整的站立在船头。

天色逐渐暗了下去。湖面又平静如恒。

这是一幅很静美的画面，富于诗意；诗人和画家都要想捉住的题材。

五　鹈鹕与鱼

但隐藏在这静美的画面之下的，却是一个残酷可怖的争斗。生与死的争斗。

在湖水里生活着的大鱼小鱼们看来，渔人和鹈鹕们都是敌人，都是蹂躏他们，致他们于死的敌人。

但在鹈鹕们看来，究竟有什么感想呢？

鹈鹕们为渔人所喂养，发挥着他们捕捉鱼儿的天性，为渔人干着这种可怖的杀鱼的事业。他们自己所得的却是那末微小的酬报！

当他们兴高采烈的钻没入水面以下时，他们只知道捕捉、吞食，越多越好。他们曾经想到过：钻出水面，上了船头时，他们所捕捉、所吞食的鱼儿们依然要给渔人所逐一捏压出来，自己丝毫不能享用的么？

他们要是想到过，只是作为渔人的捕鱼的工具，而自己不能享用时，恐怕他们便不会那末兴高采烈的在捕捉在吞食罢。

渔人却悠然的坐在船梢，安闲的抽着板烟，等待着鹈鹕们为他捕捉鱼儿。一切的摆布，结果，都是他事前所预计着的。难道是"运命"在播弄着的么，渔人总是在"收着渔人之利"的；鹈鹕们天生的要为渔人而捕捉、吞食鱼儿；鱼儿们呢，仿佛只有被捕捉，被吞食的份儿，不管享用的是鹈鹕们或是渔人。

在人间，在沦陷区里，也正演奏着鹈鹕们的"为他人作嫁衣裳"的把戏。

当上海在暮影笼罩下，蝙蝠们开始在乱飞，狐兔们渐渐的由洞穴里爬了出来时，敌人的特工人员（后来是"七十六号"里的东西），便像夏天的臭虫似的，从板缝里钻出来找"血"喝。

他们先拣肥的，有油的，多血的人来吮、来咬、来吃。手法很简单：捉了去，先是敲打一顿，乱踢一顿，——掌颊更是极平常的事——或者吊打一顿；然后对方的家属托人出来说情，破费

蛰居散记

了若干千万，喂得他们满意了，然后才有被释放的可能。其间也有清寒的志士们只好挺身牺牲。但不花钱的人恐怕很少。

某君为了私事从香港到上海来，被他们捕捉住，作为重庆的间谍看待。囚禁了好久才放了出来。他对我说：先要用皮鞭抽打，那尖长的鞭梢，内里藏的是钢丝，抽一下，便深陷在肉里去；抽了开去时，留下的是一条鲜血痕。稍不小心，便得受一掌、一拳、一脚。说时，他拉开裤脚管给我看，大腿上一大块伤痕，那是敌人用皮靴狠踢的结果。他不说明如何得释，但恐怕不会是很容易的。

那些敌人的爪牙们，把志士们乃至无数无辜的老百姓们捕捉着，吞食着。且偷、且骗、且抢、且夺的，把他们的血吮着、吸着、喝着。

爪牙们被喂得饱饱的，肥头肥脑的，享受着有生以来未曾享受过的"好福好禄"。所有出没于灯红酒绿的场所，坐着汽车疾驰过街的，大都是这些东西。

有一个坏蛋中的最坏的东西，名为吴世宝的，出身于保镖或汽车夫之流，从不名一钱的一个街头无赖，不到几时，洋房有了，而且不止一所；汽车有了，而且也不止一辆；美妾也有了，而且也不止一个。有一个传说，说他的洗澡盆是用银子打成的，金子熔铸的食具以及其他用具，不知有多少。

他享受着较桀纣还要舒适奢靡的生活。

金子和其他的财货一天天的多了，更多了，堆积得恐怕连他自己也不知其数。都是从无辜无告的人那里榨取偷夺而来的。

怨毒之气一天天的深；有无数的流言怪语在传播着。

群众们侧目而视，重足而立；吴世宝这三个字，成为最恐怖的"毒物"的代名辞。

他的主人（敌人），觉察到民怨沸腾到无可压制的时候，便

五　鹈鹕与鱼

一举手的把他逮捕了，送到监狱里去。他的财产一件件的被吐了出来。——不知到底吐出了多少。等到敌人，他的主人觉得满意了，而且说情的人也渐渐多了，才把他释放出来。但在临释的时候，却嗾使狲狗咬断了他的咽喉。他被护送到苏州养伤，在受尽了痛苦之后，方才死去。

这是一个最可怖的鹈鹕的下场。

敌人博得"惩"恶的好名，平熄了一部分无知的民众的怨毒的怒火，同时却获得了吴世宝积恶所得的无数掳获物，不必自己去搜括。

这样的效法喂养鹈鹕的渔人的办法，最为恶毒不过。安享着无数的资产，自己却不必动一手，举一足。

鹈鹕们一个个的上场，一个个的下台。一时意气昂昂，一时却又垂头丧气。

然而没有一个狐兔或臭虫视此为前车之鉴的。他们依然的在搜括、在捕捉、在吞食，不是为了他们自己，却是为了他们的主人。

他们和鹈鹕们同样的没有头脑，没有灵魂，没有思想。他们一个个走上了同样的没落的路，陷落在同一的悲惨的运命里。然而一个个却都踊跃的向坟墓走去，不徘徊，不停步，也不回头。

六　汉奸是怎样造成的

　　我为了暨大招生的事，到过香港一趟，住了近一个月。在这一个月里，因为教育部驻港办事处附设在蔚蓝书店里，我不得不常常到那边去，有时为了收寄信件，有时为了有事要接头。

　　这时在蔚蓝书店里办公的，有林柏生、梅思平、朱朴之、樊仲云几个人。除了林柏生，其他的人都很熟悉。

　　他们天天在蔚蓝书店会面，没有什么公可办，便群居终日，言不及义。发发牢骚，骂骂人，成了习惯。他们都是自命为郁郁不得志的人物，仿佛国家亏待了他们什么的。虽然他们各有"使命"在香港，但好像都未能满其所欲。抗战正在"白热"的时候，然而他们不谈那一套，他们谈的是他们自己的切身的事。

　　有一天，他们谈起，某一个地方有一个谈相的人很高明，他们都曾找他相过，说的话很灵验。

　　"你何妨也去试试看呢？"

　　我摇摇头，并不去答理他们。"不疑何卜！"

　　再有一天，一位朋友，在某军里服务的，经过香港。他说，会相面。于是，他们这一批人，个个都要他相相。

　　他们说的什么"眉毛运"，"鼻头运"等等，我一句也听不懂。

　　他说，某某人近五十岁正走运，应该可以发达，某某人便大

六　汉奸是怎样造成的

为高兴。

他说，某某人现正"走"着某某运，他也十分的有兴头。

"你为什么不也来相一下呢？"又是一次的邀请。

我实在觉得厌恶极了！我忍耐不住，便正颜厉色的说道："为什么要算什么命，看什么相呢？我们国家民族正在与敌人作生死战的时候，我们的运命与国家的运命是分不开的。国家胜利了，我们的运命当然是不会坏的；万一不幸抗战失败了，我们还会有什么好运可走呢？"

他们默默的不作一声。

我自觉做了一次傻事。为什么要对他们讲这种大道理呢？

那时候，我还不知道他们正在进行着卖国的勾当，所以才会那样的"患得患失"。要是知道一点风声，也许把"话"还要说得凶些。

过了几天，李圣五到旅馆里找我。谈了一会，他也是满肚子的牢骚，把那些执政的人说得一文不值。那时，他也正在失意的时代，方由外交部某官"下台"，重进商务印书馆编辑《东方杂志》。

伪组织在南京"成立"的时候，那一批失意的"官僚"，便都到了南京来，走马上任，过其"官瘾"。

我到这时候，方才恍然大悟，明白他们所以要不时的"求神告佛"，"看相问卜"的原因。

因之，我也顿时恍然大悟，凡是患得患失，时时要求神告佛，看相问卜的，到底那是些什么人。

官僚政治，在中国已是根深蒂固，不易拔除，像是一座大洪炉，凡投到这大洪炉里的，不问是什么顽铁，无不立被炼成"绕指柔"的精钢；除非他本是一颗金刚钻一类的人物，才不会"同流合污"。要是曾一日为官，似乎终身便带些官脸、官气、官味。

蛰居散记

据说，曾经做过"总长"的人，这个头衔便终身不会除脱开去。有一位素来可敬的学者，不幸"出山"过一次，便被人称为"总长""总长"的直到于死。听人说，他自己也并不以此称号为忤。

林、梅、李诸逆，都是曾经尝过"官"趣的。所以一旦下野或"还我初服"，便有些不甘寂寞，静极思动起来，无时无刻，都想要重行登台。此路走不通，便要走他路；大道走不通，便要走小路；此处不留人，便别求留人处。他们所追求的是个人的功名利禄，富贵荣华，以及居室、姬妾、饮食等等的享用。

这样的"官僚们"，天天都在寻找"知己"，寻找"用我者"，寻找他们的主子。只要主子肯垂青到他们，置之左右，饵以高官厚禄，便会鞠躬尽瘁，为其所用，那主子是何等样人，他们却不想去问一下的。

得意时恣意享受，失意时求神问卜，便是他们生成的"面相"。一日无"君"，便觉得栖栖惶惶，寝食难安。国家民族的存亡，老百姓们的生死，饥馑，与他们根本痛痒无关。他们是极端的个人主义者。宁愿做汉奸，受万人唾骂，受万世唾骂，却不肯寂寞自安。

这便是汉奸之所以造成的原因，也便是中国官僚主义的深厚的流毒所聚之结果。

官僚主义不从根铲尽，汉奸是永远不会绝迹人间的！

七　最后一课

　　口头上慷慨激昂的人，未见得便是杀身成仁的志士。无数的勇士，前仆后继的倒下去，默默无言。

　　好几个汉奸，都曾经做过抗日会的主席；首先变节的一个国文教师，却是好使酒骂座，惯出什么"富贵不能淫，威武不能屈"一类题目的东西；说是要在枪林弹雨里上课，绝对的宁为玉碎，不为瓦全的一个校长，却是第一个屈膝于敌伪的教育界之蟊贼。

　　然而默默无言的人们，却坚定的作着最后的打算，抛下了一切，千山万水的，千辛万苦的开始长征，绝不作什么为国家保存财产、文献一类的借口的话。

　　上海国军撤退后，头一批出来做汉奸的都是些无赖之徒，或憨不畏死的东西。其后，却有"我不入地狱谁入地狱"的维持地方的人物出来了。再其后，却有以"救民"为幌子，而喊着同文同种的合作者出来。到了珍珠港的袭击以后，自有一批最傻的傻子们相信着日本政策的改变，在作着"东亚人的东亚"的白日梦，吃尽了"独苦"，反以为"同甘"，被人家拖着"共死"，却糊涂到要挣扎着"同生"。其实，这一类的东西也不太多。自命为聪明的人物，是一贯的利用时机，作着升官发财的计划。其或早或迟的蜕变，乃是作恶的勇气够不够，或替自己打算得周到不周到的问题。

蛰居散记

　　默默无言的坚定的人们，所想到的只是如何抗敌救国的问题，压根儿不曾梦想到"环境"的如何变更，或敌人对华政策的如何变动、改革。

　　所以他们也有一贯的计划，在最艰苦的情形之下奋斗着，绝对的不作"苟全"之梦；该牺牲的时机一到，便毫不踌躇的踏上应走的大道，义无反顾。

　　十二月八号是一块试金石。

　　这一天的清晨，天色还不曾大亮，我在睡梦里被电话的铃声惊醒。

　　"听到了炮声和机关枪声没有？"C在电话里说。

　　"没有听见。发生了什么事？"

　　"听说日本人占领租界，把英国兵缴了械，黄浦江上的一只英国炮舰被轰沉，一只美国炮舰投降了。"

　　接连的又来了几个电话，有的是报馆里的朋友打来的。事实渐渐的明白。

　　英国军舰被轰沉，官兵们凫水上岸，却遇到了岸上的机关枪的扫射，纷纷的死在水里。

　　日本兵依照着预定的计划，开始从虹口或郊外开进租界。

　　被认为孤岛的最后一块弹丸地，终于也沦陷于敌手。

　　我匆匆的跑到了康脑脱路的暨大。

　　校长和许多重要的负责者们都已经到了。立刻举行了一次会议，简短而悲壮的，立刻议决了：

　　"看到一个日本兵或一面日本旗经过校门时，立刻停课，将这大学关闭结束。"

　　太阳光很红亮的晒着，街上依然的熙来攘往，没有一点异样。

　　我们依旧的摇铃上课。

　　我授课的地方，在楼下临街的一个课室，站在讲台上可以望

七 最后一课

得见街。

学生们不到的人很少。

"今天的事，"我说道，"你们都已经知道了罢?"学生们都点点头。"我们已经议决，一看到一个日本兵或一面日本旗经过校门，立刻便停课，并且立即的将学校关闭结束。"

学生们的脸上都显现着坚毅的神色，坐得挺直的，但没有一句话。

"但是我这一门功课还要照常的讲下去，一分一秒钟也不停顿，直到看见了一个日本兵或一面日本旗为止。"

我不荒废一秒钟的工夫开始照常的讲下去。学生们照常的笔记着，默默无声的。

这一课似乎讲得格外的亲切，格外的清朗，语音里自己觉得有点异样；似带着坚毅的决心，最后的沉着；像殉难者的最后的晚餐，像冲锋前的士兵们的上了刺刀，"引满待发"。

然而镇定，安详，没有一丝的紧张的神色。该来的事变，一定会来的。一切都已准备好。

谁都明白这"最后一课"的意义。我愿意讲得愈多愈好；学生们愿意笔记得愈多愈好。

讲下去，讲下去，讲下去。恨不得把所有的应该讲授的东西统统在这一课里讲完了它；学生们也沙沙的不停的在抄记着。心无旁用，笔不停挥。

别的十几个课室里也都是这样的情形。

对于要"辞别"的，要"离开"的东西，觉得格外的恋恋。黑板显得格外的光亮，粉笔是分外的白而柔软适用，小小的课桌，觉得十分的可爱；学生们靠在课椅的扶手上，抚摸着，也觉得十分的难分难舍。那晨夕与共的椅子，曾经在扶手上面用钢笔，铅笔，或铅笔刀，有意识或无意识的涂写着，刻划着许多字

蛰居散记

或句的，如何舍得一旦离别了呢！

街上依然的平滑光鲜，小贩们不时的走过，太阳光很有精神的晒着。

我的表在衣袋里低低的嗒嗒的走着，那声音仿佛听得见。

没有伤感，没有悲哀，只有坚定的决心，沉毅异常的在等待着；等待着最后一刻的到来。

远远的有沉重的车轮辗地的声音可听到。

几分钟后，有几辆满载着日本兵的军用车，经过校门口，由东向西，徐徐的走过，当头一面旭日旗，血红的一个圆圈，在迎风飘荡着。

时间是上午十时三十分。

我一眼看见了这些车子走过去，立刻挺直了身体，作着立正的姿势，沉毅的盖上了书本，以坚决的口气宣布道：

"现在下课！"

学生们一致的立了起来，默默的不说一句话；有几个女生似在低低的啜泣着。

没有一个学生有什么要问的，没有迟疑，没有踌躇，没有彷徨，没有顾虑。个个人都已决定了应该怎么办，应该向哪一个方面走去。

赤热的心，像钢铁铸成似的坚固，像走着鹅步的仪仗队似的一致。

从来没有那末无纷纭的一致的坚决过，从校长到工役。

这样的，光荣的国立暨南大学在上海暂时结束了她的生命。默默的在忙着迁校的工作。

那些喧哗的慷慨激昂的东西们，却在忙碌的打算着怎样维持他们的学校，借口于学生们的学业，校产的保全与教职员们的生活问题。

八　烧书记

我们的历史上，有了好几次的大规模的"烧书"之举。秦始皇帝统一六国后，便来了一次烧书。"史官非《秦纪》，皆烧之。非博士官所职，天下敢有藏《诗》《书》百家语者，悉诣守尉杂烧之。有敢偶语《诗》《书》者弃市。以古非今者族。吏见知不举者与同罪。令下三十日，不烧，黥为城旦。所不去者，医药卜筮种树之书。若欲有学法令，以吏为师。"这是最彻底的烧书，最彻底的愚民之计，和一般殖民地政府，不设立大学而只开设些职业、工艺学校者，有异曲同工之妙。此后，烧书的事，无代无之。有的烧历史文献，以泯篡夺之迹；有的烧佛教、道教的书，以谋宗教上的统一；有的烧淫秽的书，以维持道德的纯洁。近三百年，则有清代诸帝的大举烧书。我们读了好几本的所谓"全毁""抽毁"书目，不禁凛然生畏；至今尚觉得在异族铁蹄下的文化生活的如何窒塞难堪！

"八一三"后，古书、新书之被毁于兵火之劫者多矣。就我个人而论，我寄藏于虹口开明书店里的一百多箱古书，就在八月十四日那一天被烧。烧得片纸不存。我看见东边的天空，有紫黑色的烟云在突突的向上升，升得很高很高，然后随风而四散，随风而淡薄。被烧的东西的焦渣，到处的飘坠。其中就有许多有字迹的焦纸片。我曾经在天井里拾到好几张，一触手便粉碎；但还

蛰居散记

可以辨识得出些字迹，大约是教科书之类居多。我想，我的书能否捡得到一二张烧焦了的呢？——那时，我已经知道开明书店被烧的情形——当然，这想头是很可笑的。就捡得到了又有什么意义；还不是徒增忉怛与愤激么？

这是兵火之劫；未被劫的还安全的被保存着。所遭劫的还只是些不幸的一二隅之地。但到了"一二·八"敌兵占领了旧租界后，那情形却大是不同了。

我们听到要按家搜查的消息，听到为了一二本书报而逮捕人的消息，还听到无数的可怖的怪事，奇事，惨事。

许多人心里都很着急起来，特别是有"书"的人家。他们怕因"书"惹祸，却又舍不得割爱，又不敢卖出去——卖出去也没有人敢要。有好几个友人，天天对书发愁。

"这部书会有问题么？"

"这个杂志留下来不要紧么？"

"到底是什么该留的，什么不该留的？"

"被搜到了，有什么麻烦没有？"

个个人在互相的询问着，打听着。但有谁能够说明哪几部书是有问题的，或哪些东西是可留的呢？

我那时正忙于烧毁往来有关的信件，有关的记载，和许多报纸，杂志及抗日的书籍——连地图也在内。

我硬了心肠在烧。自己在壁炉里生了火，一包包，一本本，撕碎了，扔进去，眼看它们烧成了灰，一蓬蓬的黑烟从烟囱里冒出来，烧焦了的纸片，飞扬到四邻，连天井里也有了不少。

心头像什么梗塞着，说不出的难过。但为了特殊的原因，我不能不如此小心。

连秋白送给我的签了名的几部俄文书，我也不能不把它们送进壁炉里去。

八　烧书记

　　我觉得自己实在太残忍了！我眼圈红了不止一次，有泪水在落。是被烟熏的罢？

　　实在舍不得烧的许多书，却也不能不烧。踌躇又踌躇，选择又选择。有的头一天留下了，到了第二三天又狠了心把它们烧了。有的，已经烧了，心里却还在惋惜着，觉得很懊悔，不该把它们烧去。

　　但有了第一次淞沪战争时虹口、闸北一带的经验——有《征倭论》一类的书而被杀，被捉的人不少——自然不能不小心。对于发了狂的兽类，有什么理可讲呢！

　　整整的烧了三天。我翻箱倒箧的搜查着，捧了出来，动员孩子们在撕在烧。

　　"爸爸，这本书很好玩，留下来给我罢。"孩子在恳求着。

　　我难过极了！我也何尝不想留下来呢？但只好摇摇头，说道："烧了罢，下回去买好一点的书给你。"

　　在这时候，就有好些住在附近的朋友们在问，什么书该烧，什么书不必烧。

　　我没法回答他们，领了他们到壁炉边去。

　　"你自己看吧。我在烧着呢。但我的情形不同。你自己斟酌着办罢。"

　　这一场烧书的大劫，想起来还有余栗与余憾！

　　不烧，不是至今还无恙么？

　　但谁能料得到呢？

　　把它们设法寄藏到别的地方去罢。

　　但为什么要"移祸"呢？这是我所绝对不肯做的事。

　　这是我不能不狠心动手烧的一个原因。

　　但也实在有些人把自认为"不安全"的书寄藏到别人家里去的。

蛰居散记

　　这还是出于自动的烧。究竟自动烧书的人还不多。大量的"违碍"的书报还储藏在许多人家里。有许多人不肯烧，不想烧，也有人不知道烧，甚至有人压根儿没有想到这件事。

　　过了不久，敌人的文化统治的手腕加强了。他们通过了保甲的组织，挨户按家的通知说：凡有关抗日的书籍、杂志、日报等等，必须在某天以前，自动烧毁或呈缴出来。否则严惩不贷。

　　同时，在各书店，各图书馆，搜查抗日书报，一车车的载运而去，不知运向何方，也不知它们的运命如何。

　　这一次烧书的规模大极了！差不多没有一家不在忙着烧书的。他们不耐烦呈缴出去，只有出于烧之一途。最近若干年来的报纸、杂志遭劫最甚。有许多人索性把报纸、杂志全都烧毁了，免得惹起什么麻烦。

　　外间谣传说，连包东西的报纸，上面有了什么抗日的记载，也要追究、捕捉的。

　　因之，旧报纸连包东西的资格也被取消了。

　　最可怜的是，有的朋友已经到了内地去，他们的书籍还藏在家里，或寄存在某友处。家里的人到处打听，问要紧不要紧，甚至去问保甲处的人。他们当然说要紧的，甚至还加上些恫吓的话。

　　于是，不分青红皂白的，他们把什么书全都付之一炬；只要是有字的，无不投到了火炉里去。

　　记得清初三令五申的搜求"禁书"的时候，有许多藏书家的后人，为了省得惹祸，也是将全部古书整批的烧了去。

　　这个书劫，实在比兵，比火，比水等等大劫更大得多，更普遍而深入得多了！

　　这样纷扰了近一个多月，始终不曾见敌伪方面有什么正式的文告。又有人说，这是出于误会，日本人方面并没有这个意思。

八　烧书记

于是烧书的火渐渐的又灭了，冷了，终至不再有人提起这件事。

不烧的人，忘了烧的人，特地要小心保存这类抗日文献的人，当然也有。

许多抗日文献还保存得不少，像《文汇年刊》之类，我家里便还保存着，忘记了烧。

书如何能烧得尽呢？"野火烧不尽，春风吹又生。"以烧书为统制的手法，徒见其心劳日拙而已。

但愿这种书劫，以后不再有！

九 "封锁线"内外

"生"与"死",刻划得像黑白画似的明显清晰的同在着:这一边熙熙攘攘,语笑欢哗,那一边凄凉冷落,道无行人;这一边是生气勃勃,那一边是死趣沉沉;这一边灯火通明,摊肆林立,那一边家家闭户,街灯孤照;这一边是现实的人间,活泼的世界,那一边却是"别有天地"的"黄泉"似的地狱了。

"生"与"死",面对面的站立着,从来没有那末相近,那末面对面的同时出现过。

他们之间相隔的不过是一堵墙,一道门,甚至不过一条麻绳,或几支竹架,或一道竹篱笆。惨痛绝伦的故事就在那一堵墙,一道门,或一条麻绳的一边演出;而别一边却在旁观看,无可奈何,无能为力。

这封锁线,在上海,有大小圈之分;大的一圈包括四郊在内,小的一圈包括旧公共租界及旧法租界。临时的更小的封锁线却时时的在建立着,也不时的被撤除。

我没有进出过那大小两封锁线。听说,进出口的地方,都有敌兵在站岗,经过的人一定要对他脱帽行礼。无故的被扣留,不许通过,无故的被殴辱,被掌颊,拳打,脚踢,被枪柄击,甚至,被刺刀杀死的事,时时发生。有一次,一个大雪天,一个归家的旅人,偷偷的越过竹篱笆。当夜,不曾被发觉。第二天,巡

九 "封锁线"内外

逻的敌兵经过，跟循着雪地上的足迹，到了他家，把这人捉住，不问情由的当场斩首，悬在竹篱笆上示众。

米贩子被阻止，被枪杀的故事，听到的更多。一个车夫告诉我：他经过封锁线时，眼见一个十三四岁的童子，负着一小袋米，被敌兵把米袋夺下，很随便的把刺刀戳进这童子的肚上。惨叫不绝。没有一个人敢回头看一眼。后来，这半死的童子被抛进附近的一条小河里去了。

更惨的是，被刺刀杀而未死的人，一直被抛在地上。任他喊叫着多少天才死去。没有一个人敢去救，敢去问一声讯。

南市某一个地方被封锁，经过了好久的时间才开放。封锁线内，饿死了不少人。但没有一个人敢于越线而逃出。有人向线内抛进馒首一类的食物，但也不能救活多少人。默默的被拦在"死亡线"内；默默的受饥饿而死。这不可思量的可怕的耐受苦难与厄运的精神啊！

为了一件小小的盗劫案或私人暗杀案，也往往造成敌人把上海最繁华地带封锁了十天八天的。大新公司至先施公司的一段，便这样的被封锁了不止二次三次。有种种最残酷、最恐怖的传说流行着。

多少人不知怎样的便失踪了；多少人便无缘无故的被饿死在街衢间了！

我亲自看见一幕蒲石路被封锁的情形。

在一个夜间，有一个住在那个地方的伪军军官被暗杀。这个事件一发生，那一带立刻便被封锁。出事的地点的四周都用一根麻绳拦住。居民们总有十万人以上被阻止不能进出。访友进去的，无端的不能归去了；出外办事的人，无端的到了街口，不得其门而入。最惨的是：小贩们和人力车夫们，只好在冷清清的街上徘徊着，彷徨无措，茫然的睁着大眼睛，望着封锁线外，一筹

蛰居散记

莫展。最后,还被赶到小街里去。那恐怖失神的一双双眼睛,简直像牵到屠场去的牛群。我不敢多看,也不能多想象。我只有满腔的愤怒。

这种封锁,平常总在十天左右便开放。开放的条件据说是若干百万的私赂。

临时的封锁,自二三小时至半天左右的,成了"司空见惯"的把戏。

有一天,我到三马路的一家古书铺去。已可望见铺门了,突然的叫笛乱吹,一队敌人的宪兵和警察署的汉奸们,把住了路的两头,不许街上的任何一个人走动。古书铺里的人向我招手,我想冲过街去,但被命令站住了。汉奸们令街上的人排成了两排,男的一边,女的一边;各把市民证执在手上。敌兵荷枪站在那里监视着。汉奸们把一个个的人检查,盘问着。挟着包袱或什么的,都一一的被检查过。发现了几个没有带市民证的,把他们另外提到一边去,开始严厉的盘诘。

"市民证忘记了带出来。"

拍,拍,拍的一连串的挨了嘴巴,或用脚来乱踢一顿。

一个人略带倔强的态度,受打得格外利害。一下下掌颊的响声,使站在那一边的我,捏紧了拳头,涨红了脸,心腔中的血都要直喷出来。假如我执有一支枪啊!……

我永不会忘记,那个穿着黑色短衣裤的家伙或东西,喂得胖胖的,他的肥硕的手掌,打人打得最凶;那"助纣为虐"的东西,实在比敌人还要可恶可恨十倍!

好容易审诘完毕,又是一声长长的叫笛一响,那一批东西向北走,又向别的地域干着同样的把戏去了。

被封锁住的人们,吐了一口长气,如释重负。

我走进那家古书铺,双手还因受刺激而发抖着。

九　"封锁线"内外

这样的情形，天天有得遇到。

早上出外做事的人，带着自己的生命和运命同走，不知晚上究竟能不能回家。等到踏进了自己家门口，才确切的知道，这一夜算是他自己的了。

在敌人的铁蹄蹂躏之下，谁的生命会有保障呢？

这样的封锁线，天天不同的在变换着。谁也不能料到，今天在封锁线外的，明天或后天会不会被圈划进封锁线内去，默默的受苦受难，默默的受饥饿而死去。

在敌人的后方，生命的主权是不握在自己手里的。随时随地，最可怖的运命便会降临到他的，和他的一家的身上。

"生"和"死"，那间隔是如此的相近啊！

一〇　坠楼人

太阳和暖的晒在街上。行人熙来攘往，街车疾驰而过，一片的大都市的清晨的热闹的气象。仿佛谁都不知道这个大都市曾经经过了一番绝大的变动。

唯一看得出来的变化是，一所红砖的大房子，曾经在门口悬挂着星条旗的，如今换上了两面绝巨的旭日旗，旗的一角，几要拖在地面上。有一个敌兵荷枪立在门口守望着。行人们都远远的绕到对街走过。

离开这房子不远的地方，有一所大厦，向来是许多字号行庄在那里办公，进进出出的人不少。但近来忽然的减少起来。进进出出的别是一批人物。时时有土黄色的军用车停在前面。

穿海军装和陆军服的官兵们不断的在那里进进出出。谁也不知道那里面是一个什么样的机关；谁也不曾到里面去过，虽然那里面有许多人从前是很熟悉的。

正在清晨，行人车辆都很热闹的时候，突然的有一团彩霞似的东西，从那所大厦上面的一个窗口倒掷了下来，好笨重的落在水门汀的行人道上。桃红色的鲜血飞溅了一地，那落下来的却是一个人。当时便昏倒，不呻吟一声的死了去。这是一个妙龄的女郎，穿着得很华丽，一身最时髦的装束，处处都可以看得出她是十分的雍容华贵。

一〇　坠楼人

群众们拥了上去看。但过了几分钟，敌兵们便走了来，把他们驱散。谁也不知道这坠楼人是谁家的眷属，为了什么事而坠楼，或她的坠楼是被推落的还是出于自杀的。

当时在那一带办公的人们，目睹着这幕悲剧，曾纷纷籍籍的传说着。但过了几天，他们便都忘记了这事，也不再有什么人提起她来。

在报纸上找不出那一段消息和故事来。

这惨绝人寰的故事，和其他更惨酷的故事，都是同样的出于野兽般的敌兵们的手所表演着的。

这位妙龄女郎，听说是姓贝，一个大商人的儿媳妇。她有一个保管箱在一家外商银行里。

当敌兵占领了租界后，他们出了布告，要每个保管箱的主人都要到各外商银行里，会同他们开箱查验箱内的东西。

这位女郎带了钥匙到银行里去。她的保管箱里，多的是金饰和钻石之类，但没有一点违禁之物。

那个监视她的"兽"类，却动了心，为了物，也为了人，便不问情由的将她带到了那座大厦里去，将她囚禁于某一个房间里。

不知是一天或两天或仅半天，也不知她曾经遭遇到什么样的待遇，总之，她感觉到绝望和恐惧，便趁着监守者的一时疏忽，奋身从窗口跳到楼下自尽了。

这位有烈性的妇人，应该是受褒扬的，却没没无闻的不曾有人提起过。——这比绿珠还惨痛的一个故事，一个兽性的敌人所创造成功的悲剧，一个国家在抗战中受屠杀、伤害的人物的壮烈的牺牲。

这血仇，这牺牲是应该由我们来报复的。

如果有什么"胜利勋章"的话，那勋章是应该首先献给一大批的死难者们的，而她也是其中之一。

一一　从"轧"米到"踏"米

江南人的食粮以稻米为主。"八一三"后，米粮的问题，一天天的严重起来。其初，海运还通，西贡米、暹罗米还不断的运来。所以，江南的米粮虽大部分已为敌军所控制，所征用，而人民们多半改食洋米，也还勉强可以敷衍下去。其时米价大约二十元左右一担。但平民们已有岌岌不可终日之势。"工部局"开始发售平价米。平民们天一亮便等候在米店的门口，排了队，在"轧"米。除了排队上火车之外，这"轧"米的行列，可以说是最"长"最齐整的了，穿制服的人，"轧"米有优先权。他们可以后到而先购，毋须排队。平民们都有些侧目而视，敢怒而不敢言。

有些维持"秩序"的人，拿粉笔在每个排队的人的衣服上写上了号码。其初是男女混杂的，后来，分成了男女两队。每一家米店门前，每一队的号码有编到一千几百号的。有的小贩子，"轧"到了米，再去转卖。一天可以"轧"到好几次米，便集起来到里弄里去叫卖。以此为生的人很不少。

后来，主持平卖的人觉得这方法不好，流弊太多，小贩子可以得到米，而正当的籴米的人却反而挤不上去，便变更了方法。不写号码，而将每一个购过米的人的手指上，染了一种不易褪色的紫墨水。这一天，已染了紫色的人便不得再购第二次米。

一一 从"轧"米到"踏"米

但这方法也行了不久。"工部局"所储的米，根本不能维持得很久。洋米的来源也渐渐的困难起来。米价飞跃到八十余元一担。

"轧"米的队伍更长了，常常的排到了一两条街。有的实在支持不住了，便坐在地上。有的带了干粮来吃。小贩们也常在旁边叫卖着大饼油条一类的充饥物。开头，"轧"米的人，以贫苦者为多，以后，渐有衣衫齐整的人加入。他们的表情，焦急、不耐、忍辱、等候、麻木、激动，无所不有，但都充分的表示着无可奈何的忍受。为了太挤了，有的被挤得气都喘不过来。为了要"活"，什么痛苦都得忍受下去。有执鞭子或竹棒的人在旁，稍一不慎，或硬"轧"进队伍去，便被打了出去。有的，在说明理由，有的，只好忍气吞声而去。强有力的人，有时中途插了进去，后边的人便大嚷起来，制止着；秩序顿时乱了起来。为了一升米，或两升米，为了一天的粮食，他们不能不忍受了一切从未经过的"忍耐""等候"与"侮辱"。

米价更涨了。一升米的平售价值，也一天天的不同起来。然而较之黑市价格还是便宜得多，所以"轧"米的行列，更加多更加长。

有办法的人会向米店里一担两担的买。然已不能明目张胆的运送着了。在黑夜里，从米店的后门，运出了不少的米。但也有纠纷，时有被群众阻止住了，不许运出。

最大的问题是"食"，是米粮。无办法的人求能一天天的"轧"得一升半升的米，已为满足；有办法的人储藏了十担百担的米，便可安坐无忧。平民们食着百元一担，或十元一升的米时，有办法的人所食的还是八元十元一担的米。

有许多"轧"米的悲惨的故事在流传着。因为"轧"不到米，全家挨饿了几天，不得不悬梁自尽的有之。因为"轧"米而

蛰居散记

家里无人照料,失了窃,或走失了儿女的有之。因为"轧"米而不能去教书,或办事,结果是失了业的,也有之。携男带女的去"轧"米,结果还是空手而回。将旧衣服去当了钱,去"轧"米,结果,那仅有的养命的钱,却在排队拥挤中为弄手所窃去。

　　大多数的人家,米缸都是空的,米是放在钵里,罐里,或瓶里,却不会放在缸里的。数米为饭的时候已经到了。有的人在计数着,一合米到底有几粒。他们用各种方法来延长"米"的食用的次数。有的渗合了各种的豆类,蚕豆、红豆、绿豆、黄豆,有的与山薯或土豆合煮。吃"饭"的人一天天的少了。能够吃粥的,粥上浮有多半的米粒的,已是少数的人家了。

　　如果有画家把这一时期的"轧米图"绘了出来,准比流民图还要动人,还要凄惨。那一张张不同的憔悴的面容,正象征着经历了许多年代的痛苦与屈辱的中国人民们的整个生活的面容。

　　到了后来,"工部局"的储粮空了,同时,敌人们的压力也更大,更甚了,便借着实行"配给制度"的诱惑力,开始调查户口,编制"保甲";百数十年来向来乱丝无绪的"租界"的户口,竟被他们整理得有条有理。

　　所谓"配给制度",便是按着户口,发给"配给证",凭证可以购买白米及其他杂粮和日用品。开头,倒还有些白米配给出来。渐渐的米的"质""江河日下"了;渐渐的米的"量"也一天天的少下去了。渐渐的用杂粮来代替一部分的白米了。米的"质"变成了"糠"多"米"少,变成了泥沙多,米质有臭味,不能入口,变成了空谷多于米粒。这些,都是日本人所不能入口,所不欲入口的,所以很慷慨的分了一部分出来。至于我们所生产的香糯的白米呢,那是敌人们的军粮,老百姓们是没有份吃到的。

　　有几个汉奸,勾结了管理军粮的敌人们,窃出了若干白米或

一 从"轧"米到"踏"米

军粮,在黑市上卖了出来。上海人总有半年以上能够在黑市上买得到真正的白米或杜米。那不能不归功于那些汉奸们的作弊之功——从老虎嘴里偷下了一小部分的肥肉出来。后来,这事被他们发现了,两个汉奸,侯大椿和胡政,便被他们枪决。从此以后,白米或杜米,在市面上便更少见到了。"一二·八"珍珠港事变以后,海运完全断绝了,连日本本土的白米也要"江南"地方来供给,白米的来源,便更加艰难,稀少起来。

上海区的人民们,如果有力量,不愿吃杂粮或少吃杂粮的,只好求之于少数的米贩子,那便是所谓"踏"米的人们。"踏"米的人,不过是一个代表的名辞,指的便是那批用自行车偷偷的从敌人的封锁线上,载运了少数米粮过来的人。他们都是年轻力壮的汉子,冒着生命的危险,做着这种黑市交易。其他妇孺们和老年的人们也常常带了些米粮来卖。身上穿了特制的"背身","背身"前后面都有的,其中便储藏着白米,很机警的偷过了敌人的"检问所"。——其实,还是用金钱来买"过"的居多。他们常常的发生"麻烦",最轻的处罚是将食米充公。封锁线的边缘上常见有许多的"没收"的白米堆积着。有的是"没收"后还被"打"被"罚跪"。遇到敌人们不高兴的时候,便用刺刀来戳毙他们。如此遭害的人很不少。友人程及君曾绘了一幅踏米图,那幅图是活生生的一幅表现得很真切的凄惨的水彩画,是沦陷区人民的生活的烙印。

为了食米的输入一天天的艰难起来,敌人们的搜括一天天的加强加多起来,米价便发狂的飞涨着。从伪币一千元两千元一担,到四千元,八千元一担。后来便是一万元,五万元的狂跳着。最后,竟狂跳到一百万元左右一担;最高峰曾经到过二百万一担的关口。平民们简直没有吃到"白米"的福气。连所谓"二号米","三号米"也难得到口。许多人都被迫改食杂粮,从面粉

蛰居散记

到蚕豆、山薯，只要是能够充饥的东西，没有不被一般人搜寻着。饭店里也奉命不许出卖白米饭；有的改用面食；有的改用所谓"麦饭"。白米成了最奢侈的、最珍贵的东西。"配给制度"也在无形中停顿了。——从半个月配给一次，到一个月两个月配给一次，直到了"无形停顿"为止。

食粮缺乏的威胁，不仅使一般平民们感受到，即有力食用白米者们也都感受到了。肉和鱼和蔬菜还有得见到，白米却都到了敌人们的"仓库"里去了。前些时，听说烟台的人请客，食米要自己随身带去。江南产米区的人们，这时也有同样的情形。历史上有一个笑话，说有一个皇帝，遇到荒年，饥民遍野，他提议说，"何不吃肉糜？"这时，倒的确有这样的"事实"了。吃肉糜易，吃白米饭却难。

假如胜利不在八月里到来的话，在冬天，饿死的人一定要成坑成谷的。然而江南产米区并不是没有米。米都被堆藏在敌人的仓库里，一包包，一袋袋堆积如山，任其红腐下去。他们还将米煮成了"饭"，做成了罐头，一罐罐堆积着，以备第二年，第三年的军粮。

什么都被掠夺，但食粮却是他们主要的掠夺的目的物。我曾经过几个大厦，那里面的住户都已被赶了出去，无数的卡车，堆载着白米，往这些大厦里搬运进去。雪白香糯的米粒，漏得满地，这不是白米！然而沦陷区的人民们是分润不到一粒的！德国人对占领地的许多欧洲人说，"德国人是不会饿死的；你们不种田，不生产，饿死的是你们；最后饿死的才是德国人。"这话好不可怕！日本人虽然没有公开的说这句话，然而他们实实在在是这样做着的。

假如天不亮，我们是要首先饿死了的！

好不可怕的一场噩梦！

一二　韬奋的最后

韬奋的身体很衰弱，但他的精神却是无比的踔厉。他自香港撤退，历尽了苦辛，方才到了广东东江一带地区。在那里住了一时，还想向内地走。但听到一种不利于他的消息，只好改道到别的地方去。天苍苍，地茫茫，自由的祖国，难道竟拒绝着他这样一位为祖国的自由而奋斗的子孙么？

他在这个时候，开始感觉到耳内作痛，头颅的一边，也在隐隐作痛。但并不以为严重。医生们都看不出这是什么病。

他要写文章，但一在提笔思索，便觉头痛欲裂。这时候，他方才着急起来，急于要到一个医诊方便的地方就医。于是间关奔驰，从浙东悄悄的到了上海。为了敌人们对于他是那样的注意，他便不得不十分的谨慎小心。知道他的行踪的人极少。

他改换了一个姓名，买到了市民证，在上海某一个医院里就医。为了安全与秘密，后来又迁徙了一二个医院。

他的病情一天天的坏。整个脑壳都在作痛，痛得要炸裂开来，痛得他终日夜不绝的呻吟着。鼻孔里老淌着脓液。他不能安睡，也不能起坐。

医生断定他患的脑癌，一个可怕的绝症。在现在的医学上，还没有有效的医治方法。但他自己并不知道。他的夫人跟随在他身边。医生告诉她：他至多不能活到二星期。但他在病苦稍闲的

蛰居散记

时候，还在计划着以后的工作。他十分焦急的在等候他的病的离体。他觉得祖国还十分的需要着他，还在急迫的呼唤着他。他不能放下他的担子。

有一个短时期，他竟觉得自己仿佛好了些。他能够起坐，能够谈话，甚至能够看报。医生也惊奇起来，觉得这是一个奇迹：在病理上被判定了死刑和死期的人怎么还会继续的活下去，而且仿佛有倾向于痊愈的可能。医生觉得有点不可思议。

这时期，他谈了很多话，拟定了很周到的计划。但他也想到，万一死了时，他将怎样指示他的家属们和同伴们。他要他的一位友人写下了他的遗嘱。但他却是绝对的不愿意死。他要活下去，活下去为祖国而工作。他想用现代的医学，使他能够继续的活下去。

他有句很沉痛的话，道："我刚刚看见了真理，刚刚找到了自己要走的路，难道便这样的死了么？"

没有一个人比他更真实的需要生命，不是为了自己，而是为了真理，而是为了祖国。

他的精神的力量，使他的绝症支持了半年之久。

到了最后，病状蔓延到了喉头。他咽不下任何食物，连流汁的东西也困难。只好天天打葡萄糖针，以延续他的生命。

他不能坐起来。他不断的呻吟着。整个头颅，像在火焰上烤，像用钢锯在解锯，像用斧子在劈，用大棒在敲打，那痛苦是超出于人类所能忍受的。他的话开始有些模糊不清。然而他还想活下去。他还想，他总不至于这样死去的。

他的夫人自己动手为他打安眠药的针，几乎不断的连续的打。打了针，他才可以睡一会。暂时从剧痛中解放出来。刚醒过来的时候，精神比较好，还能够说几句话。但隔了几分钟，一阵阵的剧痛又来袭击着他了。

一二　韬奋的最后

他的几个朋友觉到最后的时间快要到来,便设法找到我蛰居的地方,要我去看望他。我这时候才第一次知道他的在上海和他的病情。

我们到了一条冷僻的街上,一所很清静的小医院,走了进去。静悄悄的一点声息都没有。自己可以听见自己呼吸的声音。

我们推开病室的门,他夫人正悄悄的坐在一张椅上,见我们进来,点点头,悄悄的说道:"正打完针,睡着了呢。"

"昨夜的情形怎样?"

"同前两天相差不了多少。"

"今早打过几回针?"

"已经打了三次了。"

这种针本来不能多打,然而他却依靠着这针来减轻他的痛楚。医生们决不肯这样连续的替他打的,所以只好由他夫人自己动手了。

我带着沉重的心,走近病床。从纱帐外望进去,已经不大认识,躺在那里的便是韬奋他自己了。因为好久不剃,胡须已经很长。面容瘦削苍白得可怕。胸部简直一点肉都没有,隔着医院特用的白单被,根根肋骨都隆起着。双腿瘦小得像两根小木棒。他闭着双眼,呼吸还相当匀和。

我不敢说一句话,静静的在等候他的醒来。

小桌上的大鹏钟在的嗒的嗒的一秒一秒的走着。

窗外是一片灰色的光,一个阴天,没有太阳,也没有雨,也没有风。小麻雀在唧唧的叫着,好像只有它们在享受着生命。

等了很久,我觉得等了很久,韬奋在转侧了,呻吟了,脓水不断的从鼻孔中流出。他夫人用棉花拭干了它。他睁开了眼,眼光还是有神的。他看到了我,微弱的说道:"这些时过得还好罢?"几乎是一个字一个字挣扎出来的。

蛰居散记

我说,"没有什么,只是躲藏着不出来。"

他大睁了眼睛还要说什么,可是痛楚来了,他咬着牙,一阵阵的痉挛,终于爆出了叫喊。

"你好好的养着病吧,不要多说话了。"我忍住了我要问他说的话,那么多要说的话。连忙离开了他的床前,怕增加他的痛楚。

"替我打针吧。"他呻吟的说道。

他夫人只好又替他打了一针。

于是隔了一会,他又闭上了眼沉沉睡去。

病房里恢复了沉寂。

我有许多话都倒咽了下去,他也许也有许多话想说而未说。我静静的望着他,在数着他的呼吸,不忍离开。一离开了,谁知道是不是便永别了呢?

"我们走吧。"那位朋友说,我才蓦然的从沉思中醒来。我们向他夫人悄悄说声再会,轻轻的掩上了门,退了出来。

"恐怕不会有希望的了。"我道。

"但他是那末样想活下去呢!"那个朋友道。

我恨着现代的医学者为什么至今还不曾发明一种治癌症的医方,我怨着为什么没有一个医生能够设法治愈了他的这个绝症。

我祷求着,但愿有一个神迹出现,能使这个祖国的斗士转危为安。

隔了十多天没有什么消息。我没有能再去探望他,恐怕由我身上带给他麻烦。

有一天,那位朋友又来了,说道:"韬奋昨天晚上已经故世了!今天下午在上海殡仪馆大殓。"

我震动了一下,好几秒钟说不出一句话来。

我低了头,默默的为他致哀。

一二　韬奋的最后

固然我晓得他要死，然而我感觉他不会死，不应该死。

他为了祖国，用尽了力量，要活下去，然而他那绝症却不容许多活若干时候。

他是那样的不甘心的死去！

我从来没有看见像他那样的和死神搏斗得那末利害的人。医生们断定了一二星期死去的人，然而他却继续的活了半年。直到最后，他还想活着，还想活着为祖国而工作！

这是何等的勇气，何等的毅力！忍受着半年的为人类所不能忍受的苦，日以继夜的忍受着，呻吟着，只希望赶快愈好，只愿着有一天能够愈好，能够为祖国做事。

然而他斗不过死神！抱着无穷的遗憾而死去！

他仍用他的假名入殓，用他的假名下葬，生怕敌人们的觉察。后来，韬奋死的消息，辗转的从内地传出；却始终只有极少数的人知道他是死在上海的。敌人们努力的追寻着邹韬奋的线索，不问生的或是死的，然而它们在这里却失败了！它们的爪牙永远伸不进爱国者们的门缝里去！它们始终迷惘着邹韬奋的生死和所在地的问题。

到了今天，我们可以成群的携着鲜花到韬奋墓地上凭吊了！凭吊着这位至死还不甘就死的爱祖国的斗士！

一三　记几个遭难的朋友们

在昏雾的敌伪统治之下，具有正义感与民族意识的人士们有几个能够"苟全性命"的呢？陆蠡的死，最可痛心。他把那些敌人们当作"有理性"的"人"看待，结果却发现他们原来是一群兽，于是便殉难而亡。

其他不知名的死难者们更不知有多少。我们应该建立一座"无名英雄墓"来作永久的追念。

至于遭难被囚，幸而不死者，则在朋友们里，非常的多。有一天，在一位朋友的宴会上，在座的人，十个之中，有八个遭过难，受过敌伪的酷刑毒打的。只有我和另外一个朋友是幸免入狱受苦的人。

我自己不知怎样竟会逃过此厄；大半是要感谢遭难的朋友们的爱护，宁愿自己吃尽了苦，却绝对的不肯攀引出自己的同伴们出来。这种精神是可以惊天地，泣鬼神的！假如说，我们这一次抗战的胜利不完全是幸致的话，那末，主要的致胜之因，要归功到这种"不屈"的烈士的，或民族的英勇的精神的。

上海撤守后，首先遭难的有王伍本君。王君是国立暨南大学的学生。不知什么缘故，敌人竟到校来捕捉他。他攀住扶梯不肯走，但终于被强力拖抱而去。至今不知下落。校方曾向警局告警，但敌人取出证件，证明王君是日籍的台湾人，他们乐得袖手

一三　记几个遭难的朋友们

旁观。后来听说，王君的被捕，是为了逃避兵役。祝福这位反战的英雄，不忘祖国的壮士，但愿他至今还无恙的生存着，能够目睹台湾之重入祖国的怀抱！

第二个遭难的是吴中修先生。他是暨大的训育主任，一位最正直无私的君子人。伪方屡次的要强迫他加入伪组织，他都严辞拒绝之。有一次，他步行到校办公，校门口有一部黑色的汽车停在那里。旁边有几个彪形大汉，一见他来，便捉住了他，要强拖他进汽车。他竭力的抵抗着，挣扎着，竟得挣脱了他们的捕捉，逃进校门。这时，围观的闲人们已经聚得很多，他们只好开了汽车逃去。据说，当时幸而他们未带手枪，否则，中修先生一定不会幸免的。

"一二·八"后，许广平女士是朋友们中最早遇难被捕的。她和当时做地下工作的一个民众团体有很深的关系。但她咬紧了牙根，不吐露丝毫的消息给他们。她自己吃尽了苦，然而却保全了整个团体和无数的朋友们。——我也是其中的一人——她出狱后，双腿已不良于行，头发白了许多。她是怎样的拼着牺牲了自己的生命来保护同伴们！这是一个典型的中华民族的女战士和女英雄！

夏丏尊先生无端的在一个清晨被捕了。他临走时，说："通知老板一声吧。"敌人们立刻迫着问老板是谁，于是章雪村先生也因之连带的陷入魔手了。他们虽没有受刑，然而天天的审问，盘查是很不好受的。

雪村先生出狱后，曾示我以狱中所作数诗；其一云："日食三餐不费钱，七时早起十时眠。一瓯香饭搏云子，半钵新茶泼雨前。汤泛琼波红滟滟，盐霏玉屑碧芊芊。煤荒米歉何须急，如入桃源别有天。"其二云："一日几回频点呼，喧凄尼散哈栖枯。低眉敷座菩提相，伸手抢羹饿鬼图。运动憧憧灯走马，睡眠簇簇罐

蛰居散记

藏鱼。剑光落处山君震,虎子兼差摄唾壶。"其三云:"执戈无力效前驱,报国空文触纲罟。要为乾坤扶正气,枉将口舌折侏儒。囚龙殓凤只常事,屠狗卖浆有丈夫。惭愧平生沟壑志,南冠亏上白头颅。"

他们出狱后,告诉我们说,经过这十多天的"非人生活"后,简直什么苦都可以吃得消。粗茶淡饭的生涯,不啻是人间天堂。

和他们同时"进去"的有好几十个中小学的校长和教师们。听说他们吃了不少苦,不久,也都被释放了。

友人赵景深的夫人李女士也因友人的牵连而被捕了去。

杜纪堂先生的夫人赵女士,因为内地寄了一封信给杜先生,信壳上写了她的姓名,因此也被捕。她是笃信基督教的,在狱中默念天主,心里倒很宁静。她被威胁,被劝诱,但绝对的不肯说出杜先生的所在。杜先生得脱于难,连忙避到内地去。

柯灵先生很早的被敌伪所注意。敌人们常常找他谈话,但想利用他的线索,追究很多人。他不泄漏任何的事与人。有一天,我在一家茶室里和他遇到了。我向他招呼着,但他暗中使一个眼色,我连忙的坐了下去,不作理会。原来他的隔座便有一个敌人的密探在着。最后,敌人们对他绝望了,便捕了去,用了种种的酷刑,要他招说。他紧闭着嘴,什么也不说。出来后,他告诉友人们说,受刑不住时,心无杂念,只拼一死;除了"妈呀"的喊着外,别无他话。

李健吾、孔另境先生和杨绛女士们都曾被捕,也都曾吃苦,但他们也都没有使同伴们牵连的被捕。敌人们迫胁着要他们开名单,他们所开的却都是绝不相干的人。

冯宾符先生"进去"了不止一次。每次都很有幸的被盘问后便放出。最后一次,他们把他拖到一个池塘边上;池塘里放着

一三　记几个遭难的朋友们

蛇，蜈蚣，等等的毒虫，水有一人多深。他们说，他如果不招便要掷进这池塘里去。他坐在地上，他们用足踢，用手推，但他在草地上滚了开去，终得幸免于此难。后来，被释放后，总有一两个月，他的精神，还是惊恐不安，举止还是失常。

还有个朋友，无故被捕了去，经过一个月，被放了出来，头上的发通通的变白了，我几乎不认识他。

这些朋友们，遭了难，吃了苦，为了救全同伴们，宁愿自己牺牲；有多少的同伴们因此得以保全无恙；这精神是如何的伟大！

这些遭难的朋友们，只是我所知道的遭难人们中的最少数的人们；大多数的青年人们吃的苦也许更深，受的刑也许更酷更惨，然而为了祖国，他们忍受了一切。

多少人是失了踪，死了。多少人是变成残废了。

然而祖国终于是得救了！

一四　记吴瞿安先生

我们对于终身尽瘁于教育事业，志不旁骛，心无杂虑的人，应该特别的致敬意。自中国教育制度改革以来，这样诚笃忠恳的教员们，所在多有，但更多的却是借了做教员为"登龙之术"，为阶梯，为过渡，为暂时的安身之地，一有机会，便飞了开去。吴瞿安先生是一位终身尽瘁于教育事业的人。他从来没有离开过他的岗位。他从二十七岁（宣统二年）任职于存古学堂起始，在南京第四师范教了一年，在上海民立中学教了四年，在北京大学教了六年，在南京东南大学教了近五年，在上海光华大学及南京中央大学两校兼教了两年，在南京中央大学教了七年，直至民国二十六年。卢沟桥事变起来后，始避寇西迁，不复以舌耕为业。他自汉口转寓湘潭，再迁桂林，转至昆明，于二十八年三月十七日卒于云南大姚县李族屯，年五十六。没有多少人像他那样的专心一志于教育事业的。他教了二十五年的书，把一生的精力全都用在教书上面。他所教的东西乃是前人所不曾注意到的。他专心一志的教词，教曲，而于曲，尤为前无古人，后鲜来者。他的门生弟子满天下。现在在各大学教词曲的人，有许多都是受过他的薰陶的。

教词的人，在北方有刘毓盘先生；教曲的人却更少了。在三十年前，曲是绝学。王国维先生写过《宋元戏曲史》，写过《曲

一四　记吴瞿安先生

录》，但他不曾教过曲。他是研究"曲史"的，对于"曲律"一类的学问，似乎并不曾注意过。瞿安先生却兼长于"曲史"与"曲律"。他自己会唱"曲"，会谱"曲"。在今日，能谱"曲"的人恐怕要成为"广陵散"了。

二十多年前，我还不曾和瞿安先生相识，有一次，和几位朋友游天平山，前面有一只船，在缓缓的荡着，有一个人和着笛声在唱曲。唱得高亢而又圆润。一位朋友道："瞿安先生在前面船上呢。""是他在唱么？""是的。"因为我们这只船也是缓缓的荡着的，始终没有追上，所以我们没有见面。

后来，我到南京去访"曲"，才拜访瞿安先生。我们谈得很起劲。又一次，我到苏州去找他，在他书房里翻书，见到了不少异书好曲。他从来不吝惜任何秘本。他很殷勤的取出一部部的明刊传奇来。我有点应接不暇。我们一同喝着黄酒，越谈越起劲。他胸中一点城府也没有，爽直而恳挚。说到后来，深以这"绝学"无后继者为忧。他说道："我几个孩子，都不是研究曲子的。"言下仿佛"深有憾焉"似的。但我后来知道，他有一位世兄，也是会唱曲的。有人说他会使酒骂座。这不尽然。他喝了酒，牢骚更多是实在的。但并没有"狂书生"的习气。我们说起董康刻的《咏怀堂四种曲》。他说，"原本在我这里呢，董刻妄改妄增的地方不少。我一定要发其覆。"原本很模糊，是很后印的本子了，所以董刻本便大加改动。我很高兴瞿安先生能够加以纠正。可惜他后来始终没有动笔。这本子不知乱后尚在人间否。此志一定要有人完成他才好。

我向他借了好多明刊本传奇照了相，还借了他的一批《周宪王杂剧》的原刻序跋，这些序跋他印《奢摩他室曲丛》时还没有得到，所以不曾印入，他都慨然的允诺了。如果没有他这一批序跋，我对于《周宪王杂剧》的研究是不会完成的。

蛰居散记

"一二·八"倭变时,他的《奢摩他室曲丛》三四集虽已印好,却全部毁失,连带的把他待印的若干珍贵曲本也都烧掉。这不是金钱所能赔偿的。事后他给我一封信道:"曲者不祥之物也。"可以说是"伤感"之至了!然而他并不灰心。有好曲,他还是要收罗。他见到我的唐英《古柏堂传奇》和《青楼韵语》,都借了去抄。他的曲子还保存得不少。他仍然在中央大学教他的词曲。他在这时期,为我的《清人杂剧二集》写了一篇序。

我们并没有见过多少次面,但彼此的心是相印的。不仅对于我,对于一切同道者,他都如此。他把所藏的善本曲子,一无隐匿的公开给他的学生们。友人任中敏、卢冀野二先生都是研究"曲子"的,得他的助力尤多。中敏在北大,冀野在中大,都是听他的课的。有许多教授们,特别是在北方的,都有一套"杀手锏",绝对的不肯教给学生们。但瞿安先生却坦白无私,不知道这一套法术。他帮助他们研究,供给他们以他全部的藏书,还替他们改词改曲。他没有一点秘密,没有一点保留。这不使许多把"学问"当作私产,把珍奇的"资料"当作"独得之秘"而不肯公开的人感到羞愧么?假如没有瞿安先生那末热忱的提倡与供给资料,所谓"曲学",特别是关于"曲律"的一部分,恐怕真要成为"绝学"了。王静安先生走的是"曲史"一条路,但因为藏曲不多,所见亦少,故于明清戏曲史便没有什么大贡献,他的《曲录》是一部黎明期的著作,而不是一部完美无疵的目录。至于瞿安先生则对于此二代的戏曲及散曲,搜罗至广;许多资料都是第一次才被发现的。经过他加以选择与研讨之后,泥沙和珠玉方才分别了开来。我们研究戏曲和散曲,往往因为不精曲律,只知注意到文辞和思想方面,但瞿安先生则同时注意到他们的合"律"与否。因之,他的批评便更为严刻而深邃。

他的藏书,除曲子以外,还有不少明版书。他榜其书斋曰百

一四　记吴瞿安先生

嘉室，意欲集合一百种明嘉靖刊本于此室；但似乎因为力量不够，一百种的嘉靖刊本始终没有足额。当他西迁时，随身携带了好几箱的书去，其中当然以曲子书为最多。其余的书都还藏在苏寓。经此大劫，好像还不曾散失。在滇的书，则已由他的学生们在清理编目。这一批宝藏是瞿安先生一生精力之所聚，最好能够集中在一处，由国家加以保存，庋藏在某一国立图书馆，或北京大学或中央大学图书馆中，特别的设一纪念室（或即名为"百嘉室"吧）以作瞿安先生的永久的纪念。这个提议，我想他的朋友们和学生们一定会赞成而力促其实现的。已印的《奢摩他室曲丛》第一集和第二集，仅不过是瞿安先生所藏的精本的一小部分。其他重要的资料还很多；一旦公开了，对于研究曲子的人，一定是很有作用的。而于瞿安先生一生坦白无私，不以资料为己有的精神，也更能够发挥而光大之。

瞿安先生早年曾写了不少剧本；杂剧有《煖香楼》，写《板桥杂记》所载姜如须与李十娘事；《落茵记》，写一女学生堕落的事；《无价宝》为祝秉纲题黄尧圃《鱼玄机诗思图》而作，"宋塵觞咏，不过陈藏家故实"而已；《惆怅爨》，为《四声猿》型的北曲，凡五折，演四个故事，一为《香山老放出杨枝妓》，二为《湖州守乾作风月司》（二折），三为《高子勉题情国香曲》，四为《陆务观寄怨钗凤词》；《轩亭秋》，记秋瑾被杀事，仅见楔子一套。传奇有《苌弘血》（未见传本），写戊戌政变事；《风洞山》，写明末瞿忠宣尽节事；《东海记》，写孝女殉姑被诛事；《双泪碑》，写汪柳侬事；《绿窗怨记》，为一言情之作。又有《白团扇》及《义士记》，俱未见传本。后又将《煖香楼》改写，易名为《湘真阁》，曾见伶人演唱，但在中年以后，他却不曾有过什么新作。

他的剧本有一个特色，便是鼓吹民族主义，大都写于清末，

蛰居散记

为那时候的民族革命者作鼓吹宣传之用,像《苌弘血》,《媛香楼》,《轩亭秋》和《风洞山》,全都是的。他尽了他那个时代的一个革命者的任务。这与他的慷慨激昂的性情很相合的。凡是一个性情真挚,坦白的人,殆无不是走在时代之前或与时代一同迈步前进的。虽他所用的工具是南北曲,是不大能够演奏的昆腔,然而他是尽了他的一份责任的。

他的《霜厓曲录》,及《霜厓词录》,及《霜厓诗录》,也多慷慨激昂之作。

他很早的便写了一部《词余讲义》和《顾曲尘谈》及《奢摩他室曲话》。后来又写了《词学通论》,《曲学通论》,《中国戏曲概论》,《元剧研究ABC》,《南北词简谱》诸书。而于《南北词简谱》用力尤深。他所选编的书则有《古今名剧选》,《曲选》及《奢摩他室曲丛》初二集。对于曲史的研究,曲律的探讨,资料的传布,他都尽了很大的心力。从前鄞县姚梅伯(燮)也对曲子很用心,曾作了一部《今乐考证》,选了一部《新乐府选》,但总没有他那末于曲子的各方面无不接触到,而且无不精研深究的。

他讳梅,字瞿安(瞿一作臞或癯)。一字灵鹣,号霜厓,吴县人(原为长洲县学诸生,民国后长洲并入吴县)。清末,尝两应江南乡试,不中,即弃去。一游河南,入河道曹某幕,不久,也就南归。自此,便以教学为终生的事业。

一五　记复社

敌人们大索复社，但始终不知其社址何在。敌人们用尽种种方法，来捉捕复社的主持人，但也始终未能明白究竟复社的主持人是谁。

复社在敌伪统治的初期，活跃于上海的一个比较自由的小圈子里，做了不少文化工作，最主要的一个工作，便是出版《鲁迅全集》。

复社是一个纯粹的为读者们而设立的一个出版机关，并没有很多的资本。社员凡二十人，各阶层的人都有。那时，社费每人是五十元；二十个人，共一千元。就拿这一千元作为基础，出版了一部《鲁迅全集》。

当初，几个朋友所以要办复社的原因，目的所在，就是为了要出版《鲁迅全集》。这提议，发动于胡愈之先生。那时候，整个上海的出版界都在风雨飘摇之中，根本不想出版什么书。像《鲁迅全集》，也许有几家肯承印，肯出版，但在条件上也不容易谈得好。

"还是我们自己来出版吧。"留在上海的几位鲁迅先生纪念委员会的人这样的想着。

先来组织一个出版机关，这机关便是复社。

编辑委员会的工作并不轻松。以景宋夫人为中心，搜辑了许

蛰居散记

多已刊、未刊的鲁迅先生的著作,加以整理,抄写,编排次序,然后付印。许多朋友,自动的来参加校对的工作。煌煌廿巨册的大著,校对的事,实在很不容易。王任叔先生在这一方面和编辑方面,所负的责任最多。但假如没有许多热情的帮助,他也是"单丝不成线"的。

印刷的经费呢?资本只有一千元,还不够排印一本。复社开了社员大会,议决,先售预约。直接与读者们接触,不经过"书店"的手。记得那时的定价是:每部八元五角。我们发动了好些人,在各方面征求预约者。同时,为了补救印刷费的不足,另印一部分"纪念本",定价每部五十元及一百元,纪念本的预定者也很不少。

居然,这煌煌廿巨册的《鲁迅全集》,像奇迹似的,在上海,在敌伪环伺侦察之下,完成出版的工作了!纪念本印得十分的考究。普通本也还不坏。主持印刷发行的是张宗麟先生,他也是专心一意的在埋头苦干着。

最可感动的是,处处都可遇到热情的帮助与自动的代为宣传,代为预约,代为校对。众力易于成事,这是一个最好的例子。这工作,虽发动于复社,虽为复社所主持,而其成功,复社实不敢独居。这是联合了各阶层的"开明"的"正直"的力量才能完成之的。

而复社的本身,虽然只有二十个社员,而且决不公布其组织与社员们的名单,而在当时,这二十位社员的本身,便也代表了"自由上海"的各阶层"开明"的与"正直"的力量。

复社还做了些其他的出版事业。她不以牟利为目的,所以基础并不稳固,营业也不能开展。所可喜悦的,便是这一股力量。这一股联合起来的力量。谁都呈献点什么,谁都愿意为"社"而工作。"有钱的出钱,有力的出力",在复社里可以说表现得最

一五　记复社

充分。

　　这二十个社员，虽然不常常聚会，但团结得像铁一样的坚固，没有一个人对外说起过这社是怎样组织的。关于这社的内容，这是第一次的"披露"。

　　敌人们疑神疑鬼了很久，侦察了很久，但复社是一个铁桶似的组织，一点缝儿也被他们找不到。经营了近四年，却没有出过一回乱子。可见爱护她的人之多，也可见她的组织的严密。

　　"一二·八"太平洋战争爆发后，复社的社员们留在上海的已经很少了。这少数的人开了一次会，决定，在那样的环境之下，复社的存在是绝对不可能的，便立即作着种种解散的工作。存书与纸版都有很妥善的处置办法。复社起来的时候，像从海面上升起的太阳，光芒万丈，海涛跳拥，声势极盛；但在这时候，结束了时，也立即烟消云散，声息俱绝。

　　敌人们和敌人的爪牙们虽曾用了全力来追寻复社的踪迹，但像奇迹似的起来，也像奇迹似的消失了去，他们简直无从捕风捉影起。

　　景宋夫人的被捕，受尽了苦，但不曾吐露过关于复社的片语只言。她保全了许多的朋友们。

　　后来，听到不少关于敌人们和敌人的爪牙们怎样怎样的寻踪觅迹的在追找复社和复社的主持人的消息。也有不少人因复社的关系被捕过。但都没有吐露过关于复社的一丝一毫的事。冯宾符先生也是社员之一，他被捕过，且被传讯了不止五六次，但他们却始终不知道他与复社有关。

　　文化生活社的陆蠡先生被捕时，听说也曾向他追究过复社的事。即使他知道若干，他如何肯说出来呢？

　　一直到了敌人的屈膝为止，敌人宪兵队里所认为最神秘的案卷，恐怕便是关于复社的一件吧。

蛰居散记

　　其实，复社并不神秘。复社是公开的一个出版机关。复社与各方面接触的时候很多。知道复社的组织内幕的人很不少。但在各方面的维护之下，复社却很安全。

　　凡是敌人们所要破坏的，追寻的，必定要为绝大多数同情者们所维护，所保全的。复社便是一个例子。敌人们的力量永远是接触不到这无形的同情的绝大堡垒的。

　　复社的社员们，除了胡咏骐先生已经亡故了之外，都还健在；虽然散在天南地北，但都还不懈的为人民，为民主而工作。这个不牟利的人民的出版机关，复社，生长于最大多数的人民的同情的维护之中的，将来必会继续存在而且发展的。她虽停顿了一时，但并没有死亡。她将更努力的为最大多数的人民们服务。她的任务并没有终了。

　　人民需要这样的一个不牟利的出版组织。

　　读者们需要这样的一个不牟利的为读者们服务的绢织。

一六 "废纸"劫

　　收集故纸废书之风，发端于数载之前，至去岁而大盛，至今春而益烈，迨春夏之交，则臻于全盛之境矣。初仅收及废报及期刊，作为所谓还魂纸之原料。继则渐殃及所谓违碍书，终则无书不收，无书不可投入纸商之大熔炉中矣。初仅负贩叫卖者为之，继则有一二小肆亦为之。后以利之溥而易获也，若修绠堂，修文堂，来青阁，上海旧书商店诸大古书肆亦为之矣。初仅收拾本肆中难销之书，残阙之本，论担称斤以售出，继则爪牙四布，搜括及于沪杭沪宁二铁路线之周围矣，又进而罗织至平津二市矣。于是舍正业而不为，日孳孳于惟废纸破书之是务。予尝数经来青阁修文堂及上海旧书商店之门，其所堆积者，无非造纸之原料也，有教科书，有《圣经》，有杂志，有大部滞销之古书，有西书，有讲义，自洋装皮脊之过时百科全书，年鉴，人名录，以至石印之《十一朝东华录》，《经策通纂》，《九朝圣训》，以及铅印之《图书集成》残本，无不被囊括以去。每过肆，语价时，肆主人必曰：此书论斤时，亦须值若干若干，或曰：此书之值较论斤称出为尤廉，或曰：此书如不能售，必将召纸商来，论斤称付之。此或是实情实事。肆主人如急于求售，与其售之于难遇难求之购书者，诚不如贬值些须，售之于纸商之为愈也。商人重利，利之所在，趋之若鹜。岂有蝇蚋嗅得腥膻而不飞集者！于是古书之论

蛰居散记

值,除善本、孤本外,必以纸张之轻重黄白为别。轻者黄者廉,而重者白者昂,其为何等书则不问也。其不能即售者,则即举而付之纸商,其为何等书则不问也。其书之可留应留与否则亦不问也。尝过市,有中国书店旧存古书七十余扎,凡五千余本,正欲招纸商来称斤去。予尝见其目,多普通古书,且都为有用者,若江刻《五十唐人小集》,《两浙輶轩录》,《杨升庵全集》,《十国春秋》,《水道提纲》,《艺海珠尘》等书,都凡七八百种。此类书而胥欲付之大熔炉中,诚可谓丧心病狂之至者矣!肆主人云:如欲留,则应立即决定,便可不至使之成废纸矣。予力劝其留售,肆主人不顾也。曰:至多留下二十许种市上好销者,余皆无用。并且指且言曰:某也不能销,某也无人顾问,不如论斤秤出之得利多而速也。予喟然无言。至他肆屡以此数十扎书为言,力劝其收下。彼辈皆不顾,皆以不值得,不易售为言。自晨至午,无成议,而某肆主急如星火,必欲速售去。予乃毅然曰:归予得之可也!遂以六千金付之,而救得此七八百种书。时予实窘困甚,罄其囊,仅足此数,竟以一家十口之数月粮,作此一掷救书之豪举,事后,每自诧少年之豪气未衰也。属有天幸,数日后,有友复济以数千金,乃得免于室人交谪,乃得免于不举火。每顾此一堆书,辄欣然以为乐,若救得若干古人之精魄也。且此类事为予所未知者多矣。即知之,然予力有限,岂又能尽救之乎?戚戚于心,何时可已!每在乱书堆中救得一二稍可存者,然实类愚公之移山也。天下滔滔,挽狂澜于既倒者复有谁人乎?悒然忧之,愤懑积中。尝遇某人,曰:家有清时外务部石印大本《图书集成》一部,欲售之,而无应者。以今日纸价论之,若作废纸称去,亦可得二万余金也。予俯而不答。呜呼,人间何世,浩劫未艾!今而后,若求得一普通古书,价廉帙巨,而尚为纸商大熔炉劫火未及者,恐戛乎其难矣。今而后若搜集清代普通刊本,晚清

一六 "废纸"劫

石印铅印本书，恐必将不易易矣。兵燹固可惧，然未必处处皆遭劫也，穷乡僻壤，必尚有未遭兵燹之处，通都大邑亦必尚有未遇浩劫之地。禁毁诚可痛，然亦未必网罗至尽也；千密一疏，必有漏网者在；有心人不在少数，疏忽无知者，尤不可胜计；此皆鲁壁也。而今则大利所在，竭泽而渔，凡兵燹所不及，禁毁所未烬者，胥一举而尽之。凡家有破书数架，故纸一簏者，负贩辈必百计出之。不必论何种书也；不必视书之完阙也；不必选剔书之破蛀与否也。无须泾泾议价，更无须专家之摩挲审定，但以大称一，论担称之足矣。于是千秋万世之名著，乃与朝生暮死之早报等类齐观矣；于是一切断烂朝报，乃偕精心结构之巨作同作废纸入熔炉矣。文献之浩劫，盖莫甚于今日也！目击心伤，回天无力。惨痛之甚，几有不忍过市之感。彼堆积于市门者何物也？非已去硬面之西书，即重重叠叠之故纸旧书。剥肤敲脑，无所不至。（精明之贾，每截下一书空白之天头，以为旧纸，供修书之用。余谥之曰敲脑。）予但能指而叹曰：造孽，造孽！而市人辈则嬉笑自若，充耳不闻也。经此大劫，大江南北以及冀鲁一带之文献乃垂垂尽矣！伤哉！

　　这是去年秋天我所写札记中的一部分。《周报》索《蛰居散记》续稿，不及改写，遂以此付之。于体例上殊不相类也。

一七　售书记

嗟食何如售故书，疗饥分得蠹虫余。
丹黄一付绛云火，题跋空传士礼居。
展向晴窗胸次了，抛残午枕梦回初。
莫言自有屠龙技，剩作天涯裨贩徒。

以上是一个旧友的售书诗，这个旧友和我常在古书店里见到。从前，大家都买书，不免带点争夺的情形，彼此有些猜忌，劫中，我卖书，他也卖书，见了面，大家未免常常叹气，谈着从来不会上口的柴米油盐的问题。他先卖石印书，自印的书，然后卖明清刊本的书。后来，便不常在古书店见到他了。大约书已卖得差不多，不是改行做别的事，便是守在家里不出门。关于他，有种种的传说。我心里很难过，实在不愿意在这里再提起，这是一位在这个大时代里最可惜、惨酷的牺牲者。但写下他抄给我的这首诗时，我不能不黯然！

说到售书，我的心境顿时要阴晦起来。谁想得到，从前高高兴兴，一部部，一本本，收集起来，每一部书，每一本书，都有它的被得到的经过和历史，这一本书是从哪一家书店里得到的，那一部书是如何的见到了，一时踌躇未取，失去了，不料无意中又获得之；那一部书又是如何的先得到一二本，后来，好容易方

一七 售书记

才从某书店的残书堆里找到几本，恰好配全，配全的时候，心里是如何的喜悦；也有永远配不全的，但就是那残帙也很可珍重，古宫的断垣残刻，不是也足以令人留连忘返么？那一本书虽是薄帙，却是孤本单行，极不易得；那一部书虽是同光间刊本，却很不多见；那一本书虽已收入某丛书中，这本却是单刻本，与丛书本异同甚多；那一部书见于禁书目录，虽为陋书，亦自可贵。至于明刊精本，黑口古装者，万历竹纸，传世绝罕者，与明清史料关系极巨者，稿本手迹，从无印本者，等等。则更是见之心暖，读之色舞。虽绝不巧取豪夺，却自有其争斗与购取之阅历。差不多每一本，每一部书于得之之时都有不同的心境，不同的作用。为什么舍彼取此，为什么前弃今取，在自己个人的经验上，也各自有其理由。譬如，二十年前，在中国书店见到一部明刊蓝印本《清明集》和一部道光刊本"小四梦"，价各百金，我那时候倾囊只有此数，那末，还是购"小四梦"吧。因为我弄中国戏曲史，"小四梦"是必收之书。然而在版本上，或在藏书家的眼光看来，那《清明集》，一部极罕见的古法律书，却是如何的珍奇啊！从前，我不大收清代的文集，但后来觉得有用，便又开始大量收购了。从前，对于词集有偏嗜，有见必收，后来，兴趣淡了些，便于无意中失收了不少好词集。凡此种种，皆寄托着个人的感情。如鱼饮水，冷暖自知。谁想得到，凡此种种，费尽心力以得之者，竟会出以易米么？谁更会想得到，从前一本本，一部部书零星收得，好容易集成一类，堆作数架者，竟会一捆捆，一箱箱的拿出去卖的么？我从来不肯好好的把自己的藏书编目，但在出卖的时候，卖书的要先看目录，便不能不咬紧牙关，硬了头皮去编。编目的时候，觉得部部书本本书都是可爱的，都是舍不得去的，都是对我有用的，然而又不能不割售。摩挲着，仔细的翻看着，有时又摘抄了要用的几节几段，终于舍不得，不愿意把它上

蛰居散记

目录。但经过了一会，究竟非卖钱不可，便又狠了狠心，把它写上。在劫中，像这样的"编目"，不止三两次了。特别在最近的两年中，光景更见困难了，差不多天天都在打"书"的主意，天天在忙于编目。假如天还不亮的话，我的出售书目又要从事编写了。总是先去其易得者，例如《四部丛刊》，百衲本《廿四史》之类。《四部丛刊》，连二三编，我在前年，只卖了伪币四万元，百衲本《廿四史》，只卖了伪币一万元。谁想得到，在今年今日，要想再得到一部，便非花了整年的薪水还不够么？只好从此不作收藏这一类大部书的念头了。最伤心的是，一部石印本《学海类编》，我不时要翻查，好几次书友们见到了，总要怂恿我出卖，我实在舍不得。但最后，却也不得不卖了。卖得的钱，还不够半个月花，然而如今再求得一部，却也已非易了。其后，卖了一大批明本书，再后来，又卖了八百多种清代文集，最后，又卖了好几百种清代总集文集及其他杂书。大凡可卖的，几乎都已卖尽了！所万万舍不得割弃的是若干目录书，词曲书，小说书和版画书。最后一批，拟日要去的便是一批版画书。天幸胜利来得恰如其时，方才保全了这一批万万舍不得去的东西。否则，再拖长了一年半载，恐怕连什么也都要售光了。但我虽然舍不得与书相别，而每当困难的时光，总要打它的主意，实在觉得有点对不起它！如果把积"书"当作了囤货——有些暴发户实在有如此的想头，而且也实在如此的做，听说，有一个人，所囤积的《四部丛刊》便有廿余部——那末，售去倒也没有什么伤心。不幸，我的书都是"有所谓"而收集起来的，这样的一大批一大批的"去"，怎么能不痛心呢？售去的不仅是"书"，同时也是我的"感情"，我的"研究工作"，我的"心的温暖"！当时所以硬了心肠要割舍它，实在是因为"别无长物"可去。不去它，便非饿死不可。在饿死与去书之间选择一种，当然只好去书。我也有我的打算，每

一七　售书记

售去一批书，总以为可以维持个半年或一年。但物价的飞涨，每每把我的计划全部推翻了。所以只好不断的在编目，在出售；不断的在伤心，有了眼泪，只好望肚里倒流下去。忍着，耐着，叹着气，不想写，然而又不能不一部部的编写下去。那时候，实在恨自己，为什么从前不藏点别的，随便什么都可以，偏要藏什么劳什子的书呢？曾想告诉世人说，凡是穷人，凡是生活不安定的人，没有恒产、资产的人，要想储蓄什么，随便什么都可以，只千万不要藏书。书是积藏来用，来读的，不是来卖的。卖书时的惨楚的心情实在受得够了！到了今天，我心上的创伤还没有愈好；凡是要用一部书，自己已经售了去的，想到书店里去再买一部，一问价，只好叹口气，现在的书已经不是我辈所能购致的了。这又是用手去剥创疤的一个刺激。索性狠了心，不进书店，也决心不再去买什么书了。书兴阑珊，于今为最。但书生结习，扫荡不易，也许不久还会发什么收书的雅兴罢。

但究竟不能不感谢"书"，它竟使我能够度过这几年难度的关头。假如没有"书"，我简直只有饿死的一条路走！

一八　我的邻居们

　　我刚刚从汶林路的一个朋友家里，迁居到现在住的地方时，觉得很高兴；因为有了两个房间，一作卧室，一作书室，显得宽敞得多了；二则，我的一部分的书籍已经先行运到这里，可读可看的东西，顿时多了几十倍，有如贫儿暴富；不像在汶林路那里，全部的书，只有两只藤做的书架，而且还放不满。这个地方是上海最清静的住宅区。四周围都是蔬圃，时时可见农人们翻土、下肥、播种；种的是麦子、珍珠米、麻、棉、菠菜、卷心菜以至花生等等。有许多树林，垂柳尤多，春天的时候，柳絮在满天飞舞，在地上打滚，越滚越大。一下雨，处处都是蛙鸣。早上一起身，窗外的鸟声仿佛在喧闹。推开了窗，满眼的绿色。一大片的窗是朝南的，一大片的窗是朝东的；太阳光很早的便可以晒到。冬天不生火也不大嫌冷。我的书桌，放在南窗下面，总有整整的半天，是晒在太阳光下的。有时，看书看得久了，眼睛有点发花发黑。读倦了的时候，出去走走，总在田地上走，异常的冷僻，不怕遇见什么熟人。我很满足，很高兴的住着。

　　正门正对着一家巨厦的后门。那时，那所巨厦还空无人居，不知是谁的。四面的墙，特别的高，墙上装着铁丝网，且还通了电。究竟是谁住在那里呢？我常常在纳罕着。但也懒得去问人。

　　有一天早上，房东同我说，"到前面房子里去看看好么？"

一八 我的邻居们

我和他们，还有几个孩子，一同进了那家的后门。管门人和我的房东有点认识，所以听任我们进去。一所英国的乡村别墅式的房子，外墙都用粗石砌成，但现在已被改造得不成样子。花园很大，也是英国式的，但也已部分的被改成日本式的。花草不少；还有一个小池塘，无水，颇显得小巧玲珑，但在小假山上却安置了好些廉价的磁鹅之类的东西，一望即知其为"暴发户"之作风。

盆栽的紫藤，生气旺盛，最为我所喜，但可知也是日本式的东西。

正宅里布置得很富丽堂皇，但总觉得"新"，有一股无形的"触目"与触鼻的油漆气味。

"这到底是谁的住宅呢？"我忍不住的问道，孩子们正在草地上玩，不肯走。

房东道："我以为你已经知道了；这是周佛海的新居，去年向英国人买下的，装修的费用，倒比买房的钱花得还多。"

过了几个月，周佛海搬进宅了；整夜的灯火辉煌，笙歌达旦，我被吵闹得不能安睡。我向来喜欢早睡，但每到晚上九十点钟，必定有胡琴声和学习京戏的怪腔送到我房里来。恨得我牙痒痒的，但实在无奈此恶邻何！

更可恨的是，他们搬进了，便要调查四邻的人口和职业；我们也被调查了一顿。

我的书房的南窗，正对着他们的厨房，整天整夜的在做菜烧汤，烟筒里的煤烟，常常飞扑到我书桌上来。拂了又拂，终是烟灰不绝。弄得我不敢开窗。我现在不能不懊悔择邻的不谨慎了。

"一二·八"太平洋战争起来后，我的环境更坏了。四周围的英美人住宅都空了起来，他们全都进了集中营。隔了几时，许多日本人又搬了进来。他们男人大都是穿军装的。还有保甲的组织，防空的练习，吵闹得附近人家，个个不安。

在防空的时候，他们干涉邻居异常的凶狠，时时有被打的。有时，我晚上回家，曾被他们用电筒光狠狠的照射着过。

有一天，厨房的灯光忘了关，也被他们狠狠的敲门打窗的骂了一顿过。

一个早晨，太阳光很好，出去走走，恰遇他们在练习空防。路被阻塞不通，只好再回过来。

说到通路，那又是一个厄运。本来有一条通路，可以直达大道，到电车站很近便。自从周佛海搬来后，便常常被阻塞。日本人搬来后，索性的用铁丝网堵死了。我上电车站，总要绕了一个大圈，多花上十分钟的走路工夫。

胜利以后，铁丝网不知被谁拆去了。我以为从此可以走大道了。不料又有什么军队驻扎在小路上看守着，不许人走过。交涉了几回也没用。只好仍旧吃亏，改绕大圈子走。

和敌伪的人物无心的做了邻居，想不到也会有那末多的痛苦和麻烦。

一九　秋夜吟

　　幸亏找到了小石。这一年的夏天特别热,整个夏天我以面包和凉开水作为午餐;等太阳下去,才就从那蛰居小楼的蒸烤中溜出来,嘘一口气,兜着圈子,走冷僻的路到他家里,用我们的话,"吃一顿正式的饭。"

　　小石是一个顽皮的学生,在教室里发问最多,先生们一不小心,就要受窘。但这次在忧患中遇见,他却变得那么沉默寡言了。既不问我为什么不到内地去,也不问我在上海有什么任务,当然不问我为什么不住在庙弄,绝对不问我如今住在什么地方。

　　我突然的找到他了,突然每晚到他家里吃饭了,然而这仿佛是平常不过的事,早已如此,一点不突然。料理饮食的也是小石一位朋友的老太太,我们共同享用着正正式式的刚煮好的饭,还有汤,——那位老太太在午间从不为自己弄汤菜,那是太奢侈了。——在那里,我有一种安全的感觉。直到有一次我在这"晚宴"上偶然缺席,第二天去时看到他们的脸上是怎样从焦虑中得到解放,才知道他们是如何理解我的不安全。那位老太太手里提着铲刀,迎着我说:"嗳呀,郑先生,您下次不来吃饭最好打电话来关照一声啊,我们还当您怎么了呢。"

　　然而小石连这个也不说。

　　于是只好轮到我找一点话,在吃过晚饭之后,什么版画,元曲，变文，老庄哲学，都拿来乱谈一顿，自己听听很像是在上文学史之类，有点可笑。

于是我们就去遛马路。

有时同着二房东的胖女孩，有时拉着后楼的小姐L，大家心里舒舒坦坦的出去"走风凉"，小石是喜欢魏晋风的，就名之谓"行散"。

遛着遛着也成为日课，一直到光脚踏屐的清脆叩声渐渐冷落下来，后门口乘风凉的人们都缩进屋里去了，我们行散的兴致依然不减。

秋天的黄昏比夏天的更好，暮霭像轻纱似的一层一层笼罩上来，迷迷糊糊的雾气被凉风吹散。夜了，反觉得亮了些，天蓝的清清净净，撑得高高的，嵌出晶莹皎洁的月亮，真是濯心涤神，非但忘却追捕，躲避，恐怖，愤怒，直要把思维上腾到国家世界以外去。

我们一边走着，一边谈性灵，谈人类的命运，争辩月之美是圆时还是缺时，是微云轻抹还是万里无垠。……

小石的住所朝南再朝南，是徐家汇路，临着一条河，河南大都是空地和田，没有房子遮着，天空更畅得开，我们从打浦桥顺着河沿往下走往下走，把一道土堆算城墙，又一幢黑黢黢的房屋算童话里的堡垒，听听河水是不是在流。

走得微倦，便靠在河边一株横倒的树干上，大家都不谈话。

可是一阵风吹过来了，夹着河水污浊的气味，熏得我们站起来。这条河在白天原是不可向迩的。"夜只是遮盖，现实到底是现实，不能化朽腐为神奇！"小石叹了口气。

觉着有点凉，我随手取起了放在树干上的外衣，想穿。"嗄！"L叫了起来："有毛毛虫。"外衣上附着两只毛虫呢，连忙抖拍了下去。大家一阵忙，皮肤起着栗，好像有虫在爬。

一九　秋夜吟

"不要神经过敏了，听，叫哥哥在叫呢。"

"不，那是纺织娘。"

"那里，那一定是铜管娘。"

"什么铜管娘，昆虫学里没有的名字。"

其实谁也没有研究过昆虫学。热心的争论起来了，把毛毛虫的不快就此抖掉。

"听，那边更多呢！""那边更多呢。"

一路倾听过去，忽然有一个孩子的声音叫：

"在这里了。"

那是一个穿了睡衣裤的小孩，手里执着小竹笼，一条辫子梢上还系着红线，一条辫子已经散了，大概是睡了听见叫哥哥叫的热闹又爬起来的。

"你不要动，等我捉。"铁丝网那边的丛莽中有一个男人在捉，看样子很是外行，拿了盒火柴，一根根划着。

秋虫的声音到处都是，可是去捉呢，又像在这里，又像在那里，孩子怕铁丝网刺他，又急着捉不到，直叫。

小石也钻进丛莽里去了。

一个骑自行车的人经过，也停下来，放好了车，取下了车上的电石灯，也加入去捉了。

这人可是个惯家，捉了一会，他说："不行，这样，你拿着灯，我们来捉。"原来的男人很听话的赶快把灯接过来，很合拍的照亮着。

果然，不一会，骑自行车的人就捉到了一只，大家钻出来，孩子喜欢得直跳。

骑自行车的人大大的手里夹着叫哥哥，因为感觉到大家欣赏他的成功而害羞，怯怯的说道："给谁呢？给谁呢？"

原来在捉的男人就推给小石说："先给他吧，他不会捉的。"

蛰居散记

孩子也说:"给你吧,我们还好再捉。"

小石被这亲热的退让和赠予弄得不好意思起来,连忙走开去,说:"哪里,哪里,我原不想要,我是帮你们捉的。"想想自己又不会捉,又改说:"我不过凑凑热闹。"

我们也说:"小妹妹别客气了,把它放在笼子里吧,看跳掉了。"

那个孩子才欢欢喜喜感谢地要了,男人和骑自行车的又钻进丛莽中去。

小石一边走,一边笑,一边咕噜,"我又不是小孩子。推给我做什么。"

L说:"人家当你比那个小孩还小啦。这又有什么可脸红的呢。"

于是小石就辩了:"月亮光底下看得出脸红脸白么。"

其实我们大家都饫饮这善良的温情而陶然了。

走得很远,回过头去,还看得见丛莽里一闪一闪亮着自行车的摩电灯。

附　录

忆愈之

　　愈之姓胡氏，名学愚，上虞人，是一个苦学出身的学者。曾经相信过无政府主义，提倡过世界语，创导过写别字运动。他身材矮小，组织的能力却极强。我们在二十几年里，没有间断过一天的友谊。我们还同事过七八年，几乎天天在一起。我从来没有见过他有脸红耳赤的情形发生，他永远是心平气和的，永远是和蔼明朗的，只除了一次，他曾经受过极深刻的刺激，态度变得异常的激昂而愤慨。

　　那一次是清党的事件刚发生，他走过宝山路，足下踏着一堆的红血，竹篱笆旁，发现了好些被杀的尸身。他气促息急的跑到了商报馆，立刻便草拟致几位党国元老的代电。这是他从"编辑室"的生活转变到政治活动的开始，也是他从一个无政府主义者变成了一个实际行动者的开始。

　　他从巴黎经由莫斯科回国，使他思想变动了不少。他写了一本很有名的《莫斯科印象记》，似较秋白的《赤都心史》尤得读者的赞颂。

　　我在北平教书的时候，他在上海正和宋庆龄杨杏佛诸位从事于济难会的工作。他始终站在一个人道主义者的立场上，反对暴力，反对杀戮。

"九一八"事件后，他成了最热忱的抗日家。他主编着复刊后的《东方杂志》，使这古老的定期刊物放射出异常焕烂的光彩。然终于不为那古老的出版家所容，他不得不辞职以去。

他为开明书店主持《月报》的编辑，这是中国杂志界的一个创格的刊物。

他为生活书店创办《世界知识》，尽了不少介绍国际新闻和常识的功能。这杂志的性质，也是空前未有的。

他决定着《文学》的创刊，《太白》的出版，《中华公论》的编辑，《文学季刊》和《世界文库》的发行。最生气蓬勃的生活书店的一段历史乃是愈之所一手造成的。

《鲁迅全集》的编印出版，也是他所一力主持着的，在那样人力物力缺乏的时候，但他的毅力却战胜了一切，使这二十巨册的煌煌大著能够在很短的时间内印出。

伟大悲壮的鲁迅葬礼的举行，也是他在策动着的。

他团结了许多不同阶层，不同职业的人物，做着救国运动，这运动的人物们在上海曾发生了很大的作用，直到"十二月八号"的珍珠港事件发生后才解体。

他组织了许多有力的刊物与团体，但从来不把持着他们；他总是"功成身退"的。除了几个最亲密的朋友们以外，外边的人没有一个知道他是那些刊物和团体的真正发动者和主持者。

他的眼光是那样的远大，他的见解是那样的明晰，他的思想是那样彻底，他的心胸是那样的博大，人家被包罗在内而往往尚不自知。

他宽恕，他忠厚恳挚，对于一切同道的人，他从来没有一句"违言"，没有一点不满的批评。但他却坚定忠贞，从来不肯退让

附 录

一步，从来不曾放弃过他自己所笃信的主张和立场，无论在什么环境之下。在朋友们里，能够像他那样的伟大而兼收并蓄，包罗万象的，恐怕只有一位蔡孑民先生可以相提并论罢。

我从来不大预问外事，也最怕开会，但自从见到愈之把银行界的人物和百货公司的主持人也拉来开会以后，我不能不受感动，不能不把自己从"隐居"生活里跳出来了。

"八一三"的淞沪战争失败以后，他便撤退到内地去。我们见面的机会少得多了。但他在上海一带所留下的影响还是极大。

我们在香港再见到几次。他那时又在那一带组织着很多，很重要的事业，像文化供应社便是其一。这个通讯社在国际宣传上有了很大的效果。

自此以后，我们便不再相见了。

珍珠港事件发生后，他和沈兹九，陈嘉庚都在新加坡。那时他正有计划的想在南洋一带发展一部分的事业。新加坡陷落后，对于他的安全，我和许多朋友们都特别的牵念着。有过种种不同的传说。

过了一年，他忽来了一张明片（当然是用的假姓名），说他是平安着。这使我们十分的兴奋和安慰。

日本投降的时候，从内地来的消息，说，愈之已经在南洋病故。我不肯相信这悲惨的恶耗。像愈之那样的人，我总相信他是不会便这样的死去的。但消息渐渐的被证实了。听说《中学生》曾经出版过一个纪念他的专号。

难道愈之果真这样的便死去了么？我还是不能相信，不肯相信！

在无数的殉难死亡的朋友们里，没有比愈之的失去，更使我伤心，难受的了！

温和敦厚，信仰坚定的愈之，如果失去了，将是国家怎样大的损失呢？有多少的建国的工作正在等候着他来组织，来专心一志的干着！他如果失去了，对于这些工作的事业，将有怎样大的影响呢？

我还是不相信他的病故的消息。但愿这只是"海外东坡"般的误传！

我祈祷着愈之的安健！为我们的国家也为许多的朋友们！

三十四年九月二十二日写

关于愈之病故的误传，当时曾引起各方面的震动。但此文发表时，已证明是"海外东坡"之谣。现并录于此，作为一个小小的纪念。

求书日录

如果能够尽一分力，必会有一分的成功。我十分相信这粗浅的哲学。只要肯尽力，天下没有不能成功的事。我梦想着要读到钱遵王《也是园书目》里所载许多元明杂剧。我相信这些古剧决不会泯没不见于人间。它们一定会传下来，保存在某一个地方，某一个藏家手里。它们的精光，若隐若现的直冲斗牛之间。不可能为水、为火、为兵所毁灭。我有辑古剧本为古剧钩沉之举，积稿已盈尺许。惟因有此信念，未敢将此"辑逸"之作问世。后来读到丁芝孙先生在《北平图书馆月刊》里发表的《也是园所藏元明杂剧跋》，我惊喜得发狂！我的信念被证明是切确不移的了！这些剧本果然尚在人间！我发狂似的追逐于这些剧本之后。但丁氏的跋文，辞颇隐约，说是，读过了之后，便已归还于原主旧山楼主人。我托人向常熟打听，但没有一丝一毫的踪影。又托人向丁氏询访，也是不得要领。难道这些剧本果然像神龙一现似的竟见首不见尾了么？"八一三"战役之后，江南文献，遭劫最甚。丁氏亦已作古。但我还不死心，曾托一个学生向丁氏及赵氏后人访求，而赵不骞先生亦已于此役殉难而死，二家后人俱不知其究竟。不料失望之余，无意中却于来青阁书庄杨寿祺君那里，知道这些剧本已于苏州地摊上发现。我极力托他购致。虽然那时，我绝对地没有购书的能力，但相信总会有办法的。隔了几天，杨君告诉我说，这部书凡订三十余册，首半部为唐某所得，后半部为孙伯渊所得，都可以由他设法得到。我再三地重托他。我喜欢得几夜不能好好的睡眠。这恐怕是近百年来关于古剧的最大最重要的一个发现罢。杨君说，大约唐君的一部分，有一千五百金便可以购致，购得后，再向孙君商议，想来也不过只要此数。我立刻作书给袁守和先生，告诉他有这末一回事，且告诉他只要三千金。他和我同样的高兴，立刻复信说，他决定要购致。我立刻再到来青阁去，问他确信时，他却说，有了变卦了。我心里沉了下去。他说，唐君的半部，已经谈得差不多，却为孙伯渊所夺去。现在全书俱归于孙，他却要"待价而沽"，不肯说数目。说时，十分的懊丧。我也十分的懊丧。但仍托他向孙君商洽，也还另托他人向他商洽。孙说，非万金不谈。我觉得即万金也还不算贵。这些东西如何能够以金钱的价值来估计之呢！立刻跑到袁君的代表人孙洪芬先生那里去说明这事。他似乎很有点误会，说道：书价如此之昂，只好望洋兴叹矣。我一面托人向孙君继续商谈，一面打电报到教育部去。在这个国家多难，政府内迁之际，谁还会留意到文献的保全呢？然而教育部立刻有了回电，说教部决定要购致。这电文使我从失望里苏生。我自己去和孙君接洽，结果，以九千金成交。然而款呢？还是没有着落。而孙君却非在十几天以内交割不可。我且喜且惧地答应了下来。打了好几个电报去。款的汇来，还是遥遥无期。离开约定的日子只有两三天了！我焦

蛰居散记

急得有三夜不曾好好的睡得安稳。只有一条路,向程瑞霖先生告贷。他一口答应了下来,笑着说道:看你几天没有好睡的情形,我借给你此款罢。我拿了支票,和翁率平先生坐了车同到孙君处付款取书。当时,取到书的时候,简直比攻下了一个名城,得到了一个国家还要得意!我翻了又翻,看了又看,慎重地把这书捧回家来。把帽子和大衣都丢了,还不知道。至今还不知是丢在车上呢,还是丢在孙家。这书放在我的书房里有半年。我为它写了一篇长文,还和商务印书馆订了合同,委托他们出版。现在印行的《孤本元明杂剧》一百余剧,便是其中的精华。我为此事费尽了心力,受尽了气,担尽了心事,也受尽了冤枉,然而,一切都很圆满。在这样的一个动乱不安的时代,我竟发现了、而且保全了这末重要、伟大的一部名著,不能不自以为踌躇满志的了!中国文学史上平添了一百多本从来未见的元明名剧,实在不是一件小事!我们政府的魄力也实在可佩服!在这么军事倥偬的时候还能够有力及此,可见我民族力量之惊人!但也可见"有志者事竟成",实在不是一句假话。但此书款到了半年之后方才汇来,程先生竟不曾催促过一声,我至今还感谢他!他今日墓木已拱,不知究竟有见到这书的印行与否。应该以此书致献于他的灵前,以告慰于他!呜呼!季札挂剑,范张鸡黍,千金一诺,岂足以比程先生之为国家民族保存国宝乎!

这是我为国家购致古书的开始。虽然曾经过若干的波折,若干的苦痛,受过若干的诬蔑者的无端造谣,但我尽了这一分力,这力量并没有白费;这部不朽的宏伟的书,隐晦了近三百年,在三百年后的今日,终于重现于世,且经过了那么大的浩劫,竟能保全不失,不仅仅保全不失,且还能印出问世,这不是一个奇迹么?回想起来,还有些"传奇"的意味,然而在做着的时候,却是平淡无奇的。尽了一分力,为国家民族做些什么,当然不能预知有没有成绩。然而那成绩，或多或少，总会有的，有时且出于意外的好。我这件事便是一个例子。

"但管耕耘，莫问收获。"

我今日看到这一堆的书，摩挲着，心里还十分的温暖，把什么痛苦，什么诬蔑的话都忘记得干干净净。为了这末一部书吃些苦，难道不值得么？

"狂胪文献耗中年"，龚定庵的这一句话，对于我是足够吟味的。从"八一三"以后，足足的八年间，我为什么老留居在上海，不走向自由区去呢？时时刻刻都有危险，时时刻刻都在恐怖中，时时刻刻都在敌人的魔手的巨影里生活着，然而我不能走。许多朋友们都走了，许多人都劝我走，我心里也想走，而想走不止一次，然而我不能走。我不能逃避我的责任。我有我的自信力。我自信会躲过一切灾难的。我自信对于"狂胪文献"的事稍有一日之长。前四年，我耗心力于罗致、访求文献，后四年——"一二·八"以后——我尽力于保全、整理那些已经得到的文献。我不能把这事告诉别人。有一个时期，我家里堆满了书，连楼梯旁全都堆得满满的。我闭上了门，一个客人都不见。竟引起不少人的误会与不满。但我不能对他们说出理由来。我所接见的全是些书贾们。从绝早的早晨到上了灯的晚间，除了到暨大授课的时间以外，我的时间全耗于接待他们，和他们应付着，周旋着。我还不曾早餐，他们已经来了。他们带了消息来，他们带了"头本"来，他们来借款，他们来算帐。我为了求书，不能不一一的款待他们。有的来自杭州，有的来自苏州，有的来自徽州，有的来自绍兴、宁波，有的来自平津，最多的当然是本地的人。我有时简直来不及梳洗。我从心底里欢迎他们的帮助。就是没有铺子的掮包的书客，我也一律的招待着。我深受黄丕烈收书的方法的影响。他曾经说过，他对于书商带着书找上门的时候，即使没有

蛰居散记

自己想要的东西，也要选购几部，不使他们失望，以后自会于无意中有惊奇的发现的。这是千金买马骨的意思。我实行了这方法，果然有奇效。什么样的书都有送来。但在许多坏书、许多平常书里，往往夹杂着一二种好书、奇书。有时十天八天，没有见到什么，但有时，在一天里却见到十部八部乃至数十百部的奇书，足以偿数十百日的辛勤而有余。我不知道别的人有没有这种经验：摩挲着一部久佚的古书，一部欲见不得的名著，一部重要的未刻的稿本，心里是那么温热，那么兴奋，那么紧张，那么喜悦。这喜悦简直把心腔都塞满了，再也容纳不下别的东西。我觉得饱饱的，饭都吃不下去。有点陶醉之感。感到亲切，感到胜利，感到成功。我是办好了一件事了！我是得到并且保存一部好书了！更兴奋的是，我从劫灰里救全了它，从敌人手里夺下了它！我们的民族文献，历千百劫而不灭失的，这一次也不会灭失。我要把这保全民族文献的一部分担子挑在自己的肩上，一息尚存，决不放下。我做了许多别人认以为傻的傻事。但我不灰心，不畏难的做着，默默地躲藏的做着。我在躲藏里所做的事，也许要比公开的访求者更多更重要。每天这样的忙碌着，说句笑话，简直有点像周公的一饭三吐哺，一沐三握发。有时也觉得倦，觉得劳苦，想要安静的休息一下，然而一见到书贾们的上门，便又兴奋起来，高兴起来。这兴奋，这高兴，也许是一场空，他们所携来的是那么无用，无价值的东西，不免感到失望，而且失望的时候是那么多，然而总打不断我的兴趣。我是那么顽强而自信的做着这事。整整的四个年头，天天过着这样的生活。这紧张的生活使我忘记了危险，忘记了威胁，忘记了敌人的魔手的巨影时时有罩笼下来的可能。为了保全这些费尽心力搜罗访求而来的民族文献，又有四个年头，我东躲西避着，离开了家，蛰居在友人们的家里，庆吊不问，与人世几乎不相往来。我绝早的起来，自己生火，自己烧水，烧饭，起初是吃着罐头食物，后来，买不起了，只好自己买菜来烧。在这四年里，我养成了一个人的独立生活的能力，学会了生火，烧饭，做菜的能力。假如有人问我：你这许多年躲避在上海究竟做了些什么事？我可以不含糊的回答他说：为了抢救并保存若干民族的文献。这文献工作，没有人来做，我只好来做，而且做来并不含糊。我尽了我的一分力，我也得到了这一分力的成果。在头四年里，以我的力量和热忱吸引住南北的书贾们，救全了北自山西、平津，南至广东，西至汉口的许多古书与文献。没有一部重要的东西曾逃过我的注意。我所必须求得的，我都能得到。那时，伪满的人在购书，敌人在购书，陈群、梁鸿志在购书，但我所要的东西决不会跑到他们那里去。我所持剩下来的，他们才可以有机会拣选。我十分感谢南北书贾们的合作。但这不是我个人的力量，这乃是国家民族的力量。书贾们的爱国决不敢后人。他们也知道民族文献的重要，所以不必责之以大义，他们自会自动的替我搜访罗致的。只要大公无私，自能奔走天下。这教训不单用在访求古书这一件事上面的吧。

我的好事和自信力使我走上了这"狂胪文献"的特殊的工作的路上去。

我对于书，本来有特癖。最初，我收的是西洋文学一类的书；后来搜集些词曲和小说，因为这些都是我自己所喜爱的；以后，更罗致了不少关于古代版画的书册。但收书范围究竟很窄小，且因限于资力，有许多自己喜爱的东西，非研究所必需的，便往往割爱不收。"非不为也，是不能也。"

现在，有了比自己所有的超过千倍万倍的力量，自可"指挥如意"的收书了。兴趣渐渐地广赜，更广赜了；眼界也渐渐地阔大，更阔大了。从近代刊本到宋元旧本，到敦煌写经卷子，到古

蛰居散记

代石刻，到钟鼎文字，到甲骨文字，都感到有关联。对于抄校本的好处和黄顾（黄荛圃、顾千里）细心校勘特点，也渐渐地加以认识和尊重。我们曾经有一颗长方印："不薄今人爱古人"，预备作为我们收来的古书、新书的暗记。这是适用于任何图籍上的，也表明了我们的态度。"不薄今人爱古人"，对于一个经营图书馆的人，所有的图书，都是有用的资材。一本小册子，一篇最顽固、反动的论文，也都是"竹头木屑"，用到的时候，全都能发生价值。大概在这一点上，我们与专门考究收藏古本善本的，专门收藏抄校本，或宋元本，或明刊白绵纸本，或清殿板，或清开化纸书的人有所不同。他们是收藏家。我们替国家图书馆收书却需有更广大，更宽恕，更切用的眼光。图书馆的收藏是为了大众的及各种专家们的。但收藏家却只是追求于个人的癖好之后。所以我为自己买书的时候，也只是顾到自己的癖好，不旁骛，不杂取，不兼收并蓄，但为图书馆收书时，情形和性质便完全不同了。

这使我学习到不少好的习惯和广大的见解；也使我对于过去从未注意到或不欲加以研究的古代书册，开始得到些经验和知识。

若干雕镂精工的宋刊本，所谓纸白如玉，墨若点漆的，曾使我沉醉过；即所谓麻沙本，在今日也是珍重异常，飘逸可爱。元刊本，用赵松雪体写的，或使用了不少简笔字，破体字的民间通俗本，也同样的使我觉得可爱或有用。

明刊本所见最多，异本奇书的发见也最多。嘉靖以前刊本，固然古朴可喜，即万历以下，特别是天启、崇祯间的刊本，曾被列入清代禁书目录的，哪一部不是国之瑰宝，哪一部不是有关民族文献或一代史料的东西！

清初刊本，在禁书目录里的，固然可宝贵，即嘉道刊本，经洪杨之乱，流传绝罕的，得其一帙，也足以拍案大叫，浮白称快！

即民国成立以来，许多有时间性的报章、杂志，我也并不歧视之。其间有不少东西至今对于我们还可以有参考的价值。

至于柳大中以下的许多明抄校本，钱遵王、陆敕先辈之批校本，为先民贤哲精力之所寄的，却更足以使我挈摩不已，宝爱不忍释手了。

可惜收书的时间太短促，从二十九年的春天开始，到了三十年的冬初，即"十二月八日"太平洋战争爆发后，即告结束，前后不过两年的工夫。但在这两年里，我们却抢救了，搜罗了很不少的重要文献。在这两年里，我们创立了整个的国家图书馆。虽然不能说"应有尽有"，但在"量"与"质"两方面却是同样的惊人，连自己也不能相信竟会有这末好的成绩！

说是"抢救"，那并不是虚假的话。如果不是为了"抢救"，在这国家存亡危急的时候，我们如何能够再向国家要求分出一部分——虽然是极小的一部分——作战的力量来做此"不急之务"呢？

我替国家收到也是园旧藏元明杂剧，是偶然的事；但这"抢救"民族文献的工作，却是有计划的，有组织的。

为什么在这时候非"抢救"不可呢？

"八一三"事变以后，江南藏书家多有烬于兵火者。但更多的是，要出售其所藏，以赡救其家属。常熟瞿氏"铁琴铜剑楼"燹矣，楼中普通书籍均荡然一空，然其历劫仅存之善本，固巍然犹存于上海。苏州"滂喜斋"的善本，也迁藏于沪，得不散失。然其普通书也常被劫盗。南浔刘氏嘉业堂，张氏适园之所藏，均未及迁出，岌岌可危。常熟赵氏旧山楼及翁氏、丁氏之所藏，时有在古书摊肆上发现。其价奇廉，其书时有绝佳者。南陵徐氏书，亦有一部分出而易米，一时上海书市，颇有可观。而那时购书的人是那么少！谢光甫君是一个最热忱的收藏家，每天下午必到中国书店和来青阁去坐坐，几乎是风雨无阻。他所得到的东西似乎最多且精。虽然他已于数年前归道山，但他的所藏至今还完好不缺。这是一个很重要的书库，值得骄傲的。我也常常到书店里去，但所得都为"奇零"，且囿于小说、戏曲的一隅。张尧伦、程守中诸位也略有所得，但所得最多者却是平贾们。他们辇载北去，获利无算。闻风而至者日以多。几乎每一家北平书肆都有人南下收书。在那个时候，他们有纵横如意、垄断南方书市之概。他们往往以中国书店为集中的地点。一包包的邮件，堆得像小山阜似的。我每次到了那里，总是紧蹙着双眉，很不高兴。他们说某人得到某书了，我连忙去追踪某人，却答道，已经寄平了，或已经打了包了。寄平的，十之八九不能追得回来，打了包的，有时还可以逼着他们拆包寻找。但以如此方法，得到的书实在寥寥可数，且也不胜其烦。他们压根儿不愿意在南方售去。一则南方书价不高，不易得大利；二则我们往往知道其来价，不易"虎"人，索取高价；三则他们究竟以平肆为主，有好书去，易于招揽北方主顾。于是江南的图籍，便浩浩荡荡的车载北去。我一见到他们，便觉得有些触目伤心。虽然我所要的书，他们往往代为留下，但我的力量是那么薄弱，我所要的范围，又是那么窄小，实在有类于以杯水救车薪，全不济事。而那两年之间，江南散出去的古籍，又是那么多，那么齐整，那么精好，而且十分的廉价。徐积余先生的数十箱清人文集，其间罕见本不少，为平贾扫数购去，打包寄走。常熟翁氏的书，没有一部不是难得之物，他们也陆续以低价得之。忆有《四库底本》一大堆，高及尺许，均单本者，为修绠堂孙助廉购去。后由余设法追回，仅追得其"糟粕"十数本而已。沈氏粹芳阁的书散出，他们也几乎罗网其全部精英，我仅得其中明刊本《皇明英烈传》等数种耳。又有红格抄本《庆元条法事例》，甚是罕见，亦为他们得去。他们眼明手快，人又众多，终日蟠据汉口路一带，有好书必为其所夺去。常常觉得懊恼异常。而他们所得售之谁何人呢？据他们的相互传说与告诉，大约十之六七是送到哈佛燕京学社和华北交通公司去，以可以得善价也。偶有特殊之书，乃送到北方的诸收藏家，像傅沅叔、董绶经、周叔弢那里去。殿板书和开化纸的书则大抵皆送到伪"满洲国"去。我觉得：这些兵燹之余的古籍如果全都落在美国人和日本人手里去，将来总有一天，研究中国古学的人也要到外国去留学。这使我异常的苦闷和愤慨！更重要的是，华北交通公司等机关，收购的书，都以府县志及有关史料文献者为主体，其居心大不可测。近言之，则资其调查物资，研究地方情形及行军路线；远言之，则足以控制我民族史料及文献于千百世。一念及此，忧心如捣！但又没有"挽狂澜"的力量。同时，某家某家的书要散出的消息，又天天在传播着。平贾们也天天钻门路，在百计营谋。我一听到这些消息，便日夜焦虑不安，亟思"抢救"之策。我和当时留沪的关心文献的人士，像张菊生、张咏霓、何柏丞、张凤举诸先生，商谈了好几次。我们对于这个"抢救"的工作，都觉得必须立刻要做！我们干脆地不忍见古籍为敌伪所得，或大量的"出口"。我们联名打了几个电报到重庆。我们要以政府的力量来阻止这个趋势，要以国家的力量来"抢救"民族的文献。

我们的要求，有了效果，我们开始以国家的力量来做这"抢救"的工作。

这工作做得很秘密，很成功，很顺利，当然也免不了有很多的阻碍与失望。其初，仅阻挡住平贾们不将江南藏书北运，但后来，北方的古书也倒流到南方来了。我们在敌伪和他国人的手里

蛰居散记

夺下了不少异书古本。

"八一三"后的头两年,我以个人的力量来罗致我自己所需要的图书,但以后两年,却以国家的力量,来"抢救"许许多多的民族文献。

我们既以国家的力量,来做这"抢救"文献的工作,在当时敌伪的爪牙密布之下,势不能不十分的小心秘密,慎重将事。我们想用私人名义或尚可公开的几个学校,像暨大和光华大学的名义购书。我们并不想"求"书,我们只是"抢救"。原来的目的,注重在江南若干大藏书家。如果他们的收藏,有散出的消息,我们便设法为国家收购下来,不令其落于书贾们和敌伪们的手中。我们最初极力避免与书贾们接触。怕他们多话,也怕有什么麻烦。但书贾们的消息是最灵通的,他们的手段也十分的灵活。当我们购下苏州玉海堂刘氏的藏书,又购下群碧楼邓氏的收藏之后,他们开始骚动了。这些家的收藏,原来都是他们"逐鹿"之目标,久思染指而未得的。在这几年中,江南藏书散出者,尚未有像这两批那么量多质精的。他们知道力不足以敌我们,特别是平贾们,也知道在江南一带已经不能再得到什么,便开始到我家里走动,不时的携来些很好、很重要的"书样"。我不能不"见猎心喜",有动于中。和咏霓、柏丞二先生商量了若干次,我们便决定也收留些书贾们的东西。

这以来,书贾们便一天天的来得多,且来得更多了。我家里的"样本"堆得好几箱。时时刻刻要和咏霓、菊生、柏丞诸先生相商,往来的信札,叠起来总有一尺以上高。——这些信札,我在"一二·八"以后,全部毁去,大是可惜。惟我给咏霓先生的信札,他却为我保存起来。——我本来是一个"好大喜功"的人,收书的范围越来越广。所收的书,越来越多。往往弄得拮据异常。我殚心竭力地在做这件事,几乎把别的什么全都放下了,忘记了。我甚至忘记了为自己收书。我的不收书，恐怕是二十年来所未有的事。但因为有大的目标在前，我便把"小我"完全忘得干干净净。我觉得国家在购求搜罗着，和我们自己在购求搜罗没有什么不同。藏之于公和藏之于己，其结果也没有什么不同。我自己终究可以见到，读到的。更可喜悦的是，有那么多新奇的书，精美的书，未之前见的书，拥挤到一块来，我自己且有眼福，得以先睹为快。我是那么天真地高兴着，那么一股傻劲的在购求着，虽然忙得筋疲力尽也不顾。咏霓先生的好事和好书之心也不下于我。我们往往是高高兴兴地披阅着奇书异本，不时的一同拍案惊喜起来！在整整两年的合作里，我们水乳交融，从来没有一句违言，甚至没有一点不同的意见。咏霓先生不及看"升平"而长逝，我因为环境关系，竟不能抚棺一恸！抱憾终生！不忍见我们所得的"书"！谨以此"目录"奉献给咏霓先生，以为永念！

我们得到了玉海堂、群碧楼二藏书后，又续得嘉业堂明刊本一千二百余部。这是徐森玉先生和我，耗费了好几天工夫从刘氏所藏一千八百余部明刊本里拣选出来的。一举而获得一千二百部明本，确是空前未有之事。本来要将嘉业堂藏书全部收购，一以分量太多，庋藏不易；二则议价未谐，不如先撷取其精华。这些书最初放在我家里，简直无法清理，堆得"满坑满谷"的，从地上直堆到天花板，地上更无隙地可以容足。我们曾经把它们移迁到南京路科发药房堆栈楼上。因为怕不谨慎，又搬了回来。后来科发堆栈果被封闭，幸未受池鱼之殃。——虽然结果仍不免于被劫夺。

蕴辉斋张氏，风雨楼邓氏，海盐张氏，和涉园陶氏的一部分残留在沪的藏书，也均先后入藏。从南北各地书贾们手中所得到的，也有不少的东西。

蛰居散记

最后，南浔适园张氏藏书，亦几经商洽而得全部收归国有，除了一部分湖州的乡邦文献之外。这一批书，数量并不太多，只有一千余部，但精品极富，仅黄荛圃校跋的书就在一百种左右。

这时，已近于"一二·八"了，国际形势一天天的紧张起来。上海的局面更一天天的变坏下去。我们实在不敢担保我们所收得的图书能够安全的庋藏。不能不作迁地为良之计。首先把可列入"国宝"之林的最珍贵古书八十多种，托徐森玉先生带到香港，再由香港用飞机运载到重庆去。这事，费尽了森玉先生的心与力，好容易才能安全地到了目的地。国立中央图书馆接得这批书之后，曾开了一次展览会，听说颇为耸动一时。其余的明刊本，抄校本等，凡三千二百余部，为我们二年来心力所瘁者，也都已陆续的从邮局寄到香港大学，由亡友许地山先生负责收下，再行装箱设法运到美国，暂行庋藏。这个打包邮寄的工作，整整地费了我们近两个月的时间。叶玉虎先生在香港方面也尽了很大的力量。他在港、粤所收得的书也加入其中。

不料刚刚装好箱，而珍珠港的炮声响了，这一大批重要的文献、图书，便被沦陷于香港了。至今还未寻找到它们的踪迹，存亡莫卜，所在不明。这是我最为疚心的事，也是我最为抱憾，不安的事！

我们费了那么多心力所搜集到的东西，难道竟被毁失或被劫夺了么？

我们两年间辛苦勤劳的所得难道竟亡于一旦么？

我们瘁心劳力从事于搜集，访求，抢救的结果，难道便是集合在一处，便于敌人的劫夺与烧毁么？

一念及此，便捶心痛恨，自怨多事。假如不寄到香港去，也许可以仍旧很安全的保全在此地吧？假如不搜集拢来，也许大部分的书仍可楚弓楚得，分藏于各地各收藏家手里吧？

附 录

　　这个"打击"实在太厉害了！太严重了！我们时时在打听着，在访问着；然而毫无消息。日本投降，香港接收之后，经了好几次的打听，访问，依然毫无踪影。难道果真完全毁失了，沉没了么？但愿是依然无恙的保存在某一个地点！但愿不沉失于海洋中！但愿能够安全的被保存于香港或日本的某一个地方，我不相信这大批的国之瑰宝便会这样的无影无踪地失去！我祷求它们的安全！

　　今日翻开了那寄港书的书目，厚厚的两册，每一部书都有一番收购的历史；每一部书都使我感到亲切，感到羞愧，感到痛心！他们使我伤心落泪，使我对之有莫名的不安与难过！为什么要自我得之，复自我失之呢？

　　虽然此地此时还保存着不少的足以骄傲的东西，还有无数的精品，善本乃至清代刊本，近代文献。然而总觉得失去的那一批实在太可惜太愧对之了！我们要竭全力以寻访之，要"上穷碧落下黄泉"的寻访之！

　　政府正在组织一个赴日调查文物的团体，我希望这团体能够把这一批书寻到一个下落——除非得到了他们的下落，我的心永远是不能安宁的！

　　"一二·八"后，我们的工作不能不停止。一则经济的来源断绝；二则敌伪的力量已经无孔不入，决难允许像我们这样的一个组织有存在可能；三则，为了书籍及个人的安全计，我不能不离开了家，我一离开，工作也不能不随之而停顿了。

　　那时我们还不知道香港的消息如何，我们还在希望香港的书已经运了出去，但又担心着中途的沉失与被扣留。而同时存沪的书却不能不作一番打算。"一二·八"后的一个星期内，我每天都在设法搬运我家里所藏的书。一部分运藏到设法租得之同弄堂的一个医生家里；一部分重要的宋、元刊本抄校本，则分别寄藏

蛰居散记

到张乾若先生及王伯祥先生处。所有的帐册，书目等等，也都寄藏到张、王二先生处。比较不重要的帐目，书目，则寄藏于来薰阁书店。又有一小部分古书，则寄藏于张芹伯先生和张葱玉先生叔侄处。整整忙碌了七八天，动员我家里的全体的人，连孩子们也在内，还有几位书店里的伙友们，他们无时无刻不在忙碌地搬着运着。为了避免注意，不敢用搬场车子，只是一大包袱、一大包袱的运走。因此，搬运的时间更加拖长。我则无时无刻，不在担心着，生怕中途发生了什么阻碍。直等到那几个运送的人平安的归来了，方才放下心头上的一块石。这样，战战兢兢地好容易把家里的书运空，方才无牵无挂地离开了家。

这时候，外面的空气越来越恐怖，越来越紧张，已有不少的友人被逮捕了去，我乃不能不走。我走的时候是十二月十六日。我没有确定的计划，我没有可住的地方，我没有敷余的款子。——我所有的款子只有一万元不到，而搬书已耗去二千多。——从前暂时躲避的几个戚友处，觉得都不大妥，也不愿牵连到他们，只随身携带着一包换洗的贴身衣衫和牙刷、毛巾，茫茫的在街上走着。那时，爱多亚路，福煦路以南的旧法租界，似乎还比较的安静些，便无目的向南走去。这时候我颇有殉道者的感觉，心境惨惶，然而坚定异常。太阳很可爱的晒着，什么都显得光明可喜，房屋、街道、秃顶的树，虽经霜而还残存着绿色的小草，甚至街道上的行人，车辆，乃至蹲在人家门口的猫和狗，都觉得可以恋恋。谁知道明天或后天，能否再见到这些人物或什么的呢！

我走到金神父路，想到了张耀翔先生的家。我推门进去，他和他的夫人程俊英女士，十分殷勤的招待着；坚留着吃饭和住宿，我感动得几乎哭了出来。在他那里住了一宿。但张先生是我的同事，我不能牵惹到他。第二天一清早，便跑到张乾若先生处，和他商量。乾若先生一口气答应了下来，说，食宿的事，由他负责。约定黄昏的时候，再来一趟，由他找一个人带我去汝林路住下。我再到张宅，取了那个小包袱，还借了一部铅印的《杜工部诗集》，辞别了他们，他们还坚留着我多住若干时日。我不能不辞谢了，说不出什么感激的话。那天下午在乾若先生那里，和他商定了改姓易名的事，和将来的计划。他给我以许多肯定而明白的指示。到了薄暮的时候，汝林路的房主人邓芷灵先生和夫人来了。匆匆地介绍一下，他们便领我到寓所那里去。电灯已经亮了，我随着走了不少不熟悉的路，仿佛走得很久，方才到了他们那里。床铺和椅桌都已预先布置好。芷灵先生年龄已经很大，爽直而殷勤，在灯下谈了好些话，直到我连打了好几次的呵欠。那一夜，我做了不少可怕的梦，甚至连汽车经过街上，也为之惊慌起来。

第二天，我躲在房里读杜诗，并且摘录好几首出来。笔墨砚纸等也是向张家借得的。

过了几天，心里渐渐安定了下来，又到外面去走走，然而总不敢走到熟悉的人家去，只打了一个电话回家说是"平安"而已。这样的便和"庙弄"的家不相往来！直到我祖母故世的时候，方才匆匆的再回来一趟，又匆匆的走了，一直在外面住了近四年的时候。

在这四年之间，过的生活很苦，然而很有趣。我从没有过这样的生活过。前几次也住到外面过，但只是短时期的。也没有这次那末觉得严重过。有时很惊恐，又有时觉得很坦然。有一天清晨，我走出大门，看见弄口有日本宪兵们持枪在站岗。我心里似被冰块所凝结，但又不能退回去，只好伪装镇定的走了出去，他们并没有注意。原来他们在南头的一个弄堂里搜查着，并不注意到我们这一弄。又有一夜，听见街上有杂踏的沉重的皮鞋声，夹

蛰居散记

杂着兽吼似的叫骂声,仿佛是到了门口,但提神停息以听时,他们又渐渐地走过了,方才放心下来。有时,似觉得有人在后面跟着,简直不敢回过头去。有时,在电车或公共汽车上,有人注意着时,我也会连忙地在一个不相干的站头上跳了下去。我换了一身中装,有时还穿着从来不穿的马褂,眼镜的黑边也换了白边。不敢在公共地方出现,也不敢参与任何的婚、丧、寿宴。

我这样的小心的躲避着,四年来如一日,居然能够躲避得过去,而且在躲避的时候,还印行了两辑的《中国版画史图录》,有一百二十本的《应览堂丛书》,十二本的《长乐郑氏影印传奇》第一集和十二本的《明季史料丛书》,这不能不说是"天幸"!

虽然把旧藏的明刊本书,清刊的文集以及《四部丛刊》等书,卖的干干净净,然而所最喜爱的许多版画书、词曲、小说、书目,都还没有卖了去,正想再要卖出一批版画书而在恋恋不舍的时候,天亮的时间却已经到了。如果再晚二三个月"天亮"的话,我的版画书却是非卖出不可的。

在这悠久的四个年头里,我也曾陆续的整理了不少的古书,写了好些跋尾。我并没有十分浪费这四年的蛰居的时间。

在这悠久的四个年头里,我见到,听到多少可惊可愕可喜可怖的事。我所最觉得可骄傲者,便是到处都是温热的友情的款待,许多友人们,有的向来不曾见过面的,都是那么热忱的招呼着,爱护着,担当着很大的关系;有的代为庋藏许多的图书,占据了那么多可宝贵的房间,而且还担当着那么大的风险。

在这些友人们里,我应该个个的感谢他们,永远地不能忘记他们,特别是张乾若先生和夫人,王伯祥先生,张耀翔先生和夫人,王馨迪先生和夫人!有一个时候,那位医生有了危险,不能不把藏在那里的书全都搬到馨迪先生家里去!张叔平先生,张葱玉先生,章雪村先生等等,他们都是那么恳挚地帮助着我,几乎是带着"侠义"之气概。如果没有他们的有力的帮助，我也许便已冻馁而死，我所要保全的许许多多的书也许便都要出危险，发生问题。

我也以这部"日录"奉献给他们，作为一个患难中的纪念。

我这部"日录"，只是从"日记"中摘录出来的。无关于"求书"的事的，便不录出。虽然只是"书"的事，却也有不少可惊可愕可喜可悲的若干故事在着。读者们对于古书没有什么兴趣的，也许对之也不会有什么兴趣。且我只写着两年间的"求书"的经过——从二十九年正月初到三十年十二月初——有事便记，无事不录。现在还不知道能写到多少。说不定自己觉得不必再写，或者读者们觉得不必再看下去了时，我便停止了写。

以上是序，下面是按日的日记体的记录。

中华民国二十九年

一月四日（星期四）

昨夜入睡太迟，晨起，甚疲。叶铭三来索款，以身无一文，嘱其缓日来取。闻暖红室刘公鲁藏书，已售给孙伯渊。此人即前年卖出也是园元明杂剧者。本来经营字画古董，气魄颇大，故能独力将公鲁书收下。恐怕又要待价而沽了。拟托潘博山先生向其索目一阅。暖红室以汇刻传奇著于世，所藏当富于戏曲一类的书。惟自刘世珩去世后，藏书时有散出，我在十多年前便已收到好几部曲子；像用黑绸面装订的明末刊本《荷花荡》，就是其中之一。又有黄荛圃旧藏之明初刊本《琵琶记》及《荆钗记》，为今日所知的传奇的最古刊本，亦曾归他所有。但《琵琶》已去，《荆钗》已坏，目中自决不会有的。公鲁为人殊豪荡，脑后发辫垂垂，守父训不剪去。

蛰居散记

时至上海宴游，偶作小文刊日报上。我和他曾有数面缘。他尝有信向我索《清人杂剧》，作"国朝杂剧"，可知其沾染"遗少"气味之深。"八一三"后，敌军进苏州。他并未逃走。闻有一小队敌兵，执着上了刺刀的枪，冲锋似的，走进他家。他正在书房执卷吟哦，见敌兵利刃直向他面部刺来，连忙侧转头去，脑后的辫子一摇晃，敌兵立即鞠躬退出。家里也没有什么损失。然他经此一惊吓，不久便过世了。他家境本不好，经此事变，他的家属自不能不将藏书出售。但愿能楚弓楚得，不至分散耳。

傍晚，蔚南来电话，说某方对他和我有不利意。我一笑置之。但过了一会，柏丞先生也以电话通知此事，嘱防之。事情似乎相当的严重。即向张君查问，他也说有此事；列名黑单里的凡十四名，皆文化教育界中人。（此十四人皆为文化界救亡协会之负责人）予势不能不避其锋。七时，赴某宅，即借宿一宵。予正辑《版画史》，工作的进行，恐怕要受影响了。夜梦甚多。

一月五日（星期五）

西禾至某宅访予。他知道了这事，连忙来慰看；谈久之，方别去。至新民村访予同，未遇，复至四合里，遇之。偕至锦江茶室喝茶。予云：我辈书生，手无缚鸡之力，百无一用，但却有一团浩然之气在。横逆之来，当知所以自处也。予同云：人生找结笔甚难。有好结笔倒也不坏。这是达观之论。十一时许，至中国书店，遇平贾孙实君等数人，知彼辈寄平之书，未到者甚多。且于十二月间，曾在火车上焚失不少邮包。先民文献，无端又遭此一劫，殊可悼伤！但此后彼辈辇书北去，当具若干戒心矣。向朱惠泉购得光绪二十八年成都木刻本《四川明细地图》一巨幅，价八元，作入川之准备。赴傅薪书店，购得元刊吴师道校注本《战国策》残本一册，《罗汉文征》一册，《粤海小志》一册等，共价十一元。抱书回高宅，翻阅过午，竟未及午餐。书癖诚未易革除也。午睡甚酣，至三时才醒。写《版画史》引用书目，以参考材料不在手头，未能完工；又誊清《版画史》自序，未及一页，即放下，亦以手头无书之故。似此"躲避"生涯，如何能够安坐写作呢？可见在这样日月失光，沧海横流的时候，要想镇静宁心的从事于什么"名山事业"，恐怕是不大可能的。夜九时睡。

一月六日（星期六）

晨七时起。誊写《版画史》自序，殊见吃力。因为太矜持，反而写得慢，写得不大流利痛快了。下午五时许，至文汇书店，得光绪二十一年至二十三年份《京报》十余册，系由新闻报馆排印者，价二元。晚至航运俱乐部晚餐。连日天气很暖和，很像暮春三月，但今天日落后，渐渐的冷起来。睡在床上，独自默念着：家藏中西图书，约值四五万元，家人衣食，数年内可以无忧。横逆之来，心君泰然。惟《版画史》的工作，比较重要，如不能完成，未免可惜，且也不会再有什么人在这几年内去从事的，自当抛却百事，专力完成之。因此，便也不能不格外的小心躲避。然果无可避，则亦只好听之而已。身处危乡，手无寸铁，所恃以为宝者，唯有一腔正气耳。

一月七日（星期日）

晨起写《版画史》自序三页，仍极慢，至午后，方才写毕。即至伯祥处，托他将自序校阅一遍。傍晚，赴东华处。落日如红球，金光四射，满天彩霞灿烂。迎之而西行，眼看其落下地平线去，而天色则渐渐由红而紫而灰。天气有点冷飕飕的。觉得神清气爽。八时归，整理《太平山水图画》及《黄氏所刊版画集·上》二册，所缺仍多，非赶印不可。

一月八日（星期一）

晨起，回"庙弄"一行。几天不曾回去，仿佛隔了几年，情绪有点紧张，也有点异样。一推开门，家中人声嘈杂，正在纷纷议论。一见我回来，争来诉说，方有巡捕十许人，押一青年人至宅，说曾住此处。其实，并不认识其人。纷扰数刻，刚刚离去。予匆匆取了应用之物若干，即出。有满地荆棘之感。"等是有家归未得"，仿佛为予咏也。下午，至傅薪书店，得《皇朝礼器图式》残本三册，图极精细。闻有九册，前为平贾王渤馥得去。如能合璧，大是快事。若英见予《劫中得书记》，赠予明刊钟伯敬、王思任集数种。翻阅数过，百感交集！夜，仍住某宅。

一月九日（星期二）

晨起，阴云密布，西北风大作，冷甚。赴校办公，无异状。作致菊生、咏霓二先生函。午后，杨金华带了《版画史》的锦函来，函尚潮湿，即将书签贴好，尚为古雅可观。访家璧，见他正在校对我所写《谈版画之发展》一文。箴有电话来，说，外间情形很紧张，以少出门为宜。在这个"危境"中，写些研究性质的东西都不可能了么？真不知人间何世！原来便不该做些"不急""无补"之务的！愤懑之至！十时半睡。

一月十日（星期三）

晨起，整理《版画史图录》第一辑各册页子，仍缺少十余页，应催其早日印齐。今日之事，一天是一个局面，是一个结束，能够有一天，便可多作一天的工作，也便是一个意外的收获。谁知道明天是什么情形呢？每天早晨看见窗外的太阳光的时候，总要松了一口气，轻唱的自语道：这一天又可以算是我的了！为了要争取时间，便不能不急急忙忙的在工作着。九时，赴校上课。是这学期的末一课了，当敦勉各生安贫励志，保持身心的清白，为将来国家建设工作的柱石。国家所以不动员青年学生入伍，就要为将来的建设工作打下基础的。他们似均颇有感动。午后，至上海书林购王绶珊所藏《方志目》抄本二册，价六元。傍晚，过中国书店，遇平贾孙殿起。孙即编《贩书偶记》者，为书友中之翘楚。彼专搜清人诗文集及单行著作之冷僻者，颇有眼光，见闻亦广。谈甚畅。七时许，在暮色苍茫中，抱所得书及印样一包归。十一时，睡。

一月十一日（星期四）

晨七时起，甚觉疲倦，疑有些伤风。十时许，赴中国书店，又赴万有书店，晤姜鼎铭，得嘉靖本《东坡七集》，明刊本《昌黎集》及明仿宋刊本《黄帝内经素问》，价三百五十元。此类明刊白绵纸书，予以其价昂，而上不及宋元本之精美，下不如清代板之适用，故不甚罗致之。然刻工之精者，往往能鱼目混珠，被书贾们染纸加蛀，冒作宋元刊本。且未经删改，尚存古本面目，藏书家固应收之。予力薄，仅能偶得一二种耳。吴瞿安先生锐志欲收此类嘉靖刊本书百种，尝颜其所居曰"百嘉室"。恐终未能偿其愿也。镇日心闷意乱，似觉伤风甚剧。八时即睡。

一月十二日（星期五）

连日天阴，欲雨不雨，正如予心境之灰郁。上午，整理《版画史图录》。下午，访家璧。自觉体力不支，头涔涔欲晕，勉强归所寓。即解衣睡倒，晚饭也不能吃。热度高至三十八度许。疑是伤寒，故以不吃为上策，吃了两颗阿司匹灵，中夜出了一身大汗。但热度仍不退。双眼耿耿待旦，殊无聊。倚枕读东坡诗。

一月十三日（星期六）

仍阴云满天，昨夜艰于入眠。偶一阖眼，即又醒来。天尚未明，微见朦胧之晨影。一灯荧荧，卧听远鸡相继而鸣。心头感触万端，觉得时间过得格外的慢，听得出床头小钟，一秒一分的在慢吞吞的走着。读东坡诗。不知不觉间，放手释卷，复又熟睡。八时起，热度仍在三十八度。请了郑宝湜医生来诊。他也疑是伤寒。吃了蓖麻油，洗清肠胃。终日不想吃什么，亦不觉饥。下午，服药两次。热度反而高到三十九度。柏丞先生来一信，说蒋复璁先生从渝来，有事亟待面洽。勉强打一电话给他，说明病情，请他先与张凤举先生谈洽。终日倚枕读《东坡集》，颇有所得。时睡时醒，竟不知是昼是夜。

一月十四日（星期日）

微有日影。热度已退，觉精神清爽，惟四肢无力耳。仅发热两天，不知如何，竟会这样的疲弱！郑医生云：心脏甚弱，肺部亦不甚强。向来好胜，今后当静养少动了。上午，十一时许，柏丞先生来。说起蒋复璁来此，系为了我们上次去电，建议抢救，保存民族文献事；教部已有决心，想即在沪收购，以图挽救。拟推举菊生先生主持其事。惟他力辞不就，已转推张咏霓先生。此事必当进行，惟亦须万分机密，且必须万分谨慎，免得将来有人说话。我不想实际参与其事，但可竭力相助。当与柏丞先生约定，在后天中午，与蒋、张诸应在菊生先生宅商谈此事。终日以牛奶、豆浆代饭，甚觉乏力。

一月十五日（星期一）

晨，天阴，下午，微雨。三时许即醒来，不久，又迷迷糊糊地睡着了。五时半，又醒来。天色尚未发白。倚枕听鸡声陆续而作，又闻窗外鸟声渐渐的喧闹起来。热度已退净，惟全身仍觉软弱无力。十余年来，未有大病过，以此次卧床两日，最为严重。早吃西米粥，中午，吃挂面及鲫鱼汤，渐觉体暖有力。然上下楼梯，足尚颤战，不大得劲。午时，柏丞先生来电话，说复璁先生正在菊生先生处劝驾，未知有效否。要我下午也去一趟。午餐后，至潘博山先生处。谈起暖红室刘氏藏书事，说，中有元刻元印本《玉海》（刘世珩得此书，名其居为玉海堂），又有剧曲不少。惟书贾居奇，恐不易成交。但他必力促其成。又谈起群碧楼邓氏书，亦欲出售，中多精抄名校本。他想，将为此事赴苏一行。他说，意在不任中国古籍流失国外耳。保存文献，人同此心。博山为我辈中人，故尤具热忱。至良友，晤家璧，与他约定，每四个月，可出《版画史》四册。想来不会失约的。但须看第一辑销路如何而定继续与否。予向来有一自信：但肯做事，不怕失败。且往往是不会失败的。予计划颇多，每甚弘巨，且怜于不自量力。然竟每每成功者，以具有此种勇猛直前，鲁莽不顾之毅力也。予已过中年，然此毅力至今犹旺。不似其他中年人之竞竞于小利害，亦不似老年人之徘徊却顾，遇事不敢下手。以此，往往弄得生计窘迫，室人交谪。然天生好事，终未能改变也。四时许，至柏丞先生处，谈了一会。又至菊生先生处，以病辞，未见。颇为不快。至凤举先生处，相见甚欢。将此事经过，详细的告诉了他，他也十分的高兴。我们只负发动、鼓吹之责，成功则不必自我。当初一念发动，茫无把握，或已觉无望，乃至绝望，但却会意外的在灰心失望之后得到了成功。"自古成功在尝试"，此语诚不诬也。六时，归，仍吃挂面。八时许，即睡。

一月十六日（星期二）

阴雨终日。身体已复元，精神亦佳。四时许，醒。很早的便

蛰居散记

起身梳洗。八时许，到校办公，清理积牍。晤柏丞先生，谈及购书事，已决定由菊生、咏霓、柏丞、凤举四位及我负责。下午，回家一行，捡出几部需用之书携带在身边至中国书店，晤姚石子先生，谈甚畅。傍晚，至万宜坊，访蒋复璁先生。我们第一次见面，但畅所欲言，有如老友。他说起，这次战事中中央图书馆的损失；说起内地购书的困难，说起将来恢复的计划；说起内地诸人要他来此一行的原因，然后谈到我们的去电事。予则谈起江南各藏书家损失的情形，谈起平贾们南来抢购图书的情形；谈起玉海堂刘氏，积学斋徐氏藏书散失的经过；然后说到我们发电的原因和我们的购书计划。最后，说到我个人在劫中所得的东西，说到某某书，某某书失去了的可惜。我们谈到九时许，竟忘记了吃饭。出门，细雨霏霏。至大三元晚餐，用二元。回家，已近十一时，亲戚们很恐慌，不知予何在，恐怕会有什么事故。心头觉得惨怆而温暖。即睡。

一月十七日（星期三）

昨睡甚迟，意今晨必可晏起，但不到四时，又已醒来。眼睁睁的看电灯，看天花板，看黑漆漆的窗户，思潮起落不定。六时，穿衣起床。天色方见灰白。倚窗，见屋瓦皆润湿，知雨丝又在飞洒矣。九时，赴图书馆办公。翻阅几种书目。午餐后，回家一行，看望贝贝的病。他热度不高，惟大便未通，爱睡爱哭。在三楼，整理小说书及半。鼠粪甚多，灰尘不少。双手墨黑，屡洗屡黑。不知何故，老鼠总喜欢在书堆里做窝逞其破坏的惯技，恨不一一扑杀之。四时许，至中国书店，知有一批书要售出，群碧楼书亦要在年底以前出脱。当嘱以款可设法，惟不能售给平贾或分散零售。八时许归。博山有电话来，说玉海堂刘氏书，可以谈判成功，目录可于星期日上午送来，闻之，甚为兴奋。晚餐，仍进挂面。

一月十八日（星期四）

阴雨终日。今晨又是睁了眼看天亮。此实生平所未有之经验。六时，起身。作一函。致菊生先生。清理《太平山水图画》二份，拟赠给慰堂先生。九时，赴校办公。陈某来谈，态度颇可疑，或有刺探之意。说起前日所传绑架事，谓出蔚南误会；又说不过是神经战的一种。我不欲听他的话。但亦须十分戒备。"我有笔如刀"，书生的笔的诛伐的力量，也许还在戈矛之上。惟为了工作的关系，尚不能不隐忍自重，不欲多言招患。午餐后，回家整理小说书。大致已完毕，共凡九箱，普通本子的小说已经应有尽有，惟"善本"尚不甚多耳。中国小说如此之贫乏可怜，实在令人骇异。历史不为不久，作家不为不多；然而数量却是那么少。曹雪芹只写了一部《红楼梦》，吴敬梓也只写了一部《儒林外史》。为什么他们不能多写些呢？为什么中国小说家没有像狄更司、托尔斯泰诸人的魅力呢？四时后，过中国书店。石麒云：来青阁收到《碧山乐府》一部，后附曲三种。立至来青阁取阅，乃是崇祯本之至后印者；所附者为南曲《次韵游春记》及《中山狼》。予原藏有两部，即弃之不顾。至傅薪书店，得清词数种。八时归。十时睡。

一月十九日（星期五）

小雨连朝不止，有暮春落花时节的样子。未明即起。九时许，赴校。至张咏霓先生处，商谈购书事。他提出两点意见：（1）对外宜慎密；以暨大、光华及涵芬楼名义购书。（2）款宜存中央银行。他因小病，未能赴菊生先生宅，故托我代达其意。正午，与柏丞先生同赴张宅。慰堂、凤举二位亦到。谈甚久。原则

蛰居散记

上以收购"藏书家"之书为主。未出者，拟劝其不售出。不能不出售者，则拟收购之，决不听任其分散零售或流落国外。玉海堂、群碧楼二家，当先行收下。我极力主张，在阴历年内必须有一笔款汇到，否则刘、邓二家书将不能得到。又主张，购书决不能拘于一格，决不能仅以罗致大藏书家之所藏为限。以市上零星所见之书，也尽有孤本、善本，非保存不可者在。不能顾此失彼。必须仿黄荛圃诸藏家的办法，多端收书。但他们的意见，总以注意大批的收藏为主。最后，一致同意，自今以后，江南文献，决不听任其流落他去。有好书，有值得保存之书，我们必为国家保留之。此愿蓄之已久，今日乃得实现，殊慰！凤举与予，负责采访；菊生负责鉴定宋元善本，柏丞、咏霓则负责保管经费。予生性好事，恐怕事实上非多负些责不可。三时许散。至中国书店，又得《皇朝礼器图式》四册，装潢与前在傅薪所得者相类，仍是从一部中拆散出售者。叶铭三以钞本唐宋词六本见售，价四十元。向校借一百元，以须付富晋书款也。归来甚倦，晚餐后即睡。

一月二十日（星期六）

夜眠甚酣，六时方醒。窗外雪片飘舞。今年第一次见雪，天气要逐渐寒冷了。十时，至来青阁，购《四库标注》一部，价三十元，即着人送到慰堂处。下午，至中国书店，与石麒谈购书事。费庚生送来装订好之《玉夏斋十种曲》，甚精雅。此书在平购得，久受"风伤"，触手即破，今则可翻读矣。每本装订费二元，似甚昂。四时，赴良友晤家璧，商《版画史》事。他觉得第二辑能否继续出版，尚未甚把握。五时归。六时半，赴胡咏骐宅晚餐。吴耀宗谈到内地旅行的经过，觉得前途有无限的光明，许多地方可指摘，但大体上还不错。我们对于现状，应该以望远镜看，不应该用显微镜看。乐观的成分究竟居多，很觉得兴奋。九时半归。雪尚未止。十时半睡。

一月二十一日（星期日）

雪止，微雨。天气又转暖。七时许起。博山来谈，约定下午至孙伯渊处看玉海堂书。二时许，偕博山同赴孙处。先看目录，不过十多部书，佳品不少。按目看书，一部部的翻阅一过。《玉海》二百册，确是元刻元印本。与后来所谓"三朝本"，补刻极多，字迹模糊不清者截然不同。其他元刻本数种亦佳。戏曲书凡二十余部，以明刻本《董西厢》，张深之本《西厢记》，及有附图的原刻本《画中人》为最好，余皆下驷耳。刘氏尝刻《暖红室汇刊传奇》，意其收藏善本戏曲必多而精，实则，浪得虚名也。伯渊索价二万五千金。当答以考虑后再商谈。归时，已万家灯火矣。

一月二十二日（星期一）

晨起，即致函菊生、咏霓二位，详述玉海堂所藏的内容。因购书款须俟慰堂归渝后方能汇来，现在尚不能与书贾有何具体的商谈与决定，只能力阻其不散售，留以待我们全数收购耳。九时，赴校，与柏丞先生谈此事。他的意思，最好由菊生先生再去看一遍，作最后之决定。下午，赴中国书店一行，无所得。九时睡。

一月二十三日（星期二）

晨起，见薄雾蒙蒙，万家瓦上皆霜，胸襟寥阔凄清。读苏诗自遣。九时，赴校授课。饭后，至中国书店一行。无意中得《林下词选》二本，为之大喜。我收词集不少，未见此书。今得之，于"词山"中又增一珍石了。《林下词选》为吴江周铭编集，凡十四卷，刊于康熙辛亥，首有尤侗序。所选皆闺秀词，自宋至清初，搜辑甚备。叶仲韶有《填词集艳》，沈慕燝有《初蓉集》，皆未刊，铭得之，遂增益之，以成此选，其间明清二代词，颇多失传之作。四时，归，灯下，阅《词选》，颇高兴。

一月二十四日（星期三）

晨，赴校。饭后，至孙伯渊处，再细阅玉海堂书。菊生先生亦来。他见多识广，普通书甚难入眼。这批书似无甚足以使他留连惊喜者。《玉海》虽初印，然外间尚不难得。我自己则独恋恋于《董西厢》及张深之本《西厢记》。我自己搜集《西厢》异本已十年，所得不过二十种，明刊《董西厢》，迄未得一本，而张深之本《西厢》，图出陈老莲手，精彩夺人；曾于北平一见，遍访未能获之。今睹此本，数数翻阅，未肯释手。如得之，必当将图收入《版画史图录》中。武进董氏尝印"千秋绝艳图"，中亦收入张本插图，然刷印不佳，且有半页系补绘的，神采已失，故有重印必要。归时，已万家灯火矣。

一月二十五日（星期四）

与咏霓、柏丞先生商购玉海堂书事，决定不任流散。书价则托博山与孙伯渊磋谈。博山说，伯渊已允减让，但必须于废历年内解决。我们不能肯定的答复，怕那时候渝款未必能到。但又不能不姑允之，以免他人下手。下午，赴中国书店等处，见平贾辈来者不少，殆皆以此间为"淘金窟"也。今后"好书"当不致再落入他们手中。

一月二十六日（星期五）

晨起，精神不振，恐怕又要伤风了。连忙喝热茶数盅。下午,至中国书店,无一书可取。又至他肆,也没有什么新到的东西。在来青阁偶见明黄嘉惠刊本《山谷题跋》四卷,姑购得之。我对于宋人题跋,很喜观看。汲古阁本《津逮秘书》里收得不少。但单行明刊本却不多见。这些题跋,在小品里是上乘之作,其高者常有"魏晋风度",着墨不多,而意趣自远。灯下,读《山谷题跋》,不觉尽之。

一月二十七日(星期六)

博山来电话,云:玉海堂书,伯渊已允减让到两万元。与张、何二位相商,仍觉得太昂。下午,至来青阁,闻平贾某曾购得爱日精庐旧藏书数种,为之诧然,即追踪觅之,已不可得。仅知其中有红格抄本《庆元条法事例》。绝佳。某贾必欲辇之北去,售给董康。迹其来源,知系得之老书贾汪某。汪与我交易有年,绝无好书。前偶得《杂剧新编》一部,为之惊喜欲绝。但只是"昙花一现"耳。今闻其数至虞山,得书不少。皆售之平贾,坚不肯说出为何家之物。此人连年潦倒,能稍得润余,聊慰晚景,我也要为之高兴的。即访之,坚嘱其有好书必要为我留下,价可不论。

一月二十八日(星期日)

连日无甚动静,恐怕只不过是谣言。住在外面,种种不方便。晨起,即回家。想把书籍整理一过。但堆积太多,无可下手处。我向来买书,不加编目,也无排列次序,除了小说、戏曲及词,均分开来入藏外,别的书都是乱堆乱放的,故找起来很不容易。要决心编目,已不止三四次,但总是中途而废。今天起,想要彻底的清点一下。不知有此恒心否。整理了半天,倦甚。夜,住在家中。中夜,还有些不安之感。

一月二十九日（星期一）

博山来电话云：孙伯渊催解决玉海堂事。当答以书价如能再减让若干，即可成交。九时，至校。即与柏丞先生详商。以待渝款寄来，恐必不及，拟先付给定洋若干。归饭时，即致函咏霓先生，说到我们的意见。他也表示同意。无论如何，这一批书必须由我们截留下来。下午，博山来谈，说，伯渊已肯减让到一万七千金，不能再少，且须早日解决。否则，他因年内需款，有意他售，我说，三天以内，一定有确定的回答给他。博山走后，我踌躇了好久；三天后果有办法么？款果有着落么？玉海堂书固未必为上乘之收藏，但弃之也十分可惜。但我相信：到了那个时候一定会有办法的。

一月三十日（星期二）

晨起，即致函咏霓先生，述昨日交涉经过。九时，赴校又与柏丞先生谈起这事。他们都主张，书价一万七千金可以同意；此时只能先付定洋若干。余款须俟渝款到时再付。当即致电慰堂催款。下午，至中国书店，得《遵生八笺》一部。此书，我少的时候很喜欢它；虽然包含明人的浅薄的"养生"知识不少，但其中也有很有用的材料。关于鉴别古书的一部分，很有见识。灯下翻阅，如见故人。童年好弄，尝信其言，欲植小荷花于碗中，终于无成。然在北平，实亲见小杯中，所植之红白荷花，莲叶，花藕，无不具体而微，则其所说固非无稽也。

一月三十一日（星期三）

未明即起，四无人声。梳洗后，阅王徵译的《远西奇器图说录最》。此书刊本甚多，以崇祯间武位中刊本为最可靠，图式皆准确无错。后来新安书坊所刊者，已大为改动，谬讹百出，像齿轮之类，刻工每图省事，往往刻作圆形，与原意已大为不同。如果按图制器，必当终岁无成。所谓差之毫厘，失之千里，此等事可作为一例。《图书集成》曾收入此书，亦系用新安本，故图式亦均大错。可见此书出后，一时颇为流行，而好事之徒，按图作器者，则恐鲜其人，故能任其谬种流传也。否则，一经试作，继谬立见，必不至将"伪图"辗转翻刻也。此本亦是新安刊本之一，题新安后学汪应魁校订，刻工为黄惟敬，图中符记，尚用AE，未改甲乙，但图式亦均失原形。武位中本并不难得，不知《图书集成》编者何故收新安本而不收正确之武本？王徵序云："奇器图说，乃远西诸儒携来彼中图书，此其七千余部中之一支。"在明末时代，西学本来可以大盛，所译各书亦多可观者。惜未能大量译出。且不久便遇"国变"，科学之萌芽遂遭摧残以尽，迁至二百余年后，方再有"西学为用"的口号提出，百事遂都落人后了。阅此，感触万端。下午，至中国书店，无所得。

二月一日（星期四）

　　晨起，赴校。博山来电话，催问玉海堂书事。当与柏丞先生商定，先借数千金为定洋，余款允于旧历年内付清。下午，至中国书店，得《宝古堂重修宣和博古图录》卷第二十三，卷第二十四残本两册，极为得意。此是明刊白绵纸初印本，已均挖去"宝古堂"三字，且都是竹纸本，神采还不及此本。明刊书籍，其版片往往辗转贩卖，得之者每挖去原刊者姓氏及斋名，即作为自刻之书。论述版本者常易弄错。像《博古图录》和所谓《仇绘列女传》便是转手最多的。其实，原本只是一个，后印者所加种种堂名斋名，皆是幻化之物。根本上，原书版片并不曾改动过。《列女传》版片，至清代犹存，尝为知不足斋所得，重印若干部，故今往往误为知不足斋本，实则仍是明刊原本也。我历年得到《博古图录》好几部，今始发现其祖源，其喜悦可知！《列女传》我亦收到了三本，一是后印之"知不足斋本"，二是明刊竹纸本，三是明刊白绵初印本。后二者虽均是残本，然可考见其授受之迹，故甚珍之。由平南归后，一本为孝慈假去不归，一本亦遍寻不得，至今惆怅不已！

二月二日（星期五）

晨九时，赴校。下午，至中国书店，又至三马路各古书肆，无所得。知平贾辈南来者不少，有所企图，目的在苏州群碧楼邓氏书。邓氏书曾刊有书目二种，《群碧目》中所有者已扫数售于中央研究院，其《寒瘦山房鬻余书目》中物，则方在"待价而沽"之中。此目所载，宋元本不足道，明本颇多，而佳妙者亦少，其精华所在为若干精抄名校本。有《全唐诗集》一部，为季沧苇稿本，《全唐诗》全窃之，却不说明来历。如能得此，可证断三百年前的一重公案。唯恐所求太奢，不易应付耳。然必当设法得之，不任其零星售出，散失四方。

二月三日（星期六）

晨起，博山来电话，说，孙贾催促甚急，以早日决定为宜。当答以三日后必可有确定之办法，即致函咏霓先生，并到校与柏丞先生商谈，决定先付给定洋三千金，余款一万四千金，于半个月内付清取书。下午至博山处，将此办法告诉他。他觉得孙贾当可同意。至中国、来青等肆，得残本《六十一家词》六册，系愚园图书馆散出者，初印甚精，我从前所用《六十一家词》是博古斋石印小本，取其廉、便，颇想得原本一读。此虽残帙，亦足快意。淮海、小山二家，均为予所深喜，亦均在其中。灯下，披卷快读，浑忘门外是何世界。

二月四日（星期日）

晨，有书贾某来谈，谓群碧楼书求售甚急，平贾辈亦志在必得，有集资合购说。孙伯渊亦为此事赴苏州。此事殊感棘手。这批书一旦落于书贾之手，必将抬价甚高，我辈或不易有此力量购得之。惟其中抄本，校本，佳者极多；如失了去，大是可惜，故仍须用全力设法购致。下午，至三马路各书肆，无所得。

欧行日记
Ou Xing Ri Ji

自 记

  这部日记,其实只是半部之半。还有四分之三的原稿,因为几次的搬家,不知散失到什么地方去,再也不能找到。仅仅为了此故,对于这半部之半的"日记",自不免格外有些珍惜。

  写的时候是一九二七年;到现在整整的隔了七个年头,老是保存在箧中,不愿意,且也简直没有想到拿去发表。为的是,多半为私生活的记载,原来只是写来寄给君箴一个人看的。不料,隔了七年之后,这陈年老古董的东西却依旧不能藏拙到底。

  一半自然是为了穷,有不得不卖稿之势;其实,也因为这半部之半,实在飘泊得太久了,经过的劫难不在少数,都亏得君箴的细心保存,才能够"历劫"未毁。今日如果再不将它和世人相见,说不定再经一次的浩劫巨变,便也将和那四之三的原稿一样,同埋在灰堆火场之中。这些破稿子不足惜,却未免要辜负了保存者之心了。故趁着良友向我索稿的时候,毅然的下一决心,将它交给良友出版了。

  这里面,有许多私生活的记载,有许多私话,却都来不及将他们删去了。

  但因此,也许这部旅行日记,便不完全是记行程,记游历的干枯之作,其中也许还杂着些具有真挚的情感的话。

  绝对不是着意的经营,从来没有装腔作态的描叙——因为本

欧行日记

来只是写给一个人看的——也许这种不经意的写作,反倒觉到自然些。

二十三年九月八日作者自记于上海。

欧行日记

五月二十一日

下午二时半，由上海动身。这次欧行，连我自己也没有想到会这么快。在七天之前，方才有这个动议，方才去预备行装。中间，因为英领事馆领取护照问题，又忙了几天，中间，因为领护照的麻烦，也曾决定中止这次的旅行。然而，却终于走了。我的性质，往往是迟疑的，不能决断的。前七年，北京乎，上海乎的问题，曾使我迟疑了一月二月。要不是菊农济之他们硬替我作主张，上海是几乎去不成了。这次也是如此，要不是岳父的督促硬替我买了船票，也是几乎去不成了。去不去本都不成问题，惟贪安逸而懒于进取，乃是一个大病。幸得亲长朋友的在后督促，乃能略略的有前进的决心。

这次欧行，颇有一点小希望。（一）希望把自己所要研究的文学，作一种专心的正则的研究。（二）希望能在国外清静的环境里做几部久欲动手写而迄因上海环境的纷扰而未写的小说。（三）希望能走遍各国大图书馆，遍阅其中之奇书及中国所罕见的书籍，如小说，戏曲之类。（四）希望多游历欧洲古迹名胜，修养自己的身心。近来，每天工作的时间，实在太少了，然而还觉得疲倦不堪。这是处同一环境中太久了之故。如今大转变了一次环境，也许对于自己身体及精神方面可以有进步。以上的几种

欧行日记

希望，也许是太奢了。至少：（一）多读些英国名著，（二）因了各处图书馆的搜索阅读中国书，可以在中国文学的研究上有些发见。

一个星期以来，即自决定行期以来，每一想及将有远行，心里便如有一块大铅重重的压住，说不出如何的难过，所谓"离愁"，所谓"别绪"，大约就是如此吧。然而表面上却不敢露出这样的情绪来，因为箴和祖母母亲们已经暗地里在难过了，再以愁脸相对，岂不更勾引起他们的苦恼么？所以，昨夜在祖母处与大家闲谈告别，不得不显出十分高兴，告诉他们以种种所闻到的轻快的旅行中事，使他们可以宽心些。近来祖母的身体，较前已大有进步，精神也与半年前大不相同，筋骨痛的病也没有了，所以我很安心的敢与她告别了一二年。然而，在昨夜，看她的样子虽还高兴，却有一种说不出的殷忧，聚在眉尖心头。她的筋骨又有些痛了。我怎么会不觉得呢！

"泪眼相见，竟无语幽咽"。在别前的三四天，我们俩已经是如此了。一想起别离事，便十分难过。箴每每的凄声的对我说，"铎，不要走吧"；我也必定答说，"不，我不想走。"当护照没有弄好时，我真的想"不去了吧"。且真的暗暗的希望着护照不能成功。直到了最后的行期之前的一天上午，我还如此的想着。虽然一面在整理东西，一面却在想："姑且整理整理，也许去不成功的"。当好些朋友在大西洋饭店公钱我时，我还开玩笑似的告诉他们说："也许不走呢！不走时要不要回请你们？"致觉说，"一定要回请的。"想不到第三天便真的动身了。在这天的上午，我们俩同倚在榻上，我充满了说不出的情感，只觉得要哭。箴的眼眶红红的。我们有几千几万语要互相诉说，我们是隔了几点钟就要离别了，然而我们却一句话也说不出。最后，我竟呜咽的哭了，箴也眼眶中装满了眼泪。还是上海银行的人来拿行李，方才把我的哭泣打断了。午饭真的吃不进。吃了午饭不久，便要上船了。岳父和三姊，十姊及箴相送。到码头时，文英，佩真已先在。后来，少椿及绮绣带了妹哥也来了。我们拍了一个照，箴已在暗暗的拭泪。几个人同上船来看我的房间。不久，便铃声丁丁的响着，只好与他们相别了。箴在码头上张着伞倚在岳父身旁，暗暗的哭泣不止。我高高的站在船舷之旁，无法下去劝慰她。两眼互相看着，而不能一握手，一谈话，此情此景，如何能堪！最后，圣陶，伯祥，予同，调孚赶到了，然而也不能握手言别了，只互相点点头，挥挥手而已。岳父和箴他们先走，怕她见船开动更难过。我看着她背影渐渐的远了，消失在过道中了！这一别，要一二年才得再见呢！唉！"黯然魂消者惟别而已矣！"渐渐的船开始移动了，鞭炮必必啪啪的爆响着，白巾和帽子在空中挥舞着。别了，亲友们！别了，箴！别了，中国，我爱的中国！至少要一二年后才能再见了。"Adieu Adieu"是春台的声音叫着。码头渐渐的离开船边，码头上的人渐渐的小了。我倚在舷边，几乎哭了出来，热泪盈盈的盛在眼眶中，只差些滴了下来。远了，更远了，而他们还在挥手送着。我的手挥舞得酸了，而码头上的人也渐渐的散了，而码头也不见了！两岸除了绿草黄土，别无他物。几刻钟后，船便出了黄浦江，两岸只见一线青痕了。真的离了中国了，离了中国了！中国，我爱的中国，我们再见了，再见时，我将见你是一个光荣已完全恢复的国家，是一个一切都安宁，自由，快乐的国家！我虽然离了你；我的全心都萦在你那里，决不会一刻忘记的，我虽离开你，仍将为你而努力！

两岸还是两线的青痕，看得倦了便走下舱中。几个同伴都在那里；一个是陈学昭女士，一个是徐元度君，一个是袁中道君，一个是魏兆淇君。我们是一个多月的旅伴呢，而今天才第一次的相聚，而大家却都能一见如故一除了学昭以外，他们我都不大熟。

　　法文，我是一个字也不懂，他们不大会说。船上的侍者却是广东人，言语有不通之苦。好在还与他们无多大交涉，不必多开口。我的同舱者有一个英国人，仿佛是一个巡捕，他说，他是到新加坡去的。

　　说起 Athos 的三等舱来，真不能说坏。有一个很舒适的餐厅，有一片很敞宽的甲板，我的三一九号舱内虽有四个铺位，却还不挤，有洗脸的东西，舱旁又有浴室。一切设备都很完全。我真不觉得它比不上太古，招商二公司船上的"洋舱"。我们都很满意，满意得出乎当初意料之外。餐厅于餐后，可以独据一桌做文字，写信，也许比在编译所中还要舒服。船是平稳而不大颠簸，一点也不难过。别离之感，因此可略略的减些！最苦的是独自躺在床上，默默的静想着。这是我最怕的。好在现在不是在餐所写信，便是在甲板上散步，或躺在藤椅上聚谈。除了睡眠时，决不回房中去。

　　六时，摇铃吃晚餐。一盆黄豆汤，一盆肉，一盆菜包杂肉，还有水果，咖啡，还有两瓶葡萄酒。菜并不坏。酒，只有我和元度及兆淇吃，只吃了一瓶。

　　晚上，在船上买了一打多明信片，写了许多封信。

　　夜间，睡得很安舒，没有做什么梦——本来我是每夜必有梦的。

五月二十二日

　　早上，起床得很晏，他们都已吃过早茶了。匆匆的洗了脸，新皮包又打不开，什么东西都没有取出，颇焦急。早茶是牛奶，咖啡，和几片面包。

　　又写了几封信，并开始代箋校改《莱因河黄金》一稿。午饭在十点钟，吃的菜似乎比晚餐还好，一样果盆，一盆鸡蛋，一盆面和烧牛肉，再有水果咖啡。仍有两瓶酒，我们分一瓶给邻桌的军官们，他们说了一声"Mor—ci!"下行李舱去看大箱子，取出了几本书来。开大箱的时间是上午八至十一时，下午四至六时。四时吃茶，只有牛奶或咖啡及面包。

没有太阳，也不下雨，天气阴阴的，寒暖恰当。我们很舒适的在甲板上散步。船已入大海。偶然有几只航船轮船及小岛相遇于途。此外，便是水连天，天接水了。与元度上头等舱去看。不看则已，一看未免要茫然自失。原来，我们自以为三等舱已经够好的了，不料与头等舱一比，却等于草舍之比皇宫。他们没有一件设备不完全，吃烟室，起坐室，餐室，儿童游戏室……等等，卧室的布置也和最讲究的家庭差不多。如此旅行，真是胜于在家。想起我们的航行内海内河的船来，真不禁万感交集。我们之不喜欢旅行，真是并不可怪。假定我们的旅途是如此的舒适，我想，谁更会以旅行为苦而非乐呢！

同船的还有凌鸿勋夫妇和他们的孩子。他们是我的从前的邻居，现在到香港去，不知有何事。他曾做过南洋大学的校长，最近才辞职。我们倚在船舷谈得很久。还有一位刘夫人，也带了一个女孩子，那个孩子真有趣，白白的脸，黑黑的一双大眼，谁见了都更喜爱。我们本不认识，不久却便熟了。平添了不少热闹于我们群中。

我们决定多写些文字，每到一处，必定要寄一卷稿子回去，预备为《文学周报》出几个 Athos 专号。我们的兴致真不算坏。这提议在昨夜傍晚，而今天下午，学昭女士已写好了一卷《法行杂简》。写得又快又好。我不禁自愧！我还一个字也没有动手写呢。写些什么好呢？

船上有小鸟飞过，几个水手去追它，它飞入海中，飞得很远很远，不见了，我们很担心它会溺死在海中。茶后，洗了一次澡，冷热水都有，设备得比中国上等的旅馆还好。

晚餐是一盆黄豆汤，一盆生菜牛肉，一盆炒豆荚，一盆布丁。其余的和昨天一样。生菜做得极好。筬是最喜欢吃生菜的，假定她也在这里，吃了如此调制的好生菜，将如何的高兴呢！

餐后，我们放开了帆布的躺椅，躺在上面闲谈着。什么话都谈。我们忘记了夜色已经渐渐的灰暗了，墨黑了。偶然抬头望着，天上阴沉沉的，一粒星光也不见，海水微微的起伏着，小浪沫飞溅着，照着船上舱洞中射出的火光，别有一种逸趣。远远的有一座灯塔，隔一会儿放一次光明。有一种神秘的伟大，压迫着我。

等到我们收拾好椅子下船时，已经将十时了。我再拿起《莱因河黄金》的译稿到餐厅里来做校改的工作。自己觉得不久，而侍者却来说，要熄灭电灯了，不得已只好放下工作去睡。

袁中道君是一位画家，我们很喜欢看他作画。他今天画好几幅速写像。晚上，我正在伏案写字，而他却已把我写入画中了。很像。画学昭的那一幅伏案作书图尤好。

在船上已经过了三十多个小时了，还一点也没有觉得旅行的苦。这是很可以告慰于诸亲友的。据船上的布告，自开船后到今天下午二时，恰恰一天一夜，共走了二百八十四英里，就是离开上海已二百八十四英里了！后天（二十四号）早上六时，才可到达香港。

五月二十三日

起身很早，还不到五时半。上午，写了好几封信。皮包居然打开了，原因是太紧，所以开不开。现在叫 Boy 来，用铁锥来一敲一压，便即开了。锁并没有损坏。不禁为之一慰。为筬改正

《莱因河黄金》，到下午才改好。即封寄给她，并补作了二十一日下半及二十二日之日记，这时，已经下午二时了。我们五个人相约，预备做文章集拢来寄到上海，为《文周》出一个"Athos 专号"。直到这时，我还未动手做。学昭已经做了，元度他们也都已在动手写了。我只得匆匆的写了一篇《我们在 Athos 上》，又写了一篇《别离》。写完时，还未到五点钟，因为五点后便不能寄，而明天到香港，过去这一个地点，便又要好几天不能寄信了。所以不得不快快的写。晚上，有微雨，甲板上不能坐。少立即下。很疲倦，不久，即去睡。天气很热！

五月二十四日

已经进香港港口了，我还未起身。据黑板上宣布，六点可到。在卧室窗口，见外面风景极好。海水是碧绿的，两岸小山林立，青翠欲滴。好几天不见陆地，见了这样的好风景的陆地，不觉加倍的喜欢！匆匆的穿衣……吃早餐。到香港去的客人已都把行装整理好了。可爱的刘小姐（名慕洁）及凌氏一家都已在甲板上。船停了。船的左右，小舟猬集，白布红字，写着"大东饭店"等字，很有风致。船在水中央，一面是九龙，广九车站的钟楼，很清楚的看见，一面是香港，青青的山上，层楼飞阁，重重垒垒，不得不令人感到工程之伟大。我和元度，兆淇颇思上去一游，因为听说，船到下午四时才开，而现在还不到八点呢。踌躇了许久，终了由梯子走下，上了一只汽船，也不问价。几分钟后，便到了香港。舟子并不要钱，颇温厚可亲。这使我们的第一印象很好。我们先去找皇后大街，上山又下山，问了许多人，方才找着，因为要到商务去。到了商务，却双扉紧闭着，原来今日是英国的 Empire Day，所以放假——听说，上海也很热闹呢！——但有好些公司，如先施等，却又不放假休息，不知商务

欧行日记

何以如此。无意中，走到一处风景很好的地方。峰回路转，浓阴如盖，目光为之一亮。墙上写着"To The Peak Tram"，我们便决定要到山巅去一游。到了电车站，上了车，每人费了三角港洋（港洋较鹰洋贵，每鹰洋只等于港洋九角）。电车动了，很峻峭的上了山，系用铁绳拉了上去的。山上风光极好，回看山下，亦处处有异景。再上，则海雾弥漫，不见一物。下了电车，再往上走。前景不见，后景倒极佳，三五小岛立于水中，群山四围，波平如镜，间有小轮舟在驶行着，极似西湖。坐电车下山时，系倒坐着，下面风物都看不见，所以还没有上山的有趣。又坐了山下的电车，预备去吃饭。不料坐错了一部。元度见方向不对，连忙下车，换了一部。香港电车（除了上山之车外）都是两层的，上层极好。在一家小酒馆中吃了饭，饭菜很不好。饭后，到先施公司买些东西，立刻都到海滨来，雇了一只小舢板回船，仅花了二角（我们并没有还价），实在不贵。上船后，我们忽然记起了一件事未做。在香港果市上，见荔枝一颗颗的放在盘中，皮色淡红，含肉极为丰满，如二八少女，正在风韵绝世之时，较之上海所见者，不啻佳胜十倍。我们一个个都渴想一尝。不料临下船时，却太匆匆了，都忘了这事。上船后与学昭谈起，才不胜惋惜，然已来不及再去买了。这乃是游港最歉怅之一事也！我想，假定有风雅知趣之港商，当此荔枝正红之时，用了一只小艇，张了小长帜，用红字标着"荔枝船"三字，往来于海中求售，一定是生意甚佳的。其如无此"雅商"何！

　　说是下午四时开船，但却迟到了六时方开。尽有时间上岸去买荔枝呢。——真的，我们是太喜欢那微红可爱的肥荔枝了！——只是太懒了，不高兴再上岸去。"风雅的食欲"究竟敌不过懒惰的积习！

　　香港，全是一个人工的创造物，真不坏呢！全市街道，比上海好，山上尤处处可见绝伟大的工程。惟间有太"人工"了的地方，也未免令人微微的失望。譬如瀑布和涧水，是如何的清隽动人的自然东西，他们却用了方方整整的石块，砌在水边，有的几条涧，却更用了极齐崭的石级，一路接续的铺下去。这真完全失了绝妙的山水之风趣了！可是有两点是他处绝比不上香港的：（一）我们常说的是"青山"，究竟"青"的山有几处还不是非黄浊色的，便是浓绿色的，秀雅宜人的青色山，真是少见。香港的山却真的是可爱的青，如披了淡青色纱衣的好女子，立在水中央，其翩翩的风度，不禁令人叫绝。（二）我们常说的是"绿水"，究竟"绿"的水又有几处；还不是非淡灰色的便是蔚蓝色的，绿绿的如垒了千百片的玻璃，如一大片绝茂盛的森林的绿的水，真是少见。香港的水，却真是可爱的绿，全个海是绿绿的，且又是莹洁无比，真如一个绝大的盈盈不波的溪潭，不像是海——真使我们见过墨色的北海，青灰色的东海，黄浊色的黄海的人赞叹不已！

下午洗了一次澡，只有热水，没有冷水，累得满身是汗。旁晚，风甚大，有丝丝的毛雨，夹在风中吹来。甲板上不能坐立，只得到了餐厅中。补写了昨天的日记，并写了今天的。

八哥由澳洲到了香港，乘 President Cleveland 回沪。闻系今日动身。渴欲一晤，不料见报，Cleveland 乃已于今早一时开走了。

夜，甚热，九时半即睡。作一梦，甚趣，记得在梦中曾大哭。

五月二十五日

早起，天气甚好。海水作蔚蓝色，皎洁无比，与香港海中之水色又不同。一无波浪，水平如镜，小波纹鄰鄰作皱，不似在大海中，乃似在西湖。天色亦作蔚蓝色。偶有薄纱似的轻云，飘缀于天上，其隽雅乃足耐人十日思。波间时有小鱼，飞滑于水面，因太少，不能知其为何鱼，惟其飞滑，甚似我们少时之用瓦片打水标，水面上起了一条长痕。有时，十数小鱼，同时在波面上飞着，长痕十数条同时四向散开，至为有趣。燕子亦在水面飞着，追掠着小鱼之类的食物，又轻迅，又漂亮。有时不愿意飞了，便张开了飞着的双翼，平贴于水面，因此身体可以不至于沉下，即在水面随波上下休息着。其闲暇不迫之态，颇使我心醉。大海中除了天与海外，一无所见，惟此二物，足系人思。偶有三轮舟，在远处经过，一缕浓烟，飘浮于地平线上，亦甚可观。今日天气甚热，幸得于甲板寻得一阴凉处憩息着。读了半课法文，又草草读了沈伯英的《南九宫谱》。

日来，精神甚好，食量大佳，每餐都感不足，未到饭时即已觉饿。

茶后，买了十二个法郎的明信片，又去寄了给箴的及给调孚他们的信。寄了十几张明信片送给商务诸友。

晚，沐浴，写了一篇《浮家泛宅》，预备给第二个 Athos 专号用。闻后天下午四时，可到西贡约停四天。明天即可将第二个 Athos 专号的全稿寄给《文学周报》了。

五月二十六日

上午，在甲板上坐着，开始读法文，向一个红鼻子的法国军官请教。他很肯细心的教。我应该记着，他是我第一个法文教师呢！吃饭时，他就坐在我们邻桌。那些军官们都很客气；我们的同伴各都找到了一个两个法文教师，且都在他们之中找着。

中午，洗了一个澡，因昨夜说洗，实在未洗也。

下午，坐在甲板上，吹着海风，很安逸，谈着，笑着，正如坐在家中天井里一样。

旁晚，正在晚餐时，突见窗洞口现出蓝色，真蓝得可爱，如蓝宝石一样；壁是白的，窗口是金色的，而窗中却映着那末可爱的蓝色！

夜，写了一篇《海燕》。

天气渐变，风很大，雨点亦不少，甲板上不能坐，只得去睡。时已十时。船颇颠，然已入睡，亦不觉也。

偶见船上贴布白处，有船期表一张，兹录一份，附于下：

地名	到	开
Shanghai		May21，14H
Hongkong	May24，8H	″24，16H
Saigon	″27，16H	″30，6H
Singapore	Junel，8H	Junel，15H
Colombo	″7，3H	″7，12H
Aden	″15，0H	″15，6H
Djibonti	″15，17H	″16，0H
Suez	″20，0H	″20，3H
Port Said	″20，17H	″21，0H
Marseille	″25，12H	

开船停船的时间表，昨日才抄得，今录一份奉上。所谓"8H"者，即上午八点钟也，所谓"16H"者，即下午四时也。自五月二十一日下午二时半开船，至六月二十五日正午十二时方到马赛。在路上要经过一个月零五天。现在才过了七天呢！

数日来未钞菜单，兹就记忆所及者钞录于下：

二十四日（午）牛肉，鸡饭，鸡肉，苹果。
　　　　（夜）饭汤，牛肉，黄豆，香蕉。
二十五日（午）牛肉杂菜，小豆，猪肝，苹果。
　　　　（夜）黄豆汤，牛肉，茄子肉饼，杏仁葡萄干。
二十六日（午）冷盆（牛肉），鸡蛋，通心粉牛肉，杏仁葡萄干。
　　　　（夜）黄豆汤，绿菜泥，生菜鸡，布丁，苹果。

如此琐琐记录者，或可作为后来旅行者坐法国船之指南也。厨子烹调颇佳，牛肉尤其好吃。惟间有难吃或吃不惯之菜，如绿菜泥之类。又每饭必有干牛酪，我们都不吃。菜的分量不多，很容易饿。我们也没有吃零食，因此，倒可以减少晕船的危险。

五月二十七日

早晨起床得很早，有大风，后又下雨不已。很难过，似乎要呕吐，连忙吃了晕船药，又在甲板上坐了许久，到了十时，方才安舒如常。亏得昨天船上张了天幔，不然，闷在屋里一定要吐。这是欧行第一次遇到的风波，青色的海水，汹涌的奔腾着，浪头很大很高，几个女客们，居然有卧床不能起立者，因为船不小，所以还平稳，然船身已倾侧，正在闲谈间，忽已见到陆地，昨日本已见陆，后来又不见了。现在再度遇到，不觉为之一喜。午餐后，不知不觉的船已进了西贡的港口。两岸很窄，都是矮树杂草，满目的蓬勃的绿色。我们很奇怪，这末大的船，竟能驶进这末窄小的河道——这河道，大似平常我们清明上坟时经过的较阔之河道。差不多船旁离岸只有一二丈，岸上的一草一树都俯看得很清楚。河岸很低，离水至近。许多树都半植在水中；没有一所房屋。突然的，在河岸的一边，有一所洋房立着，房的左右，植着亭亭的碧绿的棕榈树和顶着极红极红的花或果的不知名的大树；那样美丽的一块好景呀，我们见之真如在沙漠中见到了一块绿洲，除了惊诧赞叹，别无他话可说。这是我们见到热带风物的第一次！过此后，河身反倒宽阔了，船更倾侧得利害。下午二点钟时，船便到岸了。西贡的埠头，并不怎么热闹。几辆汽车，后来又来了几辆人力车，几十个接客的人和苦力，几间半洋式的房子，再加七八个下船的旅客，如此而已，还没有上海埠头那末热闹，还没有香港海面上有那末多的汽船，大轮舟，小舢板如穿梭似的往来着。一片黄色的河水，几叶小舟容予于其间，这是西贡呀，我们将在此停舶三天以上之西贡呀！

我们的护照，前一天已由三等舱的舱长取去，预备代我们向西贡警署盖印了。船到了不久，即将已盖好印的护照交还给我们。

一个卖明信片者上船来兜卖他的货物，又有洗衣服者上来取衣服去洗。安南人，完全是我们的一个样子的人呀；那位舱长，将那位卖明信片者一手叉出舱外，军官们对他的态度也不大好。唉，这是安南人呀！有一个同船的安南兵对同船的一位谢君说，"我们不愿为异族所统治，我们宁愿为同种的人所统治！"这是多末一句带血的话呀！

五月二十八日

昨夜有微雨，同徐，魏二君及几位华侨，一同上岸去游看西贡风物。出了码头不久，即至大街。道中摆了许多货摊。车道不大，泥水淋漓，倒是行人道阔大，摆了一行货摊之外，还有很阔的路，给行人走。街上开店摆摊者多为广东人，招牌亦多用中国字，骤见之，不相信是走在法国人统治的西贡道上。咖啡馆电光淡绿，细绿的竹帘低垂着，似有凉气从屋中吹出。门前是几棵植在木桶中的棕榈树。一家家住户也都布置得很雅致。但夹于他们之中的却是不在少数的挂着"公烟开灯"的鸦片烟店。这是西贡

欧行日记

的特色!

夜中所见的西贡,完全是中国人统治着的西贡。

今天,早起,我们五个人一同到植物园去,每人车资三角,坐的是人力车。但路却不远。植物园中动物很多,风物亦佳。有虎,豹,象,熊,猴子等等,还有各式各样的飞禽。因为我立在草地上照相,几乎闯祸,我们不知道他们的草地是禁止人走的,亏得有一群相识的法国军官走过,方才解了围。我们心里都不大高兴。

下午,偕了徐,魏,袁及二位法国军官同出。我们见到了礼拜堂,总邮局及其他法国人公共场。这时的西贡,乃是法人的西贡了,与昨夜的完全不同。昨夜的西贡,无异于上海,无异于北京,今日的却大不相同了。不仅有胜于上海,香港,直是一个小规模的巴黎城了。到处都是高大的热带树,都是碧绿的小草地,都是精美的建筑。这条街道是两行绿林,如穹门似的张蔽于天空,那条路也是如此。间有如火似的血红的花朵,缀于高树顶上,映于绿叶丛中,更见其秀媚无比。红色的花瓣,零落的散堕于行人道旁的绿草茵上。几乎到处都是公园了!我很后悔,昨天差评了西贡!非真知灼见,非自己有深入真切的观察,真不易下评语也。由教堂街转到公园,面积不很大,而与植物园又不同。没有别的布置,除了平铺的绿草与大树,然已足动人了。这时天色骤变,雨点疏疏的落下。我们雇了人力车到一家咖啡馆中,吃了些皮酒与汽水。又吃了几只檬果,价很便宜,而香色都较上海出售者为佳胜。出咖啡店后,到照相馆中洗了几卷照片,即回船。船上很忙乱,因为运货,甲板上几乎不能立足。不久,即到房中去睡了。很热,有汗。天将明时,做了一个梦,梦见箴正在预备护照,要到欧洲来,且似有一个小孩子同来,正在这时,头顶上铁与木相碰的声音继续的响着,竟为他惊醒了这一场好梦。

昨夜(二十七日)闲游时,曾买了一大枝香蕉回来;这肥短的黄色果，较之上海所见者亦不大同。曾见了大木梨，要买两只，叫价一元，又要买一只刺果（颜色有绿有黄），却要一元半，都未买。也许他们是欺骗异乡人呢。又吃了三只椰子，每只倒只要一角，并不贵。

五月二十九日

晨起，赴岸。偕同魏，袁，及一个法国军官，同去取照片；照片共二卷，在上海所照者都极好，此后所照的则模糊不清。可惜因仅显像而未印出，不能寄回给亲友们看。又到大市场，与上海的差不多，仅外圈多杂货摊一层。买了一个大婆罗蜜。欲买安南文的《凤仪亭》诸书，要五角一本，太贵，故未买。下午，下雨，与魏，袁同去理发，理发所为广东人所开。西贡交通器具甚奇，多用牛车，又有小火车。

五月三十日

六时开船。今日风浪颇大，一点事也没有做。午睡了一会，睡后，上甲板小坐。头颇晕。吃了一付晕船药，略觉好些。晚餐仍可吃得下。颇有几个人在呕吐。

五月三十一日

西贡给我们的印象，并不怎么好。但安南的衣服起居，则颇有古风。他们主要的交通物是牛车，常用两只很壮健的牛拖着，车上可装载不少的东西。这种车在我们中国是早已消灭了；再有一张明信片，上画一个老人，悠然自得的坐在椅上，以他的过长的指甲自夸着，这也是我们所不大见的。我们中国人在那边颇有些势力，占商业的中心，然在政治上则绝无插足地。我为只求能安分营商而已，永远不想参预政治也。

昨日早晨风波甚大，倚在船栏上，白浪沫可以飞溅到脸上来，这是第一次的大风浪呢。下午，又下了大雨，我们由头等舱的甲板上回到餐厅，然今日则天气颇好，并不晕船。写了三封信到上海去！

六月一日

早起，洗了一个澡，换了一身衣服。将到新加坡了，大家都立在甲板上。小岛沿途皆是。阳春晨风，在在皆足悦人。遇三个华侨，他们是复旦学生，预备回家，他们的家即在新加坡；还有一个谢君，燕大毕业，再有三位纪姓兄妹，年纪很轻，也是由上海回家的。他们都要等到新加坡警察上船验过护照后，方可上岸。船停在海中，有几叶小舟，如儿童的玩具似的，（我其初真以为是那里淌来的小纸船呢）从远处赶来。到了近处，方才知道有人坐在上面。他们叫道："Madame, A la mer"（太太，到海中去！）我们才知道他们是潜水取钱的乞儿。当时有好几个人抛下银钱去（铜元他们不要），他们如青蛙似的，潜泅入水中，立刻便把抛下的钱取在手中了。我也抛下两个角子下去。他们那样伶俐的身段与技术，真足令初见者为之惊奇不已。警察恰在这时来了，我们的舱长，把那几位到新加坡去的人推到头等舱去。因为他们在那里验护照。所有这几位注册学生的人，护照都为他们扣留，说停一会再要问一问。我们颇为之气愤。新加坡，乃至南洋的一切地方，都应该是我们中国的，他们都是我们开辟的，一切文化风俗都是中国的。如今乃为异族所宰割，压迫，我们岂能忍受到底！谢君说，期以十年，试看我们的手段！

船终于傍岸了，他们又被问了一次，护照还是不发还，除了一位纪姓的女孩子的以外，说：明天可到警察局里去取。我们很想上岸，怕不能上去。后来，他们说可以自由上下，方才偕魏徐二君同上，雇了一辆马车，说明来回共洋一元五角。那位年老的土耳其（？）车夫，态度到很好。我们买了些晕船药，换了些钱，到一家广东人开的冰店里吃些冰,便又回来了,只多给了他五分钱,他已很高兴!在码头上买了些杂物,如小象、邮票之类,预备寄回家去给箴。新加坡靠近赤道,然我们并不觉得很热。下午六时,开船西行。现在是别了中国海,进入印度洋了,要六月七日才到科伦布呢。希望不遇着大浪!希望晕船药用不着!

六月五日

连日被印度洋的波浪,颠簸得头脑浮涨,什么事也不能做,连法文也不念了,只希望早日到科仑布,舱里是不敢留着,怕要晕船,终日只坐在甲板上——除了吃饭的时候;走路时,两足似乎不踏在实地上,只是飘飘的浮浮的,如虚践在云雾中。到现在才觉得海行是并不怎么快乐!下午,船上又宣布:明日下午二时可到科仑布,这是比预定的早到一天了。我们是如何的高兴呀!大家都忙着做稿,预备寄回去。我一个字也不能写,还是有《A la mer》那一篇。

六月六日

听说昨夜风浪很大,但我不觉得。曾做了一梦,梦见在家中,与箴相聚谈话;醒来时,却仍是一个人躺在床上,很难过。窗洞外还黑漆漆的。不觉的又睡了一会。起来,已近八时。吃早茶时,我是最后的一个了。告牌上又宣布:今日下午二时半到科仑布,明日上午六时开船。望陆地如饥渴的我们,见到达期迟了三时,很不高兴。上午,寄出好几封信,"Athos专号"(三)的稿,亦寄出。饭后,计算到科仑布还要五六小时呢!我真有点怕看见海;那浊蓝的海水,永远的起伏着,又罩之以半清半浊夜天空,船上望之,时上时下,实在是太令人厌倦了。"有意等待,来得愈慢"。怎么还不到呢?没有一个人不焦急着。突然前面天空有一堆浓云聚着,我猜想,快要下雨了。不及我们起来躲避,

欧行日记

那雨点已猛恶的夹在狂风中吹落,正向着我们吹落!连忙用帆布椅子做临时帐篷去挡住它时,已淋得一身湿了。亏得一二分钟后,船已驶过这堆雨云,太阳又光亮的照着甲板。湿淋淋的帆布椅和微潮的衣服,不久即干了。在这时,在北方,已有一缕陆地的痕子可见,也偶有轮舟及帆船在远处天边贴着。这是将近海岸的表示。等待着,还有两小时可到呢。果然到了三时半,科仑布的多树的岸方出现于我们的北面。船缓缓的驶着,等待领港者导引入港口。港口之前,有两道长坝,如双臂似的,伸入海中,坝上有灯塔几座。船都停在坝内,那里是浪花轻飞,水纹粼粼,很平稳;坝外则海涛汹涌得可怕。宛如两个世界。大海的水,与石坝时起冲突,一大阵的浪花,高出于坝面几及丈,落下时,坝岸边便如瀑布似的挂下许多水。这是极壮观的景状;海宁所见的浪头,真远不及它。

　　船进港口,停在水中。我们到头等吸烟室将护照给英国警官盖印后,即可上岸。走到梯边,有一个屠户似的岸上警察印度人,在查护照,只有已盖过"允许上岸"的印子者,方许下梯。那些下船的人真多!可见大家都渴望着陆地。我们仍只三个人,徐,魏和我。MM 公司预备了一只汽船送我们上岸。上岸时已经四点半。日影已渐渐淡黄了。换了钱;一百佛郎,可换十个半卢比。即上一个汽车,他们兜揽生意甚勤,兜揽的是一个老印度人,彼得。说好每点钟四个卢比,以两点钟为限。先到公园。沿途街道很窄,一切都是新鲜的。汽车夫到处指点。公园中树木都是印度的,与我们大不相同;到处是香气,似较西贡公园好得多了。继到博物院,他们已将关门了,草草由院役领看一周即出,并不大。空地上有许多动物,但也只限于小动物,并无大者。其中有蛇名 Copla 者,乃我第一次见到的,虽然闻名已久。闻廊下有明永乐间郑和所立碑,因时促未见。继到大佛寺,完全是新式建筑,一切都似新的。大佛偃卧于大殿中,四周都是"献桌",

大理石的，桌上放了许多花；那些不知名的花，香气扑鼻。有穷人曾以此花来兜卖，以无零钱，只好不买。地上极清洁，凡参观者都要脱了鞋子才可进去。墙上都是壁画；卧佛之左近，都是小佛，面貌都类欧人，与我们在国内所见者迥异。大殿甚小，远不及灵隐及其他寺观之伟大也。继坐汽车上山，随即下山，到码头时，恰恰二小时。给了他们十个卢比。他们并不争多论少，说了声谢谢。还向他们问明了到青年会的路。我们在会里吃了晚餐。他们吃的一种米饭，很奇异；一盘饭，六个小碗，盛着菜，不知何物。我们可惜没有要一盘来尝尝。最后，吃到一种水果，瓜类，绿皮黄心，甜而香，真可算是香瓜，还带些檬果味。饭后，在街上闲步，有许多店家来兜生意，很讨厌；还有几个流人，向我们招呼道，"Lady，Lady"。我们只好一切不理会。在一家药房里，见到报纸，知奉军在河南大败的消息，为之一慰。九时，回到码头仍坐 MM 公司预备的汽船回来。在汽船上遇到一位中国女子，她是坐 sphinx 回国的；这只汽船也送客上 sphinx，略谈了一会。汽船九时半才开。我们到船时，大家都已睡了。科仑布附近有甘底者，系佛之故乡，惜不及去一游。

六月七日

晨起，船已开行，也不知是何时出港的。大浪起伏，船甚颠簸。上午尚好，下午则加之以狂风，甲板上几乎立不住。看布告，板上所示，我们离亚丁尚有二〇三〇哩，至少印度洋上生活再要过六天以上。终日是黑色的海，重浊的天，真是太单调了。我甚至不敢把眼去望海水；只好常闭着眼。有人说，清闲是福。我在此，连书都不能看，字都不能写，终日躺在椅上闭目养神，真是清闲极了。然而我觉得是无边的厌倦，是时光的太悠久；吃了早点，等着早餐的铃声，吃了早餐，又要等着吃午饭的铃声……吃了晚餐后，再盼的早早的到了九点十点，好去睡。（早睡怕半夜醒来更苦）并不是为吃，为睡，为的是好将这一日度过！然而这其间的一分一秒，一点两点是如何的过去的慢呀！真的，我是没有以前的好兴趣了。幸而，还不至大晕船，饮食还照常。唯一的足以鼓动兴趣者是远远的见了一缕烟，是望着来舟渐近，渐渐的过去；然而这是一日至多不过一次而已。偶然的倚在船栏上，望着船头所激起的白浪，有时竟溅及甲板，气势雄伟而美丽，较之在中国海上所见者大不相同。这才可算是海浪！印度洋之足以动人者唯此而已。然而这是天天见到，刻刻见到的，久看也觉得淡然了。下午，看戈公振的《欧游通信》，觉他所见与我们略有不同。他说过 Diebont 时，要经流泪岬，浪头极大。我不禁为之凛然。夜，读春台的《归航》，其中《船上的小孩子们》一篇，很使我感动。他对于印度洋的浪并不十分觉得可怕，到是出西贡向东时的风浪使他晕船了（香港海也使他害怕）；这是与我们的经验，完全不同的。大约他回国时是冬天，所以海上情形不同些。夜睡甚安。

六月八日

晨起匆匆的吃了茶，即上甲板。还是不断的海，海，海，还是摇动不定的天空。然精神甚好。写了给祖母，岳父及箴的信。因为有事忙着，倒不觉得日子长了。学昭女士今日第一次晕船，没有吃午饭。葡萄牙妇人也没有吃。我看她们真是苦闷。海行一觉晕船，真比坐狱还要难过！下午，船长宣布，昨日只行了二百九十哩，到亚丁还有一七四〇哩，还要六天工夫才到呢！唉！好悠久的海程呀！这六天定较在上海一年还要长久呢！一个法国军官跑来对我说，有一个兵问起我，他是高的亲戚；我立刻便知道他是十一嫂的兄弟了。他名 Ternbert Rine，在四等舱中。我叫这军官伴我去寻他，方才认识了，因为言语不大通，只说得一二句话。这位介绍的军官人很好，乃是我们的法文教师。

有一个安南兵，蹲在三等舱甲板上，被一个大胖子的军官呼叱下舱了，那样的呼叱态度，我永不能忘。可怜的亡国军人！

下午茶点不曾下去吃；昨天也没有吃。那样的茶点，实在不足引诱我们下舱去。我自己把带来的饼干拿上甲板来吃。这时第一次吃自己的干粮。"Cream Craker"我向来在家是不高兴吃的，然而在这时却觉得它是鲜美无比。

三等舱中有好些怪客，男的女的都有，有暇，当描写他们一下。

安南人很喜欢问东西的价钱；眼镜，照相机，自来水笔都问过了，现在，见了饼干，又问是多少钱了！

六月九日

昨夜作了一梦，仿佛是与箴临别时的情景；欲留恋而又不能留恋，将别离而又不忍别离，此时心意，在梦中又重温一过了。醒后，天色已将明。很难过！本想早早起身到船面上看日出，因懒于起床，一翻身又睡着了。直到了将八时方出房吃早茶。上午寄了数信。下午，异常的无聊，由甲板上回到房里，睡了一会。写"回过头去"，未一页而又放下了。自上船以来，没有如此的心绪恶劣过。晚餐后，在甲板上坐到七时。看几个妓女与军官们在调情卖俏。甚觉厌恶！

六月十日

将醒时又做了许多杂乱的梦。上午，继续写《回过头去》，至下午茶时方写毕！乃记载上海之诸友与当时游踪者。拟先寄信给君箴他们看看，由他们决定发表与否。今天浪头甚大，学昭女士一天没有吃饭。下午吃茶后，水手来拆了天篷去，我们很怕，因为这是将有大风浪之征象。听说，明早有风浪；将奈何?！预先吃了一服晕船药。天呀，这样无风的浪已经颠簸得人够受的

欧行日记

了,再加以"风",奈何,奈何?! 学昭女士很苦恼的说:"还是劝君箴女士不要到欧洲来好!"她前些时候,是很劝君箴来的,如今却以己度人,劝她不要来,真有戒心了! 夜间,月亮银光似的晒照在甲板上。不久,即去睡。

回过头去(附录)
——献给上海的诸友

　　回过头去,你将望见那些向来不曾留恋过的境地,那些以前曾匆匆的吞嚼过的美味,那些使你低徊不已的情怀,以及一切一切;回过头去,你便如立在名山之最高峰,将一段一段所经历的胜迹及来路都一一重新加以检点,温记;你将永忘不了那蜿蜒于山谷间的小径,衬托着夕阳而愈幽倩,你将永忘不了那满盈盈的绿水,望下去宛如一盆盛着绿藻金鱼的晶缸,你将忘不了那金黄色的寺观之屋顶,塔尖,他们耸峙于柔黄的日光中,隐若使你忆记那屋盖下面的伟大的种种名迹。尤其在异乡的客子,当着凄凄寒雨,敲窗若泣之际,或途中的游士,孤身寄迹于舟车,离愁填满胸怀而无可告诉之际,最会回过头去。

　　如今是轮到我回过头去的份儿了。

　　孤舟——舟是不小,比之于大洋,却是一叶之于大江而已——奔驰于印度洋上,有的是墨蓝的海水,海水,海水,还有那半重浊,半晴明的天空;船头上下的簸动着,便如那天空在动荡;水与天接处的圆也有韵律的一上一下移动。第一天,第二天,第三天,一直是如此。没有片帆,没有一缕的轮烟,没有半节的地影,便连前几天在中国海常见的孤峙水中的小岛也没有。呵,我们是在大海洋中，是在大海洋的中央了。我开始对于海有些厌倦了，那海是如此单调的东西。我坐在甲板上，船栏外便是那墨蓝色的海水，海水，海水。勉强的闭了两眼，一张眼便又看见那墨蓝色的海水，海水，海水。我不愿看见，但它永远是送上眼来。到舱中躺下，舱洞外，又是那奔腾而过的墨蓝色的海水，海水，海水。闭了眼，没用！在上海，春夏之交，天天渴望着有一场舒适的午睡。工作日不敢睡；可爱的星期日要预备设法享用了它，不忍睡。于是，终于不曾有过一次舒适的午睡。现在，在海上，在舟中，厌倦，无聊，无工作，要午睡多末久都不成问题，然而奇怪！闭了眼，没用！脸向内，向外，朝天花板，埋在枕下，都没用！我不能入睡。舱洞外的日光，映着海波而反照入天花板上，一摇一闪，宛如浓荫下树枝被风吹动时的日光。永久是那样的有韵律的一摇一闪。船是那样的簸动，床垫是如有人向上顶又往下拉似的起伏着；还是甲板上是最舒适的所在。不得已又上了甲板。甲板上有我的躺椅。我上去了见一个军官已占着它，说了声"Pardon"，他便立起来走开，让我坐下了。前面船栏外是那墨蓝色的海水，海水，海水，左右尽是些异邦之音，在高谈，在絮语，在调情，在取笑，面前，时时并肩走过几对的军官，又是有韵律似的一来一往的走过面前，好似肚内装了法条的小儿玩具，一点也不变动，一点也不肯改换他们的路径，方向，步法。这些机械的无聊的散步者，又使我生了如厌倦那深蓝色的海水，海水，海水似的厌倦。

一切是那样的无生趣，无变化。

往昔，我常以日子过得太快而暗自心惊，一个星

欧行日记

期,一个星期,如白鼠在笼中踏转轮似的那末快的飞过去。如今那下午,那黄昏,是如何的难消磨呀!铛铛铛,打了报时钟之后,等待第二次的报时钟的铛铛铛,是如何的悠久呀!如今是一时一刻的挨日子过,如今是强迫着过那有韵律的无变化的生活,强迫着见那一切无生趣无变动的人与物。

在这样的无聊赖中,能不回过头去望着过去么?

呵,呵,那末生动,那末有趣的过去。

长脸人的愈之面色焦黄,手指与唇边都因终日香烟不离而形成了洗涤不去的垢黄色,这曾使法租界的侦探误认他为烟犯而险遭拘捕,又加之以两劈疏朗朗的往下堕的胡子,益成了他的使人难忘的特征。我是最要和他打趣的。他那样的无抵抗的态度呀!

伯祥,圆脸而老成的军师,永远是我们的顾问;他那谈话与手势曾迷惑了我们的全体与无数的学生;只有我是常向他取笑的,往往的"伯翁这样""伯翁那样"的说着,笑着;他总是淡然的说道:"伯翁就是那样好了。"只有圣陶和颉刚是常和他争论的,往往争论得面红耳热。

予同,我们同伴中的翩翩少年;春二三月,穿了那件湖色的纺绸长衫,头发新理过,又香又光亮,和风吹着他那件绸衫,风度是多末清俊呀!假如站在水涯,临流自照,能不顾影自怜,可惜闸北没有一条清莹的河流。

圣陶,别一个美秀的男性;那长到耳边的胡子如不剃去,却活是一个林长民——当然较他漂亮——剃了,却回复了他的少年,湖色的夹绸衫;漂亮——青缎马褂,必恭必敬的举止,唯唯呐呐若无成见的谦抑态度,每个人见了都要疑心他是一个"老学究"。谁也料不到他是意志极坚强的人。这使他老年了不少，这使他受了许多人的敬重。

东华，那瘦削的青年，是我们当中的最豪迈者。今天他穿着最漂亮的一身冬衣，明天却换了又旧又破的夹衣，冻得索索抖：无疑的，他的冬衣是进了质库。他常失踪了一二天，然后又埋了头坐在书桌上写译东西，连午饭也可以不吃，晚间可以写到明天三四点钟。他可以拿那样辛苦得来的金钱，一掷千金无悔。我们都没有他那样的勇气与无思虑。

调孚，他的矮身材，一见了便使人不会忘记。他向不放纵，酒也不喝，一放工便回家；他总是有条有理的工作着，也不诉苦也不夸扬。但有时，他也似乎很懒，有人拿东西请他填写，那是很重要的，他却一搁数月，直到了事变了三四次，他却始终未填！我猜想，他在家庭里是一个太好的父亲了。

石岑，我想到他的头上脸上的白斑点，不知现在已否退去或还在扩大它的领土。他第一次见人，永远是恳恳切切的，使人沈醉在他的无比的好意中。有时却也曾显出他的斩绝严厉的态度，我曾见他好几次吩咐门房说，有某人找他，只说他不在。他的谈话，是伯翁的对手。他曾将他的恋爱故事，由上海直说到镇江，由夜间十一时直说到第二天天色微明；这是一个不能忘记的一夜，圣陶，伯翁他们都感到深切的趣味。还有，他的耳朵会动，如猫狗兔似的，他曾因此引动了好几百个学生听讲的趣味。

还有，镇静而多计谋的雁冰，易羞善怒若小女子的仲云，他们可惜都在中国的中央，我们有半年以上不见了。

还有，声带尖锐的雪村老板，老于事故的乃乾，渴想放荡的锦晖，宣传人道主义的圣人傅彦长，还有许多许多——时刻在念的不能——写出来的朋友们。

这些朋友一个个都若在我面前现出。

有人写信来问我说："你们的生活是闭户著书，目不窥园呢，还是天天卡尔登，夜夜安乐宫呢？"很抱歉的，我那时没有回答他。

说到我们的生活，真是稳定而无奇趣，我们几乎是不住在上海似的，固然不能说我们目不窥园——因为涵芬楼前就有一个小园子，我们曾常常去散散步——然而天天卡尔登的福气，我们可真还不曾享着。在我们的群中，还算是我，是一个常常跑到街上的人，一个星期中，总有两三个黄昏是在外面消磨过的，但却不是在什么卡尔登，安乐宫。有什么好影片子，便和君箴同到附近影戏院中去看；偶然也一个人去；远处的电影院便很少能使我们光顾了——

"今天 Appllo 的片子不坏，圣陶，你去么？"

"不，今天不去。"

"又要等到礼拜天才去么？"

他点点头。他们都是如此，几乎非礼拜天是不出闸北的。

除了喝酒，别的似乎不能打动圣陶和伯祥破例到"上海"去一次。

"今天喝酒去么？"

他们迟疑着。

"伯翁，去吧。去吧。"我半恳求的说。

"好的，先回家去告诉一声，"伯祥微笑的说，"大约你夫人又出去打牌了,所以你又来拉我们了。"我没有话好说,只是笑着。

"那末,走好了,愈之去不去?去问一声看。"圣陶说。

愈之虽不喝酒,——他真是滴酒不入口的;他自己说,有一次在吃某亲眷的喜酒时,因为被人强灌了两杯酒,竟至昏倒地上,不省人事了半天。我们怕他昏倒,所以不敢勉强他喝酒——然而我们却很高兴邀他去,他也很高兴同去。有时,予同也加入。于是我们便成了很热闹的一群了。

那酒店——不是言茂源便是高长兴——总是在四马路的中段,那一段路也便是旧书铺的集中地。未入酒店之前,我总要在这些书铺里张张望望好一会;这是圣陶所最不高兴而伯祥,愈之所淡然的;我不愿意以一人而牵累了大家的行动,只得怅然的匆匆的出了铺门,有时竟至于望门不入。

我们要了几壶"本色"或"京庄"大约是"本色"为多。每人面前一壶。这酒店是以卖酒为主的,下酒的菜并不多。我们一边吃,一边要菜。即平常不大肯入口的蚕豆,毛豆在这时也觉得很有味。那琥珀色的"京庄",那象牙色的"本色",倾注在白瓷里的茶杯中,如一道金水,那微涩而适口的味儿,每使人沈醉而不自觉。圣陶伯祥是保守着他们日常饮酒的习惯,一小口一小口,从容的喝着。但偶然也肯被迫的一口喝下了一大杯。我其初总喜欢豪饮,后来见了他们的一小口一小口的可以喝多量而不醉,便也渐渐的跟从了他们。每人大约不过是二三壶,便陶然有些酒意了。我们的闲谈源源不绝;那真是闲谈,一点也没有目的,一点也无顾忌。

欧行日记

尽有说了好几次的话了，还不以为陈旧而无妨再说一次。我却总以愈之为目的而打趣他；他无法可以抵抗；"随他去说好了，就是这样也不要紧。"他往往的这样说。呵，我真思念他。假定他也同行，我们的这次旅游，便没有这样枯寂了！我说话往往得罪人，在生人堆里总强制着不敢多开口，只有在我们的群里是无话不谈，是尽心尽意而倾谈着，说错了不要紧，谁也不会见怪的，谁也不会肆以讥弹的。呵，如今我与他们是远隔着千里万里了；孤孤踽踽，时刻要留意自己的语言，何时再能有那样无顾忌的畅谈呀！

我们尽了二三壶酒，时间是八九点钟了，我们不敢久停留，于是大家便都有归意。又经过了书铺，我又想去看看，然而碍着他们，总是不进门的时候居多。不知怎样的，我竟是如此的"积习难忘"呀。

有几次独自出门，酒是没有兴致独自喝着，却肆意的在那几家旧书铺里东翻翻西挑挑。我买书不大讲价，有时买得很贵，然因此倒颇有些好书留给我。有时走遍了那几家而一无所得；懊丧没趣而归，有时却于无意得到那寻找已久的东西，那时便如拾到一件至宝，心中充满了喜悦。往往的，独自的到了一家菜馆，以杯酒自劳，一边吃着，一边翻翻看看那得到的书籍。如果有什么忧愁，如果那一天是曾碰着了不如意的事，当在这时，却是忘得一干二净，心中有的只是"满足"。

呵，有书癖者，一切有某某癖者，是有福了！

我尝自恨没有过上海生活；有一次，亡友梦良几经过上海，我们在吉升栈谈了一夜。天将明时，六几要了三碗白糖粥来吃。那甜美的粥呀，滑过舌头，滑下喉口是多末爽美，至今使我还忘不了它。去年的阴历新年，我因过年时曾于无意中多剩下些钱，便约了好些朋友畅谈了一二天，一二夜；曾有一夜，喝了酒后，偕了予同，锦晖，彦长他们到卡尔登舞场去一次，看那些翩翩的一对对舞侣，看那天花板上一明一亮的天空星月的象征，也颇为之移情。那一夜直至明早二时方归家。再有一夜，约了十几个人，在一品香借了一间房子聚谈；无目的的谈着，谈着，谈着，一直到了第二天早晨。再有一次是在惠中。心南先生第二天对我说：

"我昨夜到惠中去找朋友，见客牌上有你的名字，究竟是不是你？"

"是的，是我们几个朋友在那里闲谈。"

他觉得有些诧异。

地山，回国时，我们又在一品香谈了一夜。彦长，予同，六逸，还有好些人，我们谈得真高兴，那高朗的语声也许曾惊扰了邻人的梦，那是我们很抱歉的！我们曾听见他们的低语，他们的着了拖鞋而起来灭电灯，当然，他们是听得见我们的谈话。

除了偶然的几次短旅行，我和君箴从没有分离过一夜；这几夜呀，为了不能自制的谈兴却冷落了她！

六逸，一个胖子，不大说话的，乃是我最早的邻居之一；看他肌肉那末盛满，却是常常的伤风。自从他结婚以后，却不大和我们在一处了。找他出来谈一次，是好不容易呀。

我们的"上海"生活不过是如此的平淡无奇，我的回忆不过是如此的平淡无奇：然而回过头去，我不禁怅然了！一个个的可恋念的旧友，一次次的忘不了的称心称意的谈话，即今细念着，细味着，也还可以暂忘了那抬头即见的墨蓝色的海水，海水，海水呢。

六月十一日

早起，船簸动得很利害。初以为大风将起之话应验了，然甲板上仍阳光煌亮，毫无风雨之象。仅浪头很大，水花时时泼得满甲板上都是。有好些人被泼得一身都是水。因此，甲板上的人大喊。舱中圆洞已闭上了；不闭上，恐水将入房。下午，很无聊，仍一人入舱，躺在床上。朦胧的将入睡时，晚餐的铃声响了。饮食如常，毫不晕船。餐后，与袁君及学昭女士在甲板上谈着，一个最和蔼的法军官也同在。他们都唱着歌，月亮仍很明亮的晒照在天空。那是一个很愉快的晚上。昨天所恐惧的风浪，竟如此美好的平安的过去了！

六月十二日

天气很好。起得很早。昨夜，曾中夜醒来一次；辗转不得入眠。太阳很光亮。在甲板上遇到由头等舱礼拜堂下来的穿白色制服的军官，方才知道今天是星期日！仍有水花溅到甲板上。船这几天走得很慢，昨午至今午，仅走了二百五十八哩，真是未有之慢！上午，看《爱的教育》，很感动，几乎哭了出来。午饭后即看毕。写了好几封信，其中有一信是给此书的译者夏丏尊君的。海上又见了许多飞滑的小鱼；然因浪头太高大；已飞滑得不远，没有在中国海所见的那末美观。晚上月亮仍很光明。无心赏月，八时即下舱去睡。甲板上谈得最高兴的是我同房的葡萄牙水兵，他不大懂话，则以手势出之，甚可笑！他说，过此，风浪是没有了。

六月十三日

六时起床，天气甚热。风浪完全息下，仅有细碎的水纹在海面皱荡着。想不到印度洋也会有如此风平浪静的时候。这与前数日——昨日也还如此——船头白浪哗哗，时时泼到甲板上，而丈余的白浪花在船的左右时时掀起者完全不同。然船虽平稳，大家却又以海水太平静，无美壮的白花可观为憾！船的左面已见陆地。听说是非洲的某处。上午写了一篇《大佛寺》，昨日已写了一点，今日把他写毕了。又写了两封信。倚在船栏看浪花，乳白色的，细如喷泉的，飞溅在船边，海水是莹蓝的，朝阳斜射过去，海面上的水珠不禁的形成了一道虹，与天上的虹一样而小，真是具体而微者；这道虹跟了船同走，我看得呆了，不忍立时走开，连太阳晒在身上也不觉得。

下午，天气极热，连海风也是烫人的，吹在身上，并不怎么舒适。我们知道这些地方必将较赤道下的新加坡为更热。洗了一个澡，略觉清爽。旁晚时，将圆的月亮由左舷海天相接处升起；海水成了银白色的一大道，在月光中微荡着，如一只绝大的电灯光，照在湖滨的灰面。移椅于船旁，躺着不动；全身浴于月光之中，而整个的月盘，全在眼底。左右是语声笑声，但于我是朦胧的若发自隔墙，我是完全沈入静思中了。渐渐的微睡着。要不是魏君唤醒了我下去睡，真的要在月下睡个整夜了。

六月十四日

很早的约在六点钟，便到了亚丁。船停在离岸很近的海中，并不靠岸。地面上很清静，并没有几只船停泊着。亚丁给我们的第一个印象便是赤裸的奇形的黄色山。一点树木也不见，那山形真是奇异可诧，如刀如剑，如门户，如大屏风的列在这阿剌伯的海滨，使我们立刻起了一种不习见的诡伟之感。山前是好些土尔其式的房子，那式样也是不习见的。我们以前所见的所经过的地方，不是中国式的，便是半西式的，都不"触眼"，仅科仑布带些印度风味，为我们所少见。如今却触目都是新奇的东西了，我们是到了"神秘的近东"了。亚丁给我们的第二个印象便是海鸥,那灰翼白腹的海鸥;说是在海上旅行了将一月,海鸥还没有一只。如今第一次见到了他们,是如何的高兴呀!那海鸥,灰翼而略镶以白边,白白的肚皮,如钩而可爱的灰色嘴,玲珑而俊健的在海面上飞着。那海鸥,他们并不畏人,尽在船的左右前后飞着,有的很大,如我们那里的大鹰,有的很小,使我们见了会可怜他的纤弱。有时,飞得那末近,几乎我们的手伸出船栏外便可以触到他们。海水是那样的绿,简直是我们的春湖,微风吹着,那水纹真是细呀细呀,细得如绿裙上织的縠纹,细得如小池塘中的小鸭子跳下水时所漾起的圆波。几只,十几只的海鸥停在这柔绿的水面上了。我把葡萄牙水兵的望远镜借来一看,圆圆的一道柔水,上面停着三五只水鸟,那是我们那里所常见的,在春日,在阔宽的河道上,在方方的池塘上,便常停有这末样的几只鸭子。阿,春日的江南;阿,我们的故乡;只可惜没有几株垂杨悬在水面上呀!然而已足够勾动我们的乡思,乡思了!我持了望远镜,望了又望;故乡的景色呀,那忍一望便抛下!

　　吃了饭后,我们便要到岸上去游历;去的还是我,魏和徐三人。踏到梯边时,上梯来的是一批清早便上岸的同船者。我们即坐了他们来的汽船去。每人船费五佛郎,而我们的 Athos 离岸不到二三十丈,船费可谓贵矣!一上陆岸,那太阳光立刻逞尽了他的威风;我们在黄色的马路上走着,直如走到烧着一万吨煤的机关间。脸上头上背上手上立刻都是湿汗。我们要找咖啡店,急切又没有。走了好多路,我们才走进了一家又卖饭,又卖冷食,又卖杂货的小店,吃了三杯柠檬水,真是甜露不啻!走过海边公园,那绿色树木,细瘦憔悴得可怜,枝头与叶尖都垂头丧气的挂下,疏朗朗的树木毫无生气,还不如没有的好。走到一处山岩下,那岩石是如烧残的煤屑凝集而成,又似松碎,又不美伟。要通过一道山洞才是亚丁内地。然我们没有去。我们走回头,买了些照相胶片,又吃了三杯柠檬水。看报,知道蒋军已离天津三百五十英里，各国都忙着调兵去。刚刚下楼，半带凉意，半带高兴，而一个黑小孩叫道："船开了！"我们不相信。Athos 明显的停在海面上。几个卖杂货戴红毡帽的阿拉伯人匆匆归去，又叫道："船快开了！"我们方才着忙，匆促无比的走着，心里只怕真的船要开走了。好在这紧张的心，到了码头上便宁定了。依旧花了十五个佛郎，雇了一只小汽船上了 Athos。果然，上船不到二十分，汽笛便呜呜的响了。"啊，好险呀！"我们同声的叫着。假如我们还相信前天的布告，说船下午四点开，而放胆的坐了汽车到内地去游历时，我们便将留在亚丁，留在这苦热而生疏的亚丁了！啊，我们好幸呀！船缓缓的走着，一群海鸥，时而在前，时而在后，追逐着船而飞翔。他们是那样的迅俊伶俐：刚与船并飞，双翼凝定在空中而可与船的速率相等，一瞬眼间而他们又斜斜的转了一个湾，群飞到船尾去了。不久，他们又一双一只的飞过我们而到了船头了。啊，多情的海鸥呀，你们将追送我们这些远客到那里呢？夜渐渐的黑了，月亮大金盘似的升起于东方，西方是小而精悍的"晚天晓"（星名）。"今夜是十五夜呀"，学昭女士说；啊，这十五夜的圆月！

"抬头见明月，低头思故乡"。

依然是全身浴在月光中，依然是嗡嗡的语声笑声，而又夹以唱声，而离人的情怀是如何的凄楚呀！

"但愿人长久，千里共婵娟"。如今是万里，万里之外啊！虽然甲板上满是人，我只是一个人似的独自躺在椅上，独自沈思着。啊，更有谁如我似的情怀恶劣呀！文雅长身的军官说："我到巴黎车站时，我的妻将来接我。"肥胖的葡萄牙太太说："再隔十五天到李土奔了，Jim 可见他的爹爹了。"学昭女士屈指想道："不知春台是四号走还是十八号走？"翩翩年少的徐先生说："巴黎有那末多的美女郎；法国军官教了我一个法子，只要呼啸了一声，便可以夹她在臂下同走了。"啊，他们是在归途中！他们是在幸福的甜梦中！我呢?！我呢?！月是分外的圆，满海面都是银白色的光；我又微微的欲入睡了；不如下舱去吧！舱下，夜是黑漆漆的；若有若无的银光又在窗外荡漾着。唉！夜是十五夜，月是一般圆，我准备着一夜的甜梦，而谁知：

"和梦也新来不做"。

六月十五日

于若醒若睡之间，闻窗外人声喧闹，知已达耶婆地；然睡意甚浓，懒于起床，一翻身复沈沈入睡了。也不知是什么时候。早晨，窗色才微白，同房者即有起身出外者。勉睁倦眼，见窗外海中有一粒闪闪的灯火在移动，不知船曾旁岸否。不觉的又睡着了。再醒时，阳光已甚强烈。在床上如蒸在笼中一样的热。突闻有凄哀的啼声，如婴孩，或更近于小猫，所发出者，若在房内，若在窗外。这使我再也不能安睡了。于是匆匆下床，要寻找这啼声的来历；满以为一定是什么新来客人带来的小猫，误逃入我们的房中。然而毫无它的踪迹，连啼声也不再闻到了。窗外仍有如昨日所见的海鸥在往来飞翻着。匆匆的洗了脸，吃早茶后，即上甲板。船是停在海中。耶婆地的岸，还在很远呢。一带平衍的黄色童山，山缺处的平地上有许多方形的房子立着，那便是耶婆地；远不如亚丁之雄伟动人，却与亚丁是同样的闷热，同样的满眼黄光照射——泥土是黄的，房子是黄色，山色是黄的，太阳光也是黄的——可以说，除了莹绿的海水外，再不见一点的绿色。港内，静悄悄的，除了我们的"阿托士"外，再有的是一只法军舰，几只运货船，以及几个小独木舟，无人驾驶的弃在海中央——后来才知道是"A La Mer"的黑小孩的——之外，再无别的船只停泊着了。可见此港商业之不发达。啊，几乎忘记了，海中还有一只船呢！那是一只破沉在海中的商船，还半露在水面，离我们的"阿托士"不到四五丈远；这半沉的船给我们以深刻的海行之安危难测的暗示。甲板上售杂物者不少；有头发卷曲的黑人，有头戴红毡帽的阿剌伯人。这都是我们在亚丁已见到的。他们卖的东西有驼鸟毛扇子，若旗形之蒲扇，本地风景明片，以及香烟，鲜虾，青蟹，柑，白珊瑚及贝壳等等。我买了十张明片，半打柑，几张邮票，共用了十个佛郎，那柑，又小又酸，又贵；像福橘那末大，而半打要五个佛郎！可是买的人很多。那青蟹，却又肥又大，与我们喜吃的蝤蠓一模一样。我见了这物，好不心动呀！那肥大的双螯，那铁青色的大壳子，给我以说不出的"乡愁"。我很想买几只，因恐中毒而止。然到了午饭时，邻桌上却有一盆蟹，蒸得红红的，真可爱！我悔不买它。在以上所卖的东西之外，甲板上再有一桩买卖，最怪。说来不信，我曾写过的"A La Mer"，在这里果又遇到了，而与新加坡却不一样。这里的真是一桩买卖。你立在船栏旁，几个黑色孩子来兜生意了："A La Mer"他指指水；给了他一个佛郎，他还要多，"再给我一个，我可以立在再上一层甲板上跳下去"。你摇摇头，他便死死的求道："再给我五十个苏，三十个苏，十个苏吧。"非等你叱责了他，或旁人打了他一二下时，他才肯将佛郎往嘴里一塞，慢慢的立上船栏，然后直立的（足向下，头向上）向海中一跳。一堆水花飞溅而起，而他也随即浮泳在水面了。如此的，一个个都下去了——我初见只四个，后来多了，有六七个——他们在那里游泳着，舞动那黑漆漆的四肢，活像少时所见动物学插图中的大黑章鱼。有的女人们掩面不敢看。他们不像新加坡的入水者那末高贵，非银币不要，只要有一个铜元抛下，他们便要潜入水中拾取了，所以这里抛钱的人极多，使甲板上变为十分热闹。一个佛郎可以看十次"戏法"，非生性吝极者谁不欲一试。在没钱投下之时，他们还时时合声唱歌，歌终必继之以"哼……哼……哼"，音调很悲戚；又时时叫道："Mad—ame A La Mer！"我疑心早晨若小猫悲啼的声音，就是他们口中发出的。一俯首，见猫啼之声

欧行日记

又出于下面，而这时正有几只海鸥在下面船旁飞过。嘎，我才明白，那啼声原来是海鸥发出的！在亚丁，同样的海鸥，却一声也不响，所以我做梦也没想到是他们在啼叫着。啊，月明之夜，飞过我们故乡的月华如练，澄空一色的天上者，非他们么？然而那是秋雁呀！而这里是炎热的非洲，这是初夏的清晨，秋雁何为乎来哉！远处，近处，海鸥仍是一声声的悲啼着。好不解人意的海鸥呀！他们不仅到处飞着，水面上还停着数十只，数十只的好几队呢，他们成群赶队如春二三月河上的家鸭，如暮天归巢的乌鸦。我开始对他们有些厌恶了。我自己也不明白，昨日今日，相去未及二十四小时，而何以爱憎之情乃全异？

甲板上闷热无比。天气好像惯会欺人似的，在前几天凉爽时，偏又滴滴答答的下起雨来，而在这几天热气飞腾的时候，却又阳光辉煌，海面上被晒得万道金光乱射，叫人注目不得，不要说雨，连云片也不见一丝了！我们半因有了昨日的教训，半因怕岸上更热，便决定不上岸去，这是一路来未上岸的第一个地点。十二时开船，海风拂拂的吹来，虽然是热风，终胜于无。

海上风光殊美；近处是柔绿色的水；再过去，有一带翠绿得如千万只翠鸟毛集成的一片水；再过去，是深蓝色的无垠的水；再过去是若紫若灰的雾气，水气，罩在土黄色的平顶山之半腰。说起山来，谥之为"平顶"，真是再确切也没有，一块一块的山，大都是平平的顶，如一个长形的平台；间亦有三角形者，然不多见。虽无亚丁之山的奇伟，然我们看来也很新鲜。我们那里没有这种山。

下午，洗了一个澡，略略觉得凉爽。

现在是入红海了，一面是非洲，一面是亚洲；船正向北行。我们将饱看日出与日没。由印度洋入红海，我们一点也不觉得，海水也是一样的墨蓝色。某君游记，谓过"流泪岬"，无风而船动荡特甚者，皆无其事。

一群海鸥，直到了旁晚还依恋不舍的追送着我们。然而同时又见到了好几只白鸟，如海燕一样大小的，在飞着。大约那也是海鸥之类。一阵不知其名的鱼，笨重无比的跃出波间，一跃后又潜入水中。有好几只，他们的路线是向船旁来的，一直到了近船边，还在跃着。我很怕他们将与船板冲击而晕死。

晚餐后，将躺椅移到西边来；西边的天空，为夕阳的余光所染，连波间都红得如火。然而夕阳早已在地平线下，我们不及见了。天上波上的金光，直再过了半小时，方渐渐的淡了，变成灰色了而没去。那真是一个奇景！于是我们又移椅于东边，刚赶及看月亮由东边的波面上升起。大的圆的黄的一个满月，并不怎么美的升起来。然而渐渐的小了，白了，更明亮了，水面上是万道的白光反映着。我们在月下谈得很高兴。直到了月亮移到帆布篷的顶上，为我们所不见了，方才下舱去睡。

昨日日记上忘记了二事，（一）亚丁的骆驼极多，就等于北京的驴子，驾车的是他们，当坐骑的也是他们。身体似较北京所见者为小。水车来了，驾着它的又是一只骆驼。骆驼车与在西贡，科仑布所见的牛车都是我们所不习见的。（二）亚丁的人很坏，无论黑人，亚剌伯人都如此，已给了小帐，拉风扇的又追过来要；已给了船价，已给了小帐，而经过一只舢板，那只舢板上的人也要小帐，且一次二次的要加，真是别处所少见的。

六月十六日

今天又起来太晚了，差不多又是最后一个吃早茶的了。而在床上时，还自以为今天很早，可以上甲板饱看一次日出呢！到甲板上坐了一会，很无聊，想读些法文，而千句万字，飞奔而来，不晓得先要读熟那一句那一字好，只得又放下课本来。记得今天是礼拜四，是船上照例洗衣服的日子：连忙去取要洗的衣服来，但茶房却摇摇头道："以后不洗了。"宣告板上几乎全换了新的布告,也都是关于到达马赛时旅客要注意的事。啊,真的,我们的"阿托士"是有了到达它的目的地的新气象了!然而我的法文却除了"Bon Jour"几句见面话之外,一句也不会说呢!奈何!?只好依赖了别人么?心里很焦急!也许这焦急是未免太早了。要洗的衣服不少,只得下一个自己动手的决心。上午,先拣衬衫一件,汗衫二件来洗。虽很吃力,然而不久便都洗好了,挂在房间里晒了——他们的衣服都是挂在房里晒干的——我想一定是洗得不大干净的。却颇觉得有趣。这是自己动手洗衣服的第一次,不可以不记。午餐很好,有咖喱鸡饭,这是不大有的好菜,所以大家都很高兴。下午,天气热得有些头涨;连忙去洗了一个澡,总算好些。又洗了几条裤,几双袜。上甲板后,写了几张给上海诸友的明片。徐君由舱中走上来,执了一本《新俄文艺的曙光期》,一个法国军官闻知是新俄的东西,便连忙道:"不好,不好!"啊,人类都是一样的不明白青红皂白的!研究文学与共产党又是什么关系呢!?洗的衣服都已干了,当把他们褶叠起放在衣箱里时,我是如何愉悦着呀!晚餐后,移椅于东边,要看月出,而东方黑云弥漫半空,月亮仅微露黄光而即隐去。很无聊赖的不觉在椅上睡着了。风很大,袁君脱了自己的衣服,盖在我身上。我方才惊醒;朦胧的走下了自己的房中,一脱了衣就睡着了。月亮在这时似还未出。夜间醒了两次,只见房中灯光亮晶晶的;幸都立刻又睡着了。

六月十七日

昨夜作了一个很无条理的梦;梦中的人物是岳父及君箴;初醒时觉得那梦境是清清楚楚的,却不觉的又睡了一会。再醒时,却将这梦裂得粉碎,譬如一片很美丽的云彩为狂风所吹散,成了东一块,西一片似的,再也拼不起来。心里因此又填满了不可解的离愁。上午,坐在甲板上写了好几封信,写毕后即寄出,邮费是八个佛郎另十生丁。午餐的冷盆是江豆及"鲥",这使我非常惊奇。"鲥"是我们的乡味,在上海也有一年以上不曾吃到了,不意乃竟于万里之外的孤舟上复尝得此味,真是有了自从上船吃饭以来所未有的感动。当"鲥"端来时,我还不相信是它,然当银刀把它剖开时,那淡红色的有香而且腴的气味的肉,却把它证实了。加上了一点醋,那味儿真超过一切。我没有吃过那末好的菜!面包因此竟多吃了半块,向来我是吃很少的——啊,这又使我默默的想到家……家了!

晚餐后,见到赤红的滚圆的太阳,慢慢的"下海"了;到了仅剩半个红球时,却"跌落"得很快。太阳落后,西方还有一片红光,在波上映照着,随了它们而动荡,若有若无,至为绚丽诡幻,似较夕阳的本身为尤美。渐渐的红光淡了;波面是一片灰紫色,再上是浓浓的黄色,再上是嫩黄色,再上便是蔚蓝的青天了。渐渐的灰暗的"夜"弥漫了一切,而西天也便藏起了它的最后的金光。

当夕阳将下未下时,我曾照了两个像,不知能不能好。这只有到巴黎后才晓得,因船上没有洗片子的地方。隔了一会,我们把椅子都移到东边;等待着月出。而今天的月,出得特别的迟。直等十时;方见极远的东方,隐约有淡黄的微光,露出几线来。极慢的,极慢的,这黄光成了一个黄色的圆晕;极慢的,极慢的这黄色的圆晕,才由层层包裹着的破云中强挣而出。于是天空顿成了一片的清辉,水面上顿有了一大段的银光。月出得愈高,这"光明"愈是清白可爱。我们的全身又都浴在月光中。三层楼的甲板上,在这时忽奏起简单的舞乐来,隐约由梯口见到几对男女在活溜的转着。他们正在满浸着月光的甲板上跳舞呢!一个 Garcon 放了一把椅子在梯口,把头等舱与三等舱的通路遮断了。这使我们很不高兴,虽然我们本不想去窥看他们。然而我们也高声的谈着,唱着,只不过少了一个乐队而已。到了我们打了几个欠呵，说声"下去睡吧"时，甲板上的男人女人已经都在做着沉沉的梦，静悄悄的一点人声都没有了。

六月十八日

起床得很早。很想读些法文，然已格格不相入了。假定一上船便念起，何至于如此呢！懒惰，因循，到此还改不了！勉强拿起一本《英文名著选》来看，颇有几篇有趣的；William Cowper 的一篇叙述他的三个兔子的文，尤好。午饭后，写了一篇《阿剌伯人》。因为明天要寄稿到上海了，所以不得不赶快写，啊，还是"急来抱佛脚！"船上有了布告，说明天到苏彝士运河时，特有医生上船来验看旅客们，同伴中颇有一二人很惊惶的。旁晚，又饱看了一次落照。拍了两张相片。

六月十九日

起床得很早。甲板上风很大，天气很凉快，随即到餐所里去。寄二信，内一信，为文稿，用去十个法郎。午餐后，不知不觉的已停泊在苏彝士了。海水嫩绿，仅见二三只海鸥在飞。天气极热，与早上似隔了二十纬度。船泊海中，离岸颇远。一面是黄色的高山，一面是绿水，绿水尽处，有黄光隐约的射出。水与山间是重重叠叠的土尔其式的房子。忽闻铃声丁丁，说是医生要来验看了。大家纷纷的下舱来，坐在餐厅里自己座上等着。茶房还在收拾饭桌。来的人只有一半，一位军官说，这不过是形式的验看，看看各人的面貌而已。等了许久，正在不耐烦时，舱长匆匆的进厅来，说道："Fini Fini！"原来医生是连来也不来，我们再上甲板时，卖杂物者已纷纷而至；我们买了许多邮片，那是沿途所见中之最佳者；有金字塔，有狮身人面兽，有上埃及的古迹，有沙漠的黄昏，有雄伟的回教建筑，这使我们个个都心醉，我不觉的买了三十多个法郎的邮片。下午二时半，船进运河口。西边是许多建筑物，夹在绿树与红花之间。久未见绿色的我们，不觉精神为之一爽。东岸是一片沙漠，沙漠后是一座并不高的黄色山，原来在海中远望，见一片黄光者乃即此也。第一次见到那细腻而有趣的黄沙，平平的，高高的，匀匀的铺着，够多末高兴！沙漠上绿草丛生，间有已枯者，很像上海环租界的铁网。不久，东岸亦成了沙漠之地，惟间有工作场，渡口，住宅及挺立于黄沙中的棕榈树。间亦有乌鸦与海鸥并飞于河上。船行极慢，怕浪头冲坏了堤岸。河道很窄，只容一船可过；闻上午通欧洲往东船只，下午通远东往西船只；二船相遇，一船须预在宽阔处或湖上等候。沿途工程处中人，见船过，皆脱帽欢呼，惟阿刺伯儿童则大都恶意的向船客作讥骂状。午茶后，天气益热，连椅上都烫了，这是途中最热的一天。用淡水洗了一个澡，方始凉爽。但晚饭后，天气却大凉爽。落日正下沙漠，映在一带茂林之后，很有诗意。夕阳下去后，一堆堆的木房前，炊火闪闪可见，而流水淙淙，由小溪间泄出，大似在幽谷中了。晚风大起，凉意深入肤里，久已不着的黑色夹衣，又只得取出披在身上了。八时，经过一个村落，灯光点点，如疏星，如渔火。为的明日要早起上岸，故睡得很早。

六月二十日

清晨不到五时，即起床。匆匆的上甲板看日出。日球已离水面二三丈，但光焰并不刺眼，水中也映着一个红日，船已停在波赛。河内船只已有不少停泊着。八时，上岸，小船费每人来回十法郎。大街上满是绿树，树顶盛开着红花。咖啡店满街沿都是。商业颇繁盛。在一家书店里买了《巴黎指南》等四书，又画片三打，共用去二百法郎。转到沙滩——地中海的沙滩——在柔柔的细沙上走着，一路都是贝壳，间有为潮水冲上来之活贝好几堆。有好些小屋，用木架支在沙上。我们捉了一只小蟹，拾了不少贝壳。(但一无佳者) 在运河开辟者的 Lesepa 将军铜像下徘徊了一会，即回到大街。坐在咖啡馆里，吃了三瓶皮酒二杯柠檬水（共五人），一算帐却是六十五个法郎，可谓贵矣！在渡口遇到三个由中国归去的西班牙神父，穿着中国衣，说得一口好长沙话。下午四时开船，许多送行者坐在小汽船上，跟了大船而送着，送得很远很远；啊，客中见人送客，能不有所感触!？有二个"A La Mer!"的人在水中做种种游戏，然竟无一人给钱者，可谓不幸矣！不久，船是在地中海上了。晚餐后，我们又饱看了一次地中海的落照。夜间，写了许多信给诸友。

六月二十一日

上月的今日正是上船的时候；啊！不觉的与亲爱的诸亲友相别已整整的一个月了！在这一个月中，我是很舒适的很快乐的很平安的在船上。他们是怎样？愿上帝祝福他们，使他们在这一月以及以后都舒适，快乐，平安！啊，愁绪无端，搅腹穿肠，将如何拂拭得去!？船是在地中海的无际无边的海天中驶着，大约是"已"或"将"过希腊岸边吧；蓝水起了，又伏了，白浪沫夹在中间，如蓝蓝的丝绒门帘，绣上了一条窄窄的白缘。饭后，午睡了一会，正在做着一梦，在梦中"雁冰，雁冰"的叫着，忽为人所警醒。写了几封信，用去十法郎邮费，又还舱长洗衣服及买邮片的帐，共二十六法郎。

六月二十二日

早晨醒来时，觉头晕鼻塞，知道是伤风了，船身又摇动得很利害。勉强起来，用热水洗脸，吃了一付海病药，又上床静静的躺着。到了将吃午餐时方才下床。已觉得略好些。要了一杯白兰地饮了。下午，又到床上睡了一会。仿佛是很舒适的熟睡着。风浪已平。吃午茶时，已觉全好了。晚餐后，到甲板上去。立在船栏旁。船正向落照驶去。风飘飘的吹着衣袂。夕阳的金光是映在脸上身上。仿佛自己是"captain"，是伟大，是有力。夕阳落后，不敢久坐，到饭厅上闲谈了许久才去睡。今天把护照给了舱长，由他去给他们盖印后再发还。

六月二十三日

　　头已不晕，但鼻孔还有些窒塞。因为怕风，不敢上甲板去。但由窗孔中可见今天天气好，太阳光很辉煌的射在海波上；而海波是平静如湖水；船身稳定的向前进。在饭厅写了几封信，再到房里洗了好几双袜子，便听见午餐的铃声了。正在呷咖啡时，听见人说，现在正过意大利；由窗中已可望见突然峙立于海中的小岛。连忙戴了帽子上甲板。要不是这个秀美的雄伟的靴形半岛引诱着，我今天是决不会上甲板的。船在沿了这个意大利半岛的靴尖，向西驶着。陆岸上的山巅，水道，房屋，桥梁，以及绿树，都很清楚的望得见。不久，又见了西西利岛的北岸；那陆岸上有炮台，有穹门，有鳞比的住宅，也都很清楚的望得见。海上时有二三小舟，扬帆而过，连掌舵者，摇橹者，乘客都可数得出是多少人。据说，这个海峡，风浪很大，然我们的船经过时却一点浪头都没有。过峡后，水更粼粼作细纹。海中时有奇形之小岛旁立，如伞者，如圆锥者，如犬齿者，如尖塔者，以及许多不可比拟者。有大岛旁更衬以一二绝小之孤岩，有二岛似联而分，似分而合。大家都很高兴；竟将躺椅抛入海中。我们也抛了一张。夜间，写《同舟者》，因精神不好，仅写了一半即放下了。

六月二十四日

　　早晨，写毕了《同舟者》。船中充满了将到岸的气象；今天是船上最后一次午餐，最后一次晚餐了；平常所不见的"原瓶子"的红酒，午餐时竟摆了两瓶在桌上。我一个人独喝了一瓶。

豪饮无端，不禁沈醉。很兴奋的谈了一会之后，支持不住，便倒在床上睡着了。

"浓睡不消残酒"。

醒来时，头还晕转不已，小病似乎又来侵袭。孑然独卧，酒病愁病。到了晚餐时，因了同伴的敦劝，才勉强下床去吃了一盘的菜。自上船以来，从没有吃得如此之少的。未及吃毕，又上床躺着了。同行者纷来慰问，挤了一室。说往事，谈鬼神，几使我忘记了自己的病。等到他们告别时，已经九时了。这恳挚的慰问与伴陪，我如何能忘记了它！

六月二十五日

今天船到马赛了。天色还黑着，我已起来整理东西了。酒意还未全消，鼻子也还窒塞着。怕风。然而今天却不能不吹风。近马赛时，浪头颇大；高山耸立，蓝水汹湃，竟不知是已经到马赛。靠岸后，大家都茫然的，有不知所措之感。啊，初旅欧洲，初旅异国，那心脏还会不鼓跃得很急么？那时心境，真似初到上海与北京时的心境。彷徨而且踌躇。然而只好挺直了胸去迎接这些全新的环境与不可知的前面。我们到头等舱取护照，那瘦弱的检察官坐在那里，一个个的唱名去取。对于中国人，比别国人也并不多问，惟取出了一个长形的印章加盖于"允许上岸"印章之后；那长形的印章说："宣言到法国后，不靠做工的薪水为生活。"啊，这是别国人所没有的！要是我的气愤更高涨了，便要对他说："不能盖这个印章！如果非盖不可，我便宁可不上岸！"然而我却终于忍受下去了！这是谁之罪呢？我很难过，很难过！

回到甲板上，许多接客的人都向船上挥手，而我们船上的人也向他们挥手。他们是回到祖国了！是被拥抱于亲人的欢情中了！我们睁开了眼要找一个来接我们的人，然而一个也不见。有几个中国人的样子的，在码头上立着，我们见了很喜欢，然而他们却向别的人打着招呼。袁先生和陈女士只在找曾觉之先生。她说，他大约会来接的。然而结果，他们也失望了。只好回到舱中来再说。看见一个个同舟者都提了行李，或叫了脚夫来搬箱子，忙忙碌碌的在梯子间上上下下，而我们倚在梯口，怅然的望着他们走。不意中，一个中国人由梯子上走下来，对我说道："你是中国人么？有一位陈女士在那里？"我立刻把陈女士介绍给他，同时问道："你是曾先生么？"不用说，当然是他，于是几个人的心头都如落了一块石，现在是有一个来接的人了。于是曾先生去找脚夫，去找包运行李的人。于是我们的行李，便都交结了他们，一件件运上岸。经过海关时，关员并不开看，仅用黄粉笔写了一个"P"字。这一切都由包运行李的人车去，我们与他约定下午六时在车站见面。于是我们空手走路，觉得轻松得多。雇了一部汽车到大街上去。马赛的街道很热闹。在一家咖啡馆里坐了一会，买了一份伦敦《太晤士报》看，很惊奇的知道：国民军是将近济南了。一个月来，想不到时局变化得这末快。而一个月来与中国隔绝的我们，现在又可略略的得到些国内消息了。托曾君去打了一个电报给高元，邀他明早到车站来接。十一时半，到车站旁边一家饭馆午餐，菜颇好，价仅十法郎。餐后，同坐电车到植物园。一进门，便见悬岩当前，流瀑由岩上挂下，水声潺潺，如万顷松涛之作响。岩边都是苍绿的藤叶，岩下栖着几只水鸟。由岩旁石级上去，是一片平原，高林成排立着，间以绿草的地毡及锦绣似的花坛。几株夹竹桃，独自在墙角站着，枝上满缀了桃红色的花。这不禁使我想起故乡。想起涵芬楼前的夹竹桃林，想起宝兴西里我家天井里几株永不开花的夹竹桃。要不是魏邀我在园中走走，真要沈沈的做着故乡的梦了。啊，法国与中国是如此的相似呀！似乎船所经过的，沿途所见的都是异国之物，如今却是回到祖国了。有桃子，那半青半红的水蜜桃子是多末可爱；有杏子，那黄中透红的甜甜的杏子，又多末可爱，这些都是故乡之物，我所爱之物呀！还有，还有……无意中，由植物园转到前面，却走到了朗香博物院（Musee DeLong Chmp），这是在法国第一次参观的博物院。其中所陈列的图画和雕刻，都很使我醉心；有几件是久已闻名与见到他的影片的。我不想自己乃在这里见到他们的原物，乃与画家，雕刻家的作品它自己，面对面的站着，细细的赏鉴他们。我虽不是一位画家，雕刻家，然而也很愉悦着，欣慰着。只可惜东西太多了，纷纷的陈列到眼中来，如初入宝山，不知要取那一件东西好。五时半出园，园中的白孔雀正在开屏。六时，到车站，在车站的食堂中吃了晚餐，很贵，每人要二十佛。包运行李的人开了帐来，也很贵，十二件行李，运费等等，要二百多佛，初到客地，总未免要吃些亏。然而我们也并不嫌他贵，亏了他，才省了我们许多麻烦。这许多行李，叫我们自己运去，不知将如何措手！七时四十八分开车，曾先生因这趟车不能趁到里昂，未同去。车上坐位还好，因为费了五十佛叫一个脚夫先搬轻小的行李，要随身带着的，到车上去，且叫他在看守着。不然，我们可真要没有座位了。比我们先来的几个军官，他们都没有座位呢。我们坐的是三等车，但还适意，一间房子共坐八个人，刚刚好坐，不多也不少，再挤进一个，便要太拥挤了。由马赛到巴黎，要走十二点钟左右，明早九时四十五分可到。车票价一百七十余佛郎，然行李费过重太贵了，我们每人几乎都出到近一百佛郎的过重费。

六月二十六日

睡眠是太要紧了。除了和几个朋友谈得太高兴了而偶然有一二次通夜的不睡之外，我差不多每夜都是要睡八九小时的。要不睡足，第二天便要很难过，简直是一整天的不舒服。昨夜，在火车上，坐着倒很适意，然而整整的一夜，"正襟危坐"是万办不到的，于是不得不发生了睡眠问题。坐着睡实在是不可能的，躺着，又没有地方可容身。只好用外套垫在坚硬的窗框上，歪着身睡着。然这一夜至少警醒了十次以上，至少换了十样以上的睡的方法，或伏在窗上，或仰靠在椅上，或歪左，或歪右，总是不对！夜！好长久的夜呀，似乎是永不会天亮似的！对面椅上，坐着一个孩子，一个母亲，母亲把孩子放在椅上睡着，他的头枕在她的膝上，而她自己是坐了一夜。这孩子是甜甜蜜蜜的熟睡了一夜。我不由得不羡慕这个幸福的孩子。

　　最后一次的醒来时，天色已微亮。同行者都还睡着。在微光中，看着每个人的睡态，以消遣这个寂寞的清晨。那位母亲也歪在门边睡着了。窗外是绿树，是稻田，是红色瓦的小农屋。时时经过小车站。将近十时，火车停在里昂车站（Gare De Lyon），我们是到了巴黎了！心里又发生了与到马赛时同样的惶恐。不知有人来接否？迟延着不下车来，望着有没有中国人来。第一个见到的是季志仁君，他说，外面还有两位是来接 Mr. 郑的。接着高冈来了，他说，"高元在外面等着。"于是我们同去见到了高元，才把行李搬下车来。我现在是很安心了！元说"旅馆我们已替你找好了。昨天曾来接过两次呢。因为电报不很明白。"我们坐了"搭克赛"（Taxi）到沙尔彭街（Rue De La Sorbonne）一个加尔孙旅馆（Hoel Garson）已定好的房间是二十号，每日房租十五佛郎。房子还好。巴黎的"搭克赛"是世界最廉的，每基罗米突是一佛郎二十五生丁；在马赛便要一法郎八十生丁了。巴黎的房租也很不贵，在上海，这样的一间房子是非每日二元不办的。休息了一会，同到万花楼吃饭，这是一个中国菜馆，一位广东人开的。一个多月没有吃中国饭菜了，现在又见着豆角炒肉丝，蛋花汤，虽然味儿未必好，却很高兴。遇见袁昌英女士（杨太太），她是天天在万花楼吃饭的。谈了一会，因为倦甚，即回到旅馆，和衣躺在床上睡着。也不知到了什么时候才醒，只晓得元和冈已在说："时候不早了，要去吃晚饭了。"晚饭也在万花楼吃。回家时，见杨太太留下一张名片，在我的挂门上钥匙及放信件的木格上，知道她已来过。与元等谈了一会，即去睡，因为昨夜的"睡眠不足"，到今天还没有补够。

巴黎的第一天是如此草草的过去了，什么也没有见到。

六月二十七日

上午，天气阴阴的，像要下雨的样子。没有出去，在旅馆里写了给伦敦舒舍予君及吴南如君二信，请他们将我的信转到巴黎来，因为我动身时，留的通信地址是由舒君或吴君转。发一电到家，告诉他们已到巴黎，发的是慢电，大约明天可到上海，价七十余佛郎；如发快电，便要加一倍电费了。同时又写一信给家人。午饭与元及冈同吃，仍在万花楼。遇吴颂皋君。又在路上遇敬隐渔，梁宗岱二君，同来旅馆中闲谈了一会。下午，买了一顶呢帽，价七十佛郎。在巴黎，现在是夏天，是上海，北京最炎热的仲夏，然而满街都是戴呢帽的人，戴草帽的人百中仅一二而已。巴黎的气候是那样的凉爽呀！然而阔人们，中产以上的家庭，以及学生们，还口口声声说要"避暑"，"到海边去"。给惯于受热夏的太阳熏晒的我们，听了未免要大笑。巴黎已是我们的夏天避暑地了，何必再到海边去。仲夏，戴了呢帽，穿着呢衣，还要说"避暑"，在没有享过"避暑"之福的人看来，真是太可诧异了。"避暑"这个名词在这里已变成了另一个意义了。与冈同去剪发，费七佛。剪得很快，不像我们上海的理发匠要剪修到一小时以上才完毕，往往使人不耐烦起来。到巴比仑街中国公使馆，见到陈任先君及他的姪儿。他们很肯静忙。我要他们写一封介绍信给巴黎国立图书馆（Bibliotheque National），他们立刻写了。又托他们去代取汇票的款子。因为本来是汇到伦敦的，非有认识的银行，不容易在巴黎支取，故托了他们。夜，遇敬君，请他在万花楼吃饭，用四十郎。又遇梁君，同到他家坐了一会。他买了不少的书，都装订得很华丽。他说：他的生命便是恋爱与艺术。而他近来有所恋，心里很快活。他比从前更致力于诗；他所醉心的是法国现代象征派诗人瓦里莱（Paul Valery），这个诗人便是在法朗士（A. France）死后，补了法朗士的缺而进法国学院（L'acadima de France）的。他是现代享大名的诗家，梁君和他很熟悉。所以受了不少他的影响。十一时半睡，今日精神已恢复了。

六月二十八日

今日想开始看看巴黎。早晨，洗了一个澡后，和冈一同出去吃早餐。厨台前排了一长列的人，有年轻的学生，有白发的老人，有戴礼帽的绅士，都站在那里吃着咖啡面包。我们也挤进了这个长列中。要了一杯咖啡，从盘中取了一条已涂好牛油的面包吃着。一个穿白衫的胖厨子，执了一把尖刀，站在柜台之内，用刀剖开一长条的面包，对剖为两半，在大块的黄黄的牛油上，切下一片来，涂在面包上，随即放在盘中。那手法是又快又伶俐。他还管着收帐。吃的人自己报了吃的什么，付了钱即走，而他的空缺，立刻有一个候补者挤了上来。餐后，独自带了一本地图，到 Lollin 街找季志仁君要问他陈女士的地址。他却不在家。在一家文具店里买了十佛的信纸信封回来。正遇陈女士偕了戈公振君来访我。元亦来。戈君请我到万花楼吃饭，饭后，穿过卢森堡公园（Jardin de Luxamburg）而到中法友谊会。这公园，树木很多，一排一排的列着，一走进去，便有一股清气，和树林的香味，扑面而来，好像是走进了深山中的丛林之内，想不到这是在巴黎。一个老人坐在椅上，闲适的在抛面包屑给鸽子吃；两三只鸽子也闲适的在啄食他的礼物。孩子们放小帆船在园子中心的小池上驶着。野鸟和小雀子也时时飞停路旁，一点也不畏人。中法友谊会里中国报纸很多，但都是一个月之前的，因为寄来很慢，真是看

欧行日记

"旧闻"。管事的人,也太糊涂,本年三月初的《新申报》也还在桌上占了一个地位!托元到火车站去取我们挂行李票的几只大箱子。等我由友谊会回来时,他也已带了大箱子来。搬运费共六十佛。休息一会后,又偕他同到国立图书馆,走到那里,才知使馆的介绍信忘记了带来。只好折回,到闻名世界的"大马路"(Grand Boulevard)散步。车如流水,行人如蚁,也不过普通大都市的繁华景象而已。所不同者,沿街"边道"上,咖啡馆摆了好几排的椅子,各种各样的人都坐在那里"看街",喝咖啡。我们也到"和平咖啡馆"(Cafe dela Paix)前坐着。这间咖啡馆也是名闻世界的。坐在一张小小的桌子旁边,四周都是桌子,都是人,川流不息的人,也由前面走过。我猜不出坐在这里有什么趣味。我们坐了不久,便立了起来,向凯旋门(Arc de Thiomphe)走去。远远的看见那伟大的凯旋门站在那里,高出于绿林之外,这是我们久已想瞻仰瞻仰的名胜之一,我很高兴今天能够在它下面徘徊着。沿途绿草红花,间杂于林木之中,可说是巴黎最大最美的街道,"大马路"那里比得上。在远处看,还不晓得凯旋门究竟是如何的雄伟,一到了门下,才知道这以战胜者百万人,战败者千万人的红血和白骨所构成的纪念物,果然够得上说它是"伟大"。我在那里,感到一种压迫,感到自己的邈小。无数的小车,无数的人,在这门前来来往往,都是如细蚁似的,如甲虫似的邈小。门下,有一个无名战士墓,这是一个欧战的无名牺牲者,葬在此地的。鲜花摆在墓前,长放他们的清香,墓洞中的火光,长燃着熊熊的红焰。我心里有一种说不出的感动。本来可以走上门的上面去看看,因为今天太晚了,已过"上去"的时间,故不能去。由门边叫了一部"搭克赛"到白龙森林(Bois deBoulogne)去打了一个小圈子。森林(Bois)不止一个,都是巴黎近郊的好地方,里面是真大真深,一个人走进去,准保会迷路而不得出。不晓得要费多少年的培植保护才能到了这个地步呢。绿树，绿树，一望无尽的绿树，上面绿荫柔和的覆盖于路上，太阳光一缕缕的由密叶中通过，一点一点的射在地面，如千万个黄色的小金钱撒遍在那里。清新的空气中，杂着由无数的松，杨以及不知名的树木的放出的香味，使人一闻到便感到一种愉快。那末伟大的大森林，在我们中国便在深山中也不容易常常遇到。这林中有人工造成的一条小河，一对对的男女在小舟上密谈着，红顶的大白鹅，闲适的静立于水边。这使"森林"中增加了不少生气。归时，已旁晚。十一时睡。

六月二十九日

早晨，高元来，和他同到国立图书馆，因为只有一封介绍信，还不能取得"长期阅览券"。据书记说还须自己再写一封"请求书"来。她给了一张仅可用一次的临时阅览券。我们到大阅览厅里去看：一走进去，便有一个守门者，坐着，把券交给了他，取得一张阅书证，要填上姓名地址等项，再取一二张"取书券"，填上要读的书名及所坐的桌子的号数等等，连同"阅书证"一块交给管理取书的人。约等半点钟，书便可送来了。读完了书。交还给他们，取回"阅书证"，交给了守门者之后才可出去。今天，我们没有看书，仅翻翻目录。中国书籍，印成三本目录，一本是天主教出版的书，不必注意，再一本是关于佛教的书及杂书，再一本是史地，经子及文集，小说，戏曲的目录。这本目录，内有不少好书为我们所未见的，很想细细的读读。到公使馆找陈主事，款已取来，共四千九百五十余佛郎。我的汇票本来是四十镑，他说，在法国取金镑很不容易，所以改取佛郎了。托他代写一封到国立图书馆去看书的法文请求书，他不久便写好了交给我。下午，偕元和冈同到"大宫"（Grande Palais）去看第一百四十届的"Salon"，这是巴黎最大的美术展览会，每年举行一次，有不少画家是在这会里成了大名的。楼下是雕刻，楼上是图画。

图画尤为重要，共占了四十三间房子，还有以 A、B、C 为号的房子二十余间。杂于图画之间的是许多小艺术品，如小形雕刻，铜版浮雕，地毡，盘子，瓶子，以及其他日用品之类。我们仅草草的看了一周，已费了三个小时。回时，朱光潜君来谈。他说，现在英国已放暑假，不妨先在巴黎住住。我也颇以为然，一大半因为要到国立图书馆，找我所要的材料，这非短时间所能了的。故决定在此暂住一二月。夜间，整理衣箱。取出墨笔及砚台来。又将箴的照片取出，放入下午买来的镜框中。

六月三十日

今天起得很晚，已在十时后了。得舍予由伦敦转来的地山来信，极喜！这是我到欧洲后第一次接到的国内的来信！但家信还未来，甚怅闷。饭后，同元到国立图书馆，得到四个月期的长期阅览券。仔细的看他们的目录，颇有好书。第一次借出敦煌的抄本来看；这不是在大厅中，是要在楼上"抄本阅览室"看的（中国书都要在这里看了）。我借的是《太子五更转》，没有看别的书。敦煌及其他伯希和（Paul Pelliot）君所搜集的书，另有二本目录。四时回，买了九佛的樱桃。法国的樱桃，真是太可爱了。圆圆的一粒红珠似的东西，又红润，又甜脆，一口咬下去，如血似的红液，微微的喷出，其风味甚似我们的最佳的李子。晚饭在北京饭店吃，这也是一家中国饭店。夜间，写了好几封信。到十二时半才睡。昨今二日，在暇时，都在整理途中所得之铜银币，预备整理好了寄给箴。直至夜间才弄好。

七月一日

天气不好，时晴时阴。早晨，写了几封信后，不觉已到了午饭时候。午后，细雨霏霏，穿了夹衣还嫌微凉，真像我们的"清明时节"。家在万里外的旅客，独坐旅舍，遇到这种天气，便是木石人也要"黯然魂消"了。陈女士与袁君要搬到乡下去住，约好七时来我这里取她的大箱子去。前天取箱子时是一同取来，放在我这里的。他们又约定，在我们五个同船的旅客各自分散之前，应该再同桌吃一回饭。我们同到东方饭店去，这也是一家中国菜馆。我们在那里吃到了炸酱面。至少有五六年吃不到这样好东西了。甚喜！然又不觉的引动了乡愁与许多的北京的回忆。七时，袁君和陈女士来取了大箱子去。夜间梁君及元来闲谈，十时方去。

七月二日

起得很早。早餐后即到国立图书馆去；那里是上午九时开门，下午五时闭门。在"钞本阅览室"里，借出《觉世恒言》，《觉世雅言》及《醒世恒言》三部书来看。前几天见了书目，很惊诧的知道于"三言"之外，又有《觉世恒言》及《觉世雅言》诸书，渴欲一读其内容。先把《觉世恒言》一看，很觉得失望，原来就是《十二楼》。封面上题着《醒世恒言十二楼》，序上写着《觉世名言序》，正文前的书名是《觉世名言第一种》（一名《十二楼》）。不知书目上为什么会把这书名写成了《觉世恒言》？略略的一翻，便把它放在一边，去看那第二种"未见之书"《觉世雅言》。这部书是明刊本，也确是"未见之书"。前有绿天馆主人之序说："陇西茂苑野史家藏小说甚富，有意矫正风化。故择其事真而理不赝，即事赝而理未尝不真者，授之贾人，凡若干种，其亦通德类情之一助乎？余因援笔而弁冕其首云。"全书凡八卷，有故事八篇，仅存一至五之五卷。其中都已见于《醒世恒言》，初刻《拍案惊奇》及《警世明言》，仅《杨八老越国奇逢》一篇未知他书有之否？手边无"三言""二拍"总目，不能查也。这书似为日本内阁文库所有之《古今小说》的前身。绿天馆主人的序，与《古今小说》上所有者大同小异，而此序切合"雅言"二字而发议论,确专为此书而作者。故我疑心《觉世雅言》是先出版。后来"茂苑野史"大约又印出了相同的几种,便为坊贾将版买去,合而成为《古今小说》一书,而仍将绿天馆主人的序改头换面而作为《古今小说》的序。如果我的猜想不错,那末此书可算是现存的"评话系"小说集中,除了《京本通俗小说》外之最古者了。读毕此书,又读《醒世恒言》。这是天启丁卯的原刊本,目录上"金海陵纵欲亡身"一回(第二十三回)并未除去。惟此本似曾为那一位"道学家"所审查过,所以把书中略有淫辞的地方都割去了,"金海陵纵欲亡身"固已全部割去,即"乔太守乱点鸳鸯谱""卖油郎独占花魁女"等篇,也为他从整本的书上拆下去烧毁掉。所以这部书成了一部很不全的本子。

中饭因为看书很起劲,忘记了时候,未吃。回来时,已四时半,与冈同到咖啡店吃了一块饼,一杯咖啡。杨太太请我和朱光潜,吴颂皋等在万花楼吃晚饭。今天的菜特别的好,因为是预先点定的。饭后,光潜,宗岱及元来谈,十时走。今天天气仍不好,上午雨,下午阴。

七月三日

上午,因为起床得很晚,元又来得早,预备要到凡尔塞(Versailles)去,便闲谈着的消磨过了一个早晨。十一时,即去吃午饭。今天换换口味,在一家法国馆子,名 Stein back 者吃。我和一位王君合吃半只大龙虾,味儿真不错,只是太贵了。又吃一盘牛肉。仅此每人已费二十法郎。饭后,即由英瓦里车站(Gare des Invaliaes)上火车,二等的来回票,价七佛余。半点后即到凡尔塞宫。我们没有进宫中博物院去看,因为今天人太多,每一个门都拥挤不堪;一个原因是星期日,再一个原因是本月的第一个星期日,是大喷水的日子,所以游人格外的多。喷水的时间是四时半。我们在花园中散步。凡尔赛留有路易十四时代的古迹最多，而路易十五，十六都生在这里。自一六八二年后，路易十四便长住于此，指挥着国事与战事。在这个宫中，当然的，曾发生过许多悲惨故事与美丽的恋爱故事。绿林蔽空，林下多有石凳放着，这上面谁知道曾坐过多少对的"英雄美人"，谁知道有多少法国的绝世佳人在那里喁喁低语过。这林中小径，又谁知道曾为多少的战士，贵族，夫人，宫女，小姐们的足所践踏。宫前的远处，是一个池，可以在那里划船。在绿波粼粼的池上，又谁知道曾有多少的情人并坐在小艇甜蜜的低语着。即在如今这林中，这池上，这石凳上，还不是时时有恋人们来并肩走着，坐着，谈着。真的，前面一对男女，便证明了这话。他们走着，在林荫下便热烈的互抱的吻着。我不知道他们的唇是多末久的紧接着，只知我们从远处走来时，已见他们在吻，等到我们走过时，他们还未分开。永久的爱，永久的人间，万万年后，人类不灭，这相同的故事是将永久的重演着的。在这时大喷水池旁已列满了人，喷水的时间是到了。我们也找到一个地方坐着。林隙中已有几缕水柱可见，知道远处的几个喷水池已在开放了，但大池还没有影响。我正回过头去，元道："喷了！"万缕的水柱，同时从池中喷出，有的斜射，有的上射，有的壮猛的水珠四溅，有的柔和的成了弧形而挂了下来。这万缕的水柱，这潺潺的水声，形成了壮美无比的巨观。听说，这里的喷水是全法国的最有名者。我们因为要赶火车，没有等到喷完，便出园，上面的几个略小的喷水池也还在喷射着美丽的水柱与水花。归后，已在晚餐之时，同到东方饭店吃炸酱面。夜间，写了一信给箴，一信给调孚。

七月四日

今天天气大好，阳光满地；到巴黎后，今天是第一次见到这末光亮可爱的黄金色的太阳光。七时起，九时赴国立图书馆。借出《觉世名言》，《京本插增王庆田虎忠义水浒传》及《钟伯敬

欧行日记

批评水浒传》三书来读。《觉世名言》即为《十二楼》，一阅即放到一边去。《京本水浒传》很使人留恋。上边是图，下边是文字。虽为残本，仅存一卷有半，然极可宝贵。其版式与宋版《列女传》及日本《内阁文库》所有而新近印出之《三国志平话》格式正同。这可证明《水浒传》在很早就有了很完备的本子了。又可证明，最初的《水浒传》是已有了两种；一种最古的，是没有田虎，王庆之事的；一种即为京本《水浒传》，乃插增有田虎王庆之事者。这个发现，在文学史上是极有价值，极为重要的。我见到此书，非常高兴。将来当另作一文以记之。钟伯敬批评的《水浒传》，乃百回本，亦为极罕见之书，因中多骂满人的话，故遭禁止，或坊贾畏祸，自毁其版及存书也。此本中无王庆，田虎事，只有征辽及征方腊事。午餐，在图书馆中的餐店里吃，菜不大好，而价甚廉，常期的主顾，皆为馆中办事人。下午四时，出馆。到家时，元已来。同坐汽车游 Pare des Buttes Chaumont，又去游 Pare Moneean。前者在十九区，为工人及贫民丛集之地，后者在八区，四周多富人住宅。两者相距颇远，而园中人物亦贫富异态。前者满园皆为女人小孩，衣衫多不讲究，或有破烂者。妇女多手执活计在做。此园几成了工人家属的"家园"，游人是很少的。富人们自然更是绝迹了。然风景很好，山虽不高而有致，水虽不深而曲折。且由山上可望见半个巴黎，下望吊桥，流水亦甚有深远之意。过了吊桥，绿水上有几只白鹅戴着红顶，雍容傲慢的浮游着，而几个女郎坐在水边望着他们。虽然园中人很多，而仍觉静穆。后者亦满园皆人，然多为游人，小孩子亦不少，衣衫多极齐整，有白种及黑种的保姆跟着。然全园地势平衍，面积又小一无可观。游了前者，再到后者，如进了灵隐，理安再到一个又浅又窄的小寺观去。由十九区到八区时，汽车经过孟麦特街（Montmaute），这是巴黎罪恶之丛集地，要到夜间十二时以后才开市呢。沿街皆是咖啡馆，酒店，现在都是静悄悄的。元指道：

在上面高处，有一座白色礼拜堂立着，是有名的圣心寺（Sacred-Heart）。啊，灵与肉，神圣与罪恶，是永远对峙！圣心高高的立在上面，底下是如虫蚁似的人群，在繁灯之下，絮语着，目挑心招着，谁知道将他们演着什么样的罪恶出来。她将有所见欤？无所见欤？归家已七时。在万花楼吃饭。九时，洗了澡，收拾要拿去洗的衣服，预备明天给他们。这个旅馆是礼拜二收衣服去洗，礼拜六送回。而明天是礼拜二也。十时半睡。

七月五日

今天天气很好，但很热。有几个友人说，巴黎太热真要避暑去，不能再住下去了。然旁晚及夜间却淅淅沥沥的下起雨来，天气又转而为晚秋似的凉快。九时起床，打电话到帐房里，叫送一份早餐上来。茶房送上餐盘来，盘里还放着一封信。啊，这笔迹好熟悉！这是箴的信，由伦敦转来的！我自接到地山的信后；深念着家信为什么还不来。这想念，几乎天天是挂在心头的，尤其在早晨，因为由英国转来的信多半是早晨到的。今天是终于得到了！这是家信的第一封，是上海来信的第一封！我读着这封诉说别离之苦的恳挚的信，一个字，一个字看下去，两遍三遍的看着，又勾起了说不出的愁情来。十时，勉强的到图书馆去。借出《京本忠义水浒传》，又仔细的读了一遍，抄了一部分下来。又借了《续水浒传》（即《征四寇》）及《李卓吾批评水浒传》，《金圣叹批水浒传》出来，对照着看。《京本》的仅余的王庆故事一段，与《征四寇》中叙王庆的一段很相同；所不同者仅有数点，再者字句上也略有异同而已。李本《水浒》，为残本，然颇异于商务现在在印刷着的李评本《水浒》。此共三十卷，不分回，每卷自为起讫。文句简朴，诗词皆无。据序上说，是完全的古本，胜于流行的繁本多多，观其标目，真为全本，因"征四寇"事皆全被包罗。似《征四寇》亦系由此本节出。惜后半已缺，无从对校。四时,出馆。朱光潜,吴颂皋来访。颂皋请我到万花楼吃晚饭。饭后,在房里与元及冈谈至十一时才睡。

七月六日

太阳光很早的便光亮亮的晒在对墙的玻璃窗上,又由那里反射到我的房间窗上。十时,到图书馆,借出李评本《水浒传》,钟评本《水浒传》及《英雄谱》。昨日所云《征四寇》似系由李本后半节出,其实,编《征四寇》者似尚未见及此书,所见者乃《英雄谱》上的一百十五回的《水浒传》而已,所以回目完全相同,诗词亦完全相同。这部《英雄谱》印本很不好,黄纸小本,与我所有的一部系同一刻本。下午,又借出《忠烈传》一部。书目上写着系叙郭子仪故事,其实全不相干,一普通之佳人才子小说,借汾阳来作幌子而已。高元亦到馆来。同在餐室吃饭。三时半,即出馆,至大街买物,预备给冈带回去。走了好几家,买了皮手袋,香水喷等,用去三百五十佛。旁晚,与元及冈同去吃饭。遇大雨,在一家文具店门口立着避雨,不觉的踱进店中,选购了不少明信片,又买了一册《洛夫名画册》(Louvre),用去二百三十佛。今日可谓用款不少。夜间,林昶来谈。我们至少有六七年不曾见面了,谈到十二时,他才归去。

七月七日

上午,太阳光遍地遍墙的晒着。下午阴;旁晚,小雨点又霏霏的飞下来。早餐后,独自走过卢森堡公园,到中法友谊会看中国报纸。下午,未出门,因戈公振约好今日二时来找。然届时竟不来。午睡了一会。闻敲门声,却是林昶来。后来又有徐,袁二君来。不久,他们即散去。晚饭后,又到昨天那一家文具店,买了一册在《艺术上的女性美》,书价一百四十四佛。夜间,写了两封家信,一封给调孚的信。

七月八日

今天雨丝绵绵不断，殊闷人。九时半，即到国立图书馆，借出《西游记》，《海公案》及《精忠岳传》。《西游记》刻本太坏，错字太多，与上海坊间所见者相同。不复细看，即还了他们。《海公案》及《岳传》虽俱为嘉道时刊本，然其内容与通行本俱不同。《海公案》集海瑞生平判案七十一件而成，先之以叙事，后附以原告人的"告"，被告人的"诉"及海公的"判"。《大红袍》大约即由此本加以增饰而成之者。《岳传》亦为很原始的本子，后来的八十回本之《精忠说岳全传》的底子，已于此打成。不过这书还顾全了不少历史上的事实，不敢信笔逞其空想，如八十回本之作者。下午，借出韩朋《十义记》及《虎口余生》（即《铁冠图》）。《十义记》为明万历时刊本，绝少见，文词殊古朴，亦有插图。《虎口余生》，全剧亦不多见，仅见数出于《缀白裘》中而已。然这个刊本很近代，大约最早不会在嘉道之前，想不难得。五时出馆。买了些樱桃及桃子，在高元家中吃着。今天的樱桃更甜，亦更脆。在万花楼吃夜饭，遇杨太太，她约我同到歌剧院（Opera）看《洛罕格林》（Lohengrin）。歌剧院为巴黎城之中心，为巴黎城最繁华之地点，无论那一次汽车过赛因河北岸之后总要经过这个地方，至少也要望见那蓝色的圆屋顶。我没有去过，我不能想像那里面是如何的宏大华丽。今夜是第一次去。门前，汽车排成了至少五十余列，还陆续的在增加。全院是用各种各样的云石及其他贵价之石块建成。平面的面积是一三，五九六方码（约三英亩），可坐二千一百五十八人，是世界第一个大剧场，第一个富丽壮美的剧场（Milan 的 La scala 虽可坐三千六百人，然较它为小），建于一千八百六十一至七十四年，建筑师是有名的 Charles Garnier。共有四层（连底层算在内），我们是在最高的一层，那屋顶，那雕刻，那座位，无一不美。四层是最坏的

欧行日记

座位，当然坐得不大适意，然看第三层，第二层，那些包厢及散座中，红绒的椅子，是很宽绰的放着，绅士们，贵女们，坐在那里，如被包围于红色的丝绒中。今夜演的《洛罕格林》，是德国大作家魏格纳（Wagner）的名著之一；乐队在五六十人以上，出现于舞台的人也在五六十人以上。《洛罕格林》的故事，大略是如此：一位贵族，受了他的妻的煽惑，诬他的姪女，杀死了他的姪儿。开头就写北方的国王，在大树下坐着。四周是武士们围绕着。我们在这时，仿佛置身于中世纪的空气中。叔叔向国王申诉后，姪女伊尔莎（Elsa）乃出场。她无法申辩，祷天求救。洛罕格林乃驾了一只天鹅拖着的船，由天上而来。他全身穿着白银甲，在灯光下灿烂作光，是如此的庄严威武。他答应替她伸屈，但须她嫁给了他，但须立誓不问他的姓名来历。她如言立誓。于是洛罕格林乃与叔叔决斗，叔叔失败，倒于地下。第一幕终于此。第二幕写叔叔与他的妻子深夜在暗中私商复仇；他的妻进谗言于伊尔莎，叫她非问明这个武士的来历不可，恐他是平民，不足与她相匹，故不肯说出身世。这使伊尔莎心中生了猜疑的阴影。同时，叔叔又在众中散布谣言，说这位武士是有妖法的，所以战胜了他。举国俱为所惑。然他与伊尔莎终于成婚了。第二幕即闭于群众高唱贺歌之时。第三幕前半，写国王送洛罕格林及新娘入新房。国王去后，二人在喁喁细语。伊尔莎欲问又却者屡屡。终于不能忍而向他发问。这一问，顿使绮腻的新婚之夕，变而为凄楚的别离之夜。洛罕格林叹道："我乃上帝之子，特来救你者。你不问我，我们可以有一年之姻缘；如今你已问了我，我不能在此再住一刻了！"恰在这时，她的叔叔带了刀来行刺。反为洛罕格林所杀死。兵士们抬尸去见国王，洛罕格林和伊尔莎也去见国王。第三幕后半是：国王仍在第一幕所见之大树下坐着。洛罕格林向他告别。叔叔的妻却来控诉他杀人。天鹅拖着空舟，又自远处浮来。洛罕格林把天鹅变成了伊尔莎的弟弟，送还了她。此咒一破，叔叔的妻，立即倒死于地，原来他乃是被她咒而变为天鹅的。正在伊尔莎悲喜交集之际，正在国王与朝臣们，武士们，惊愕不能出一语之际，洛罕格林跨上了他的小舟，又渐渐的自来处隐去了。全剧至此告终。自八时上场，至此已十二时了。出歌剧院时，外面细雨濛濛，连忙雇了一部汽车同回，车价乃较白天贵至三倍。送杨太太到她的寓所后，即步行而归。睡时，已一时。

七月九日

今天阴云弥漫空中，终日不见一缕阳光，一方青天。早晨，起身甚晚，因昨夜迟睡。独自步行到卢森堡公园小坐。与元及冈同在 Steinbacke 店中吃午饭。饭后，在一家香水店里，买了一瓶香水，预备送给箴，价一百佛郎。同到克鲁尼博物院（Musee De Cluny），这个博物院，就在 Sorboune 街口的对面，我们每天出门，总可看见它的长满绿藤的古堡式之门。这个博物院，藏的是自中世纪以来的古器物。我们见到了不少新奇的东西。但这次是匆匆的看过，不能多记，以后，当细细的观察一下，另作一文以记之。在院门内买了关于这个博物院的指南及图画，共用五十六佛。出克鲁尼后，又同到巴黎圣母寺（Notre Dame De Paris），这是巴黎最有名的胜地之一，久想去而未得者。寺前，有查里曼大帝的铜像。在这大礼拜堂中转了一周后，去看寺中所藏的宝物，每人要费二佛郎。所谓宝物者，不过各位帝后舍送给寺中的黄金的珠宝的，金刚石的像及冠而已。我们很后悔费了那末多的时间去看他们。因为冈有事要先去，未能登楼，很可惜。只好待之下次了。一人独回。街上的临时小摊，赶法国国庆日的热闹者，今日已开市，有转轮，有打汽枪，有掷木球，大都以赌博来邀致人买他的东西者。甚似我们上海的半淞园。人是拥拥挤挤的在各摊前。夜间，请杨太太，宗岱，光潜，公振，颂皋五人在万花楼吃饭，用一百佛。饭后，遇程演生君，谈了一会，即归。

七月十日

上午阴，下午晴。十一时，与元同到卢森堡博物院（Musee De Luxembug），这是巴黎最有名的博物院之一，所陈列者皆现代艺术家的作品；而以图画为主，雕刻亦有不少。进了这个地方，仿佛入素来熟悉的所在。中有许多图画都是我久已见得他们的复制片的，有的曾登于《小说月报》上，有的曾悬挂于我家的壁上。所以觉得非常的亲切。虽然地方不大，仅有十二间房子陈列图画，然殊使我流连不忍即去。时已正午，不得不出去吃饭，只好待以后再仔细的看了。好在这个博物院就在同名的公园之旁，离旅馆极近，随便什么时候都可以去看。院内，除十二间房子陈列图画者外，还有一间是预备临时陈列一个著名作家的画品而设的；这次陈列者为PaulGuigon，共有他的画六十余幅。卢森堡博物院所藏他的画不多，其余都是向私家收藏者及大博物院，如洛夫（Louvre）等处借来陈列的。在门口买指南及画片，用去二十六佛。彭师勤来，谈了一会即去，因为我们预备饭后到芳登波罗（Fontain bleau）去。芳登波罗离巴黎颇远，我们由里昂车站坐火车去，将二小时，方才到了那里。又坐了一段电车，才到芳登波罗官。这个宫殿很古老，在历史上是很有名的；我们所最最注意的是拿破仑第一的遗迹，虽然他的历史，在这个宫中是比较得近代。当拿破仑未住在此宫之前，宫殿已渐形倾颓；他费了不少金钱把它重新装饰好，费了不少金钱，置备了许多器具。到了现在，差不多还是照他那时的原样子，没有多少更动。一千八百十四年，拿破仑在此亲笔写了他的退位诏，这时是四月十一日。在这一夜及十二日的清晨，他苦闷，失望，决意服毒自尽，后来见他自己还活着，便叫道："原来上帝不许我死"，便将一切事都委之于运命。二十日正午的时候，他要离开这里了，车子已预备好了，卫队已肩了枪；兵士们排列成了一个方形。拿破仑由马蹄梯（The Staircase of the Far Oheval）上走了下来，到了他的军队中间，说了最后的不能忘记的话："我的老卫队的兵士们，我要说再会了。二十年来，我见你们总在光荣名誉的路上。在这些后期之时你们也还与我们在光荣之日一样的为勇敢与尽职的模范。同了如你们那样的人，我们的一面还是没有丧失的。……再会，我的孩子们。我要把你们都抱在我的胸前。让我至少拥抱着你们的旗帜。"一位大将立刻取了旗向他走去，他伸开双臂迎接这位大将，与这有名的旗接吻；他异常的感动；他以坚定的语声再说道：

"——再见，我的老同伴，让这个最后的吻经过你们的心上。"于是他进了他的车，五百个卫队拥护着，沿着里昂路（The Lyons Road）而去。自此之后，这个白马宫（Courtof the Cheval Blane）便改名为别离宫（Cour des Adieux）。

我们进了大门，对面便是这个别离宫，便是入宫之道的马蹄梯。我们由梯子中间的一个小门走进，先到了圣特里尼礼拜堂（Chapelle de la Saint Frinite），这个礼拜堂的画是亨利四世时代名画家 Martin Freminet 的手笔。除了《圣经》上的故事与人物外，还有四幅名作：（一）《火》，用一个执灯的妇人像为代表；（二）《空气》，用一个为虹所围绕，头顶一个米象的妇人为代表；（三）《水》，以一个妇人坐在一只海豚上，手执一只船为代表；（四）《土地》，以一个妇人执着花与果为代表。由这个礼拜堂转到楼上，便是拿破仑一世的房间了。墙上，用具上，椅披上，都刻着绣着一个"N"。第一间是前厅，有好几幅画，其中有《拿破仑一世像》（Bonchet 作），有他的骑在马上的铜像（Vital Dubray 作）。在一张桌上，玻璃罩子底下，是那一顶有名的拿破仑帽，他从伊尔卜（Elbe）岛回来时所戴的，还有他的几根头发。墙边是一架奇钟，能表示钟点，日子，礼拜，某月的某日，季节，闰

欧行日记

年,等等。第二间是秘书室。在一张桌上,玻璃罩子底下,有拿破仑棺木的遗片,这是从圣希里那(Saint-Helene)带来的。第三间是浴室。装饰得很美丽,大都是花鸟孩子。第四间是退位室(Cabinet of the Abdication),有拿破仑的半身云石像。一八一四年他写他的退位诏时,即在此室的一张小圆桌上。第五间是书室;后来改为他的小卧室,在有病时用的。第六间为卧室,床架上刻着人物,代表高贵,光荣,正直,与丰富。屋角放着一张小摇篮,乃是罗马王睡的。拿破仑图自杀,即在此室中。第七间是会议室,这一室的布置是最华丽的,是法国艺术最优美的出产品。从一七五三年起即已开始布置了。至今,天花板上还是原来的样子,未改动过。第八间是过道室,据说,在这室的壁炉上,一切会议后无用之纸皆烧毁于此。第九间是王庭(ThroneRoom)本为古代诸王的卧室。到了一八〇八年才成为王庭,拿破仑的座位,高高的列于室之中间。过了拿破仑的房子便是皇后的房子了。第一间是马丽安东尼的私室(Marie-Antoinette's Bondoir);拿破仑之后约绥芬(Josphine)曾用之为梳装室。第二间是浴室,非得特别允许是不能去看的。第三间是皇后室,许多皇后都以此室为她们的卧室,器具极为名贵,其中有一个杂物柜,柜面上都用珠宝镶装之。第四间是皇后音乐室,路易十五时代为皇后的打牌室,亦在此晚餐;约绥芬易之为音乐室。拿破仑第三之后则易之为接应室。第五间为贵妇的客室。再过去,便是狄爱娜廊厅(Dianas Gallery),初为大餐室,舞厅。拿破仑第三时代,又为图书馆,两墙边都排着书柜,当中玻璃柜亦陈列着书籍,约共有三万册。再过去是一列的接应室。第一间是前厅,悬有三幅美丽的挂毡,路易十四时代所造的,一幅是夏,一幅是秋,一幅是冬。秋景是表现路易十四骑在马背上去猎鹿;其余都是宫殿之景。第二间是挂毡室,曾为约绥芬的客室;拿破仑第三时代装饰它以许多挂毡,他们都是表现卜赛克(Psyehes)的故事的。木器上覆的毡子，垫子，都是绣以拉芬登寓言的故事画，第三间是法朗西士一世（Francis I）客室；拿破仑时曾以此为餐室。第四间是路易十三（Louis XIII）客室，这一室里有名之物是一面小镜子，挂在墙上，是最初输入法国的镜子之一。第五间是圣路易（Saint Louis）客室，墙上的图画都是关于亨利四世之事的。第六间是圣路易第二客室，在古时是皇帝的餐室。第七间是卫士室，第八间是路易十五客室，第九间是过道小室，第十间是皇帝梯阶，再过去是缦特侬夫人（Madame de Maintenons）的房子，共有五间，一为前厅，一为客室，一为书室，一为卧室，一为梳装室。缦特侬夫人在路易十四时代有很大的权力；路易十四很宠爱她；是法国历史上有名的妇女之一。他为她装饰了这几间房子。在窗中可见一条林荫大路，这路自此便称为缦特侬路。由此再过是亨利二世廊厅，这廊厅建于法朗昔司一世时代，所以称为亨利二世廊厅者，因内部的装饰，都是在他的时代画的雕的。墙上都刻着一个"H"字母。好几次大宴，曾在此举行，又曾一度作过皇家的礼拜堂。再过去，是法朗昔司一世廊厅，厅里有不少名画及雕刻。引导者走到此厅后，便告了终止，把门开了，请我们出去，同时并伸手要"小费"，每个人都给他，大约给一个法郎者最多。出了门，便是马蹄梯了；这梯远望之，宛是一个马蹄铁形。我们也和当年的拿破仑一世一样，由此著名之梯下去，而走出了芳登波罗官的大门。照例，还有几个地方可以看。全部的宫殿，我们不过只走了一小部分。然有的地方是保存着不让游人进去的，有的地方，如中国博物院（Chinese Museum），又因没有时间而未去，所以只游了上面的由引导者领着走的几个最有名的地方。又，上面各室各厅中，所有的图画雕刻，也都因"走马看花"似的看过，出来后已印象模糊了，所以也不能一一列举。这宫殿给我的印象很好，不必说建筑之华丽，即内部之装饰，器具之陈设，也都异常的华贵，且多是各时代有名艺术家的设计或动手去做的。

这使他不仅仅成了一座绚烂辉煌的帝王之居，而且是与法国之艺术文化有关的博物馆。我看过清宫，我游过中海，南海，那一个房子有布置得如此的华美名贵，如此的和谐绚丽。中国的帝王，那一个是知道享用物质的荣华的？秦始皇，隋炀帝，陈后主，唐明皇，只有这几个人是知道，然而他们是终于"烟销灰灭"了，他们的苦心经营的成绩，是随之而变而为颓垣废瓦了，而且为儒者们引为后世之大戒了！"俭朴"的提倡，使我们的艺术文化，天天向后退！

出宫后，雇了一部马车，在芳登波罗森林中走了一点多钟；这座大森林，沿着赛因河左岸而蔓生，全面积约有四万一千九百四十英亩，周围是五十六英里，乃是法国最美丽的森林之一。我们因为天色已迟，不敢深入林中，随马车夫之意而缓缓的走着；据说，林中有不少好地方而我们都不能去。然大树林的清香的空气，已使我们很愉快。我们谈着，笑着，不知车子穿过了多少林中的小径。这森林曾数次为火所毁，所以在林中是禁止将燃着的香烟头抛在地上的。六时半，坐了火车归去。回望林中，夕阳正红红的映照在万枝绿叶之后，殊有画意也。这次的火车是特别快车，沿途各站都不停，所以只走了一小时又十分，便到了里昂车站。

七月十一日

早阴，下午雨，旁晚，雷雨大作，天色黑暗如夜者历时十数分。十时，到国立图书馆，借出《东游记》，《蝴蝶媒》，《玉支玑》，《赛红丝》，《幻中真》诸书。其中《东游记》及《赛红丝》是很不坏的；其余皆为滥调的"佳人才子"的故事书而已。《东游记》叙圣僧东游，扫灭妖怪，恰与《西游记》成一对照。所谓"妖怪"，皆抽象名词之人格化，甚似彭扬（Banyan）之《天路历程》，而变化更多，取境更为复杂。信笔写去，似无结构，似每段各自为篇；其实全书是一气贯串下去的。作者为清溪道人，有世裕堂主人的序，序上题着"已酉岁"，观其纸色及印刷，当是清初的作品。《赛红丝》是明刊本，封面上题着"天花藏秘本"，序亦为天花藏主人作。虽亦不外佳人才子，离合悲欢，而写得颇入情入理，既非"一娶数美"之流亚，亦非"满门抄斩"之故套；写人情世故，殊为逼真，故能超出同类的小说之上。夜间，写给六逸，予同各一信。

七月十二日

早阴，下午晴不久，又雨。起床得很早；昨天与宗岱约好九时同到 Palais de Bois 去看 Salon des ruileries，这是新派画家的大展览会，亦每年一次。观者没有那个旧 Salon 那末多，设备也没有那末好，然殊显亲切，恬静。画图，雕刻以及其他，共二千余件，草草的周历那六十几个房间，已到了十二时。我不懂画，不懂雕刻，然颇觉这里的许多作家，个性都很强，许多人的笔法，用色都有特殊之点。但也有不少是没有什么特异之处的。最后，见到未来派，立体派的几大幅不守向来规矩绳墨之作品颇为之激动，不管他们的艺术好坏，然他们已给我们以一种新的空气，新的刺激。看腻了陈陈相因的神话，圣经的故事，远山近水的风景画，工工细细的人物画，见了这些一无依傍的新作，自然很为之震跃。其中有二个小雕刻，也很使我注意；一个是一只水鸟，圆圆的是身子，圆锥的是头部，此外，什么都没有了；一个是一座火车头表示"力"，车头之最前头极大，以次小了下去。这都是向来雕刻家所不敢作的。下午同元，冈到都里爱园（Jardin Des Tuileries）看莫那（ClaudeMonet）有名的大作《Suite Des Nymphai》，只有八大幅的画，政府为之特设一博物院，名"Muse De L, Orange—rie"，光线布置都极好。今天是礼拜二，我们每人费了十佛进去（平常日子是每人五佛）。虽然只有八大幅画，然可

欧行日记

以使你流连半天一天，可以使你看过一次还要再看第二第三次……这是近代很伟大的杰作。第一个房间，四壁陈列着四幅画，是一个荷塘，以色彩的浓淡，分别出这个荷池的晨，午，下午，黄昏的一日间的变化来。这已使我们惊奇不已了。那色彩用得是如何的好，那清晨的恬逸，那正午的清澄，那黄昏的冥晦，那下午的微倦，完全都表现出来了。再进去一间，又是四幅，这四幅是更伟大；一走进去，便如置身于水滨，便如置身于画幅中，不像立于画室，不像在看画也。尤其是进门的对墙的那一幅最大者，最使人赞叹；来看的人，尽管他对于艺术，对于图画，是如何的外行，然而他对着这伟大的名画，却不能不赞赏，这赞赏真是不自觉的由心上流出的。一个美国人看了，高兴得逢人便说："好极了！好极了！你看这是如何的微妙！"这四幅画也是表示一日间的"四时"的。三时回，因为今天程演生，戈公振约我三时到万花楼，开东方文化协会；到的人不少，以印度，中国的人为多。遇俄人马古烈君，他是东方言语学校的办事人之一，闻著了不少关于中国的书，且曾译了《两都赋》。茶点后，照相。散会时已六点。

七月十三日

今天又是细雨霏霏，"夏凉"侵肤，甚似"落花天气"之暮春三月也。上午，得箴二信，得济之一信，皆由伦敦转来。与济之久未通信，全因我之疏懒，今到国外不久，忽得他的来信，欣慰无已。在箴信里，惊悉高家大伯母已于六月中旬去世。我出国时，她已病倒在床，然她年龄虽高，身体素好，不意竟至一病不起。人生如风中烛，摇摇不定，思之慨然。九时，到卢森堡博物院，尚未开门，又折回公园散步。满街都是三色旗，在风中猎猎的飘着，今天是他们国庆的前一日。十时，复到博物院。很仔细的先看雕刻，后看图画，一间间的看过去。已近正午，还只看到第九间，遂匆匆的走过其余的几个房间而归。买"目录"等，用三十三佛。下午，与冈及元同到皇宫（Palais Royal），中央有一片绿地，两行绿树，还有喷水池，四周皆为商店，甚似北京之东安市场，而规模较大，市况较冷落。其中旧书店颇多。草草的走了一周即出。复与冈同到洛夫博物院（Musée de Louvre），这是世界最大的博物院，人类的文化艺术，自古埃及起，无不可于此见其一斑。我们经过它的门前，至少有十次了，然总没有工夫进去；我个人的原因是因为她太伟大了，不愿匆匆的一看了事，很想费半月以上的时间在其中，所以反倒不急急于要去了。这一次的去，费时仅二小时，真是连跑带走的，草草的周览了图画的一部分，和雕刻的一部分。文西（L da Vinci）的有名之画《Mona Lisa》，在图画中是常常围了许多人在她面前细看的，希腊的有名之雕像委纳司（Venus de mela），在雕刻中也是常常的立了许多人在她四周仔细的端详着的；这两件东西真是最能吸引游人的！然其他，在我感得很亲切者不少。如此伟大的博物院，如此草草的一览，实在不能，也不配，去叙述她的内容，详细的叙述，当待之将来。在院中，买《中国艺术》一册，价九十佛，买《洛夫的雕刻》一册，价六十五佛。归时，已将晚餐时，虽然天色还很亮，雨后的天边，又有太阳的红影映在云端；巴黎的白昼真是天黑得迟。晚餐时，吃了一点酒，睡得很早。

七月十四日

下午又有微雨，幸不久即晴。今天是法国的国庆日，是他们最热闹的日子，如果有了雨，十分兴致，至少便要减去八分。商店，博物馆，图书馆，名胜之地，几乎在这一天都关了门，只除了戏院不关，白天的一次戏，还白送给人看。我不去看戏的人，反倒觉得冷静起来。上午颇倦，写了覆济之及箴的信后，即去午餐，餐后，独自在卢森堡公园树下坐着看书，然人太多，实在不能久坐。回家后，又写家信数封，一给祖母，一给岳父，一给三叔。夜间十时，元来，我们同到九桥（Pont nenf）看放焰火。到时，人已如山如海，赛因河畔挤得水泄不通。我们只能站在远处，不能走近桥边了。所以许多好"花"都看不见，只见桥那边一红一亮，间以少年及儿童的喊好声，对河墙上也反映着火光，如此而已；我们所能看见的，只是高射于天空而散开的"花"。嘭的一声，一粒火星直穿入云，又啪的一声，这粒火星四散而变为无数的火花而纷纷坠下；有的是红花如雨，有的是黄光如霰，有的如万盏明灯，由空中落下，有的似一团具无限之力的火球，雄猛的四射；有的初为白光，复由白光中生出无数的绿灯来，有的初为红线，复由红线中，生出无数的绿的白的微星来，有的由一粒而顷刻变为万缕黄光，有的由一粒而三四，由三四而再变为无数的红灯，绿灯，白灯。如此者约历半小时而始毕。虽然未能全部看见，然即此亦已知足了。记得去年今日，曾和圣陶，伏园，春台，学昭同到法租界，坐在一条僻街的石阶沿上，看环龙公园中的"放花"，其情景正与今日相同，而今是时已一年，人已万里了！回时，在苏弗莱咖啡馆（Cafe de Sufflet）吃了一杯啤酒，看着窗外，时时有飘泊的艺术家在奏技。其中有一位能够把熊熊的火箸，放入口中，还能吃了一种"火酒"在口，用火一点，满口是火，用力一吹光焰近丈。转路经过大学前之广场（Place de Sorboune）时，音乐悠扬的奏着，一对对男女，正在翩翩的舞着。为乐方未央，而时已午夜。闻昨夜这里已很热闹，虽然曾下了一阵雨，而雨后，跳舞仍旧进行着。所有巴黎有广场的地方，都是如此，闻其乐队，系由政府出资雇用。

七月十五日

上午，到卢森堡博物院去，拿着目录，一个一个房间仔细的对目录看着，只看了五个房间已过正午，便匆匆的归来。饭后，独自到洛夫博物院去，执了洛夫的图样，依了图样而走了几个大圈子，想先将院中"地理"弄熟，然后一部分一部分的再细看。方在一楼及二楼走了一遍，已近五时，是他们闭门之时了，只好回家。觉得很疲倦，因为走的路太多了。买洛夫画片一匣，用去六十佛。回家后，又同元去买《卢森堡博物院的名画集》一册，价一百四十四佛。晚餐是宗岱请我和马古烈君在万花楼吃。我们谈得很高兴。马君的思想虽旧，然中国古学的知识很富，一口很流利的国语，不像是在巴黎学会的。我与他约定，下星期一（十八日）下午二时，到东方语言学校看他们所收藏的中国书。夜，与冈及元同坐在大学广场之咖啡馆前，看他们跳舞，我吃了一杯啤酒。乐声仍悠扬的奏着，一对对男女仍翩翩的舞着，"国庆"的余势尚在。十一时归家，把送箴的东西及给调孚他们的画片，都一一的收拾好，包好，因要托冈带回。包好后，时已一时半。

七月十六日

在阴云中时时露出蓝天一角来，上午八时起床，得岳父及箴各一信。到卢森堡公园散步。十时，进卢森堡博物院，继续对着目录看画；只看了四个房间，又已到了正午。午餐时，遇光潜，颂皋，杨太太等，同坐汽车到白龙森林划船。我们人很多，共要了三只船，每只船要用二十五佛的"押柜钱"。我和光潜及一位萧君同船。躯体很大的白鹅和灰鹅从容的浮游于水面，伶俐的小水鸭，为桨声所惊，拍拍的由水面飞起，掠舟而过，飞到对面绿林中去。几个女子带了面包屑，一路抛给鸭子吃，那家鸭沿路跟着她们，一见有东西抛下，便追逐而前；那举止呆笨的鸭子，偏要匆匆的你追我赶，用尽了双翼之力，方才走得丈余或数尺的路，激得水花四溅；闲看着他们着急抢先的情形，不觉失笑。水中有一小岛，浓荫覆于水上，几只船停在那里，几对情人们正在紧靠着，有的默默的并坐不语，有的甜蜜蜜的在低语。我是第一次学划船，但划得还灵活，多学几次，想可以成功，划了一小时余，一同上岸，船费不到八佛。在森林随意散步了一会，偕光潜及杨太太同到我的旅馆里来。元已先在。他替我买了酒精灯及火炉来。我很高兴的立刻烧茶请他们吃。宗岱今晚又请我和光潜吃饭，仍在万花楼，饭后，到我这里闲谈，曾觉之，徐元度诸君也来，房里很热闹。他们去后，写给云五，调孚，心南各一信，都为商务留学补助金事；因早上箴来信，提及商务已允每年提出一万元，为留学补助金，故我写信给他们，颇希望能依例得有一部分。

七月十七日

阴。早起，写给岳父及箴的信各一。学昭及兆淇来，同他们到卢森堡博物院周览一遍，他们还不曾看过。正午归。饭后，与元同到拿破仑墓。那圆圆的金色屋顶，我们在车上，已远远的见过好几次了。大门前是兵士站岗，四周是濠沟，许多大炮也列于四周；势气很雄壮；前面两廊是战争博物院，未及去看。先进礼拜堂，见拿破仑在圣希里那岛死时所用的棺木及墓石，又见他的死时的面型及手型；在"大殿"中，一个死事飞行家的石像旁，拿破仑在圣希里那岛死后出殡所用之运棺车也放在那里。我们见了这些遗物，觉得有一种不自禁的凄凉之感。等到我们转到后面的墓殿时，这种感触又完全变更了。这墓殿建造得极为雄伟，都是用好的云石。殿之中央，是一个大圆穴，其中置放着这位绝世英雄的大棺椁。青光由窗中射进，游人如被蒙罩于细雾中，棺椁之四周，在当支柱用的石像中间，放着许多旧的军旗，那都是他在历次战争时所夺得者；穴中大理石的地板上，还记着他屡次经历的大战役的地名。这墓殿的旁边，都是随从他的大将们的墓。殿门口有许多摊子，专卖关于这墓殿的画片及拿破仑的瓷像与缩小的死时面型。我买了一个拿翁的立像，价十八佛，要寄给箴，作此游之纪念。在这墓殿里，我们所感到的已不复是凄楚，而是雄丽了。出后，复到路丹博物院（Masee Da Rodin）；这个近代大雕刻家的博物院，即在他的生前的寓所中；其地点离拿破仑墓甚近，不多几步即到。其中上下二层，陈列他的杰作，及他生平所收藏的古代雕刻，盘子，以及图画。他的作品，凡二百余件，都是原作，自《思想者》起，至《巴尔札克》，《萧伯纳》，《诗人与诗神》等止，都是我们曾在书上见到的。然而平面的摄影，那里能够表现出雕刻的好处来！我们直到今日才见到他们的真面目，真好处。还有许多是我们所未见过的，也有的是未完工的作品，然都足以使我流连。这里也不是去一次便可以看完的。正屋旁的礼拜堂中，陈列他的大型的原作，《思想者》即在其中。礼拜堂的正中，还有一座他的纪念碑，把他生平的杰作都汇雕在上面。

七月十八日

九时起床，天气仍与昨日一样，阴惨惨的，一丝晴意也没有。清晨时，似曾闻小鸟的啭鸣，仿佛那时曾有过太阳光。上午整理房间，书桌及箱子。午饭后，步行到里尔街（Rue de Lille）东方语言学校访马古烈君。二时，他才来，同去看校里收藏的中国书。他说，中国书有新旧二部分，旧有的放在校里，新买的另放在附近一屋中。旧有的书不多。新买的书却不少。我把他所编的目录（还是 Card，未写成册）翻了一遍，我所要看的书，一本也没有。但其中有数种颇可注意：（一）《太平天国文告》，马君说，他曾抄一份给程演生君，他已在北京印出。（二）西番文及满蒙文的书颇多。（三）中法战争时，粤省及上海所出的为刘永福鼓吹战绩的画报，大都用彩色印刷，有的很粗率，有的画还好（每张定价二角三角）。此外，似无重要的好书。但马君甚殷勤，时时搬出我所略略注意的书来给我看。我临走时，他还说：先生要什么书尽管向我来取好了。他的盛意是很可感的！

七月十九日

早晴，下午阴。昨夜关了百叶窗睡，要不是为邮差打门的声音所惊醒，不知要睡到什么时候去。邮差送来的是箴的挂号信。信中附有蔡子民君及胡适君的介绍信数封。这是我所久盼未到的信，因为是挂号的，又要由伦敦转，所以迟了几天。匆匆的洗了脸后，一面烧开水泡茶，一面写覆信给箴，信刚写完，开水也沸了。九时半，徒步走到国立图书馆。这是第一次最远的步行，带了地图在身，怕要迷路。然由旅馆到图书馆，这条路还不十分曲折。沿了圣米萧（St-Michel）街，到赛因河边，再沿了赛因河岸，到了洛夫，穿过洛夫而到皇宫，皇宫之旁边便是李查留街了，约费时三十二分。路上并不难走。到图书馆方十时。借出《两交欢》，《五凤吟》，《常言道》，《蜃楼志》，《绣戈袍》五种。馆吏曾因号码看错，误送金本《水浒》二册来，随即还了他。《两交欢》，《五凤吟》都不过是滥调的"才子佳人书"。《常言道》，《蜃楼志》二书却很好。《常言道》为落魂道人编，嘉庆甲戌刊。全书以"钱"字为主脑，充满了讽刺之意，把许多抽象的东西都人格化了，如睅炎便是"趋炎"，冯世便是"附势"之类。较之《捉鬼传》，《何典》诸书，叙述似更生动有趣。《蜃楼志》，丁在君曾和我谈起过，说这部书很不坏，我久觅不得，今始得见。书为庚岭劳人说，禺山老人编，嘉庆九年刊。叙的是粤东的事实，文笔很好，当为《官场现形记》，《二十年目睹怪现状》诸书之祖。这一派的小说末流很多，而前乎《蜃楼志》者，似不多见。《绣戈袍》一种是有名的弹词，《倭袍传》（即刁刘氏）之改编。《倭袍传》，我常推之为弹词中之最好者，今改编为小说，失去原作之风韵不少，封面题"江南随园老人编"。随园似不至"不文"至此。当为假托其名者所作。下午四时，又徒步而归。

坐了一天，散步一会，对于身体很有益。很想以后多走路，少坐车。晚餐与元同吃，吃到炸板鱼，这是我在中国所不喜的菜，但这里却炸得很好；不过价钱太贵，要九佛一盘。夜间，咖啡馆闲坐一会。元买了一包花生吃，花生又是我很讨厌的东西，但当元说"吃一点吧"，而且把纸包打开时，我不禁见物而有所思了！这样的花生，正是箴所最喜的。临出国的前几天，她还逼着我同到一家广东店买了些回去闲吃呢。唉！不可言说的惆怅呀！

七月二十日

雨丝风片，沿途送了我到国立图书馆。借出《吴江雪》，《醒风流》，《情梦柝》，《归莲梦》，《宛如约》五书。这几部小说都还好，尤以《归莲梦》为情境别辟之作。《归莲梦》为明刊本，题为《苏庵二集》，苏庵主人编次，叙的是白莲教之祖，一位白家女子的事，当可与《平妖传》并传，而较之《平妖传》尤为变幻多姿，不落常套。《吴江雪》为明刊本，有顾石城序，及作者佩蘅子自序，观其序之语气，佩蘅子似即为顾石城之别号。书叙江潮，吴媛之离合悲欢，颇曲折有致。《醒风流》题为鹤市道人编次，亦甚似明刊。中多抄配及补刻处。这部书与《情梦柝》及《宛如约》亦皆为"佳人才子书"。《宛如约》叙女子赵白，改男装出外觅婿，这样描写的女子的故事，中国小说似绝少。小说中提起女子讲到觅婿，便要说她十分的羞涩，不要说自己出去寻觅一个好的伴侣了。因看书很起劲，又忘记了吃午餐，等到记起来时，已过了午餐时候了。只好不吃。四时，又徒步而归。天色已好。然地上还湿。袁中道君来，带来了由里昂转寄的《文学周报》，"阿托士专号"三，这是我们五十几天前在阿托士船上信笔涂写的成绩，今天见到它，仿佛如见"故人"，很喜欢！七时，与元同到万花楼吃晚饭。夕阳光红红的挂在云片之上。

七月二十一日

今天天气，全和昨天一样，早雨，下午阴而旁晚晴。

今天是我的一个纪念日。两个月前的今天，正是我和箴相别，和家人相别，和中国相别，和诸友相别而登上了阿托士第二的日子。相隔两个月，而阿托士第二已把我送到万里外而我已在万里外，住了将一个月。唉，我不忍回忆那别离的一瞬！在这两月中，我不知国事，家事如何？我不知箴的起居，家中人的情状，诸友的生活和遭遇是如何？箴的来信，最近的是六月二十三日发出的。到了今天，亦将一月了。这一个月中，我又不知他们的情况是如何？早起，带了满腔的"离情别绪"而到国立图书馆，预备以"书"来排遣这无可排遣的愁闷。借出《拍案惊奇》二集，《贪欢报》，《燕居笔记》及《李卓吾评三国志》。《拍案惊奇》二集，据盐谷温君所见日本内阁文库本，凡三十九卷，但这一部却只有三十四卷，也不像是删节去的。不知何故。《贪欢报》亦为评话系的"短篇小说集"，共有小说二十四篇，皆淫艳之辞，风月之语，有一半是由"三言二拍"及他书选取的，有一小半则不知所据何书。这部是翻刻本，原刻本为山水邻所刊印。《燕居笔记》乃杂选有趣之故事而成者，自第五卷以后，皆为小说，有传奇系小说一篇（《钟情集辂生会瑜娘》），平话系小说八篇。李评《三国志》乃是毛声山评本未出之前的最流行的一本，回目并不对偶，每回上下二段，故说是一百二十回，其实乃二百四十段也。这当是由最古的格式，而略加以变更者。由《残唐五代》，由我所藏的旧本《隋唐志传》，都可看出最古的小说是标目并不对偶，且只以每个标目来分段，并不是分回的。毛声山在他的《第一才子书》的凡例上，对于"俗本"痛加诋毁，所谓"俗本"，即是这个李评本《三国志》。四时二十分回家；天气很热，又穿了雨衣在身，走得满身是汗。

七月二十二日

阴雨。到国立图书馆已十时半。借出《平妖传》,《雷峰塔》及《西游真诠》,皆咸同间之小字黄纸本。略一翻看,即送还他们。又借出李卓吾评本《西游记》,李卓吾评本《三国志》,笠翁评阅《三国志》及毛声山评本《三国志》。李本《西游记》系翻刻本还好,有插图,每回二图,因系翻刻,当然不大精美。将李卓吾本,笠翁本及毛本《三国志》对照的看。笠翁本,据他自己序上说,是刻于毛本之后。插图每回二幅,很精细可爱。他这个本子是介乎卓吾本与毛本之间的;大部分是依据卓吾本,回目亦完全相同,但有的地方,却依从了毛氏的大胆的改本。如《青梅煮酒论英雄》一回中,卓吾本叙刘备听见雷响,故意将手中箸落于地上;毛本颇讥评之,改为刘备听见曹操说"天下英雄惟使君与操耳"时,不觉失惊落箸,雷声恰作,乃借之以为掩饰。笠翁本在此处便完全照毛本而不照卓吾本。然卓吾本的面目却仍可说是完全保存在笠翁本中。似此回之一段,乃偶然的一个例子而已,全书中并不多见也。五时回家。今天来回,仍步行。晚餐与冈及蔡医生在萌日饭店吃。萌日亦中国饭店,在孟兹路(Rue Monge)有炸春卷,熏鱼等菜,为他处所没有。

七月二十三日

阴。十时出寓门,本想到图书馆,因颇倦,改途至卢森堡公园坐了一会。穿过公园而至中法友谊会看中国报纸。正午回,元已先在。饭后,偕元及冈同登伊夫尔塔(170ur' Eiffel),这是世界最高的建筑,自地至顶,凡高九百八十四英尺(纽约的Woolworth Building不过高七百五十英尺),乃工程师伊夫尔(Gustav Eiffel,1832—1923)在一八八九年所建者。塔顶上的无线电台乃力量最强者之一。塔底每边共长一百四十二码。我没有走到塔下时还想像不到它是如此之大。登塔票价八佛。坐电梯上去,在三

欧行日记

楼（Second Plat form）要换一次电梯。这个电梯，在中途（不知第几层）又要换一次。自底到顶，连等电梯的时间计算在内，总要一个小时。二楼三楼及顶层都有店铺。顶层并有邮票出售，许多人都临时买了明片，买了邮票，写上几个字寄给亲友们。我只买了几本小簿子，簿面上有塔之图象的，寄给箴以为此游之纪念。在顶层，全个巴黎都展开在你面前。这如带的是赛因河，这青苍而隆起的是四周的山，这白色的尖顶屋是圣心寺，这方形的窗门，下有圆的广场者是凯旋门，这一带古屋是洛夫博物院，这圆顶的高屋是名人殿（Pantheon），这一条大街是什么，这一座桥又是什么，都一一的可以指点数说。顶上并有远望镜多座，每人看一次，要一佛。我在远镜中，对着圣心寺，凯旋门看，都看得极清楚。下塔后，复到腊人馆（Mus6e Gr6vin）去。腊人馆在蒙麦大街（Boulevard Montmarfre）十号，中分三部分，第一部分是腊人馆，门票三佛，第二部分是幻镜部，门票一佛半，第三部分是变手戏法的，门票一佛半，我们只去看腊人馆。那里面有现代的人物，如莫索里尼，张作霖等。最好的一部分是关于法国革命史的：一间状马拉（Marat）之死的，一间状路易十六及皇家大小被捕的，一间状革命法庭，审判罗兰夫人（Mme. Rolland）的，尤为动人。再有一间是写充军的兵士的，一个脱了上衣跪在地上；一个坐于地上，更低靠于两膝之上；几个军官手执着鞭，几个兵士手执着铲土之器具在旁望着，也是很逼真的。再有，走下地道，有几间写墓道及家族送殡之状的，甚阴惨怖人，我到了出来后，还是凛凛然的。再有几间是叙耶稣及基督教故事的。其中罗马斗兽场上之基督教徒残杀一幕，最可怕。再有一间是写拿破仑死在圣希里那岛幽所时的情形。最后见到的是一幕光明的景像，写拿破仑盛时之宫苑中的生活，他立着，约绥芬坐于椅上。

今日午餐，吃到生杏仁，外壳小如毛桃子，磕去了壳，只吃里边的大"仁"。干杏仁，箴已经很喜欢吃了，可惜她不能同尝这脆而清香的鲜杏仁。上午，写了许多信，给箴，岳父，舍予，南如，道直，学昭，伯祥各一封。

七月二十四日

阴。今日是星期日。计到巴黎后已过五个星期日了（二十六日到，即为星期日）。而一点成绩也没有，愧甚！连法语也还不会说呢！再不学，将奈何？上午，都在钞前数日的日记。午餐与元同吃，吃到李子，皮色虽青而极甜熟。下午，在咖啡馆坐了一会，独自到名人殿（Pantheon）走了一遍。名人殿初为礼拜堂；一七九一年时，改为名人殿，为葬埋伟大人物之所在。大演说家美拉蒲（Mirabeau）第一个葬于此，同年，福禄特尔（Voltaire）的棺，也移埋于此。一八○六年，又改为礼拜堂。自一八三○年七月革命后，乃复为名人殿。雨果（Victor Hugo），左拉（E. Zola），卢骚都葬于此。但他们的墓，都在地穴中。我今天没有下去看。闻每隔半点钟，殿役便领导游人下去看一次。我只在大殿中看了一周。四周的墙上，都是壁画。画不出于一手，画题亦甚复杂；其中有关于贞德（Joan of Are）的故事画四幅，乃是J. E. Lenepveu 所作，尤以第一幅，贞德受圣感，为最著名。其他不能细述，因看得太匆忙了。雕刻亦不少，也只能叙我所知者。四支大石柱旁有大群的雕刻。在右边是卢骚纪念碑，雕着名誉，天然，哲学，真理及音乐；在左边是狄特洛（Diderot）的纪念碑。对面，在右边是革命时代的一群将官；在左边是王政复古时代的九个演说家及政论作家。殿之正中的高坛，是一所国民会议的大纪念碑，石像下大写着"Convention National"，又写着"不自由毋宁死"（Vivre libre on Mornir）；左边是一群代议士，在将革命时，立誓不服从国王之解散会议之命者（The Oath in the Jeu de Panme），右边是一群爱国者在前进。

晚饭在萌日饭店吃。饭后，又坐了一会咖啡馆，吃了一杯咖啡。夜间，把前几天未钞好的日记，都钞完了。预备寄回去给箴看。自到马赛之后，一天天因循下去，近一个月没有钞日记了，虽然天天曾简略的记在小簿子上——好容易费了这几天的工夫，一口气把它写完了。在此，是巴黎生活四个星期的记载，是一部分工作的记载，一部分游览的记载。巴黎的四个星期，不过是如此草草的过去，时间不嫌得太浪费了么?!工作固然不多，即游览亦何曾有一次畅快的，从容的，仔细的！

七月二十五日　阴

上午十时，步行至国家图书馆，借出《包公案》，《一夕话》，《列女演义》，《冯驸马在安南征胜宝乐番贼故事》，及《西番宝蝶》五种。《包公案》为通行袖珍本，一阅即放过一边。《冯驸马故事》为单张的纸片，故事极简，尚未完，似为安南或广东的坊贾所印行者。《西番宝蝶》乃粤曲，叙苏生之故事，文字颇不通顺，版本亦极劣。《一夕话》，一名《一夕话开心集》，其中趣谈甚多，大约以搜辑旧作为主，而附以新闻者。颇有使人忍俊不禁，喷饭满案之新鲜的笑话。如说，一个乡间富翁不识字，但又要假装通文理；有一天，他的朋友写一字条向他借牛一用，但他看了半天，不知所云，而座有他客，又不便说不知，便对来使说道："你去告诉你主人说，我停一刻就来了！"又如说，一人见卖海蛳者，便叫道："海蛳多少钱一斤？"卖海蛳者回道："海蛳不论斤的，要量的。"那人作色道："我难道不晓得！我问的是海蛳要多少钱一丈。"又如说，一人见友人桌上有帐单一张，上写琵琶四斤，计价若干。他猜了半天，才知系"枇杷"二字之误，便作一诗嘲之云："枇杷不是此琵琶，只为当年识字差。若使琵琶能结果，满城箫管尽开花。"像这一类雅而不俗的笑话，在我们的笑话集如《岂有此理》，《笑林广记》中是极少见的。此书为道光壬午年刊本，题咄咄夫作，嗤嗤子增订。《列女演义》为翻刻本；原编者为犹龙子，系以刘向《列女传》为蓝本而以通俗的文字重述之者，但不尽为向之原作，亦采入唐宋明乃至清末之妇女故事。三时，出馆。王维克，袁中道来谈。晚饭在万花楼吃。买了不少画片，分别包好，预备托冈带回送给上海的诸友。夜间，写给云五及调孚，予同诸友的信。并将学昭，隐渔，元度诸君给《月报》的文稿，及我自己给箴的小玩意儿，一并包为一包，交给了冈。

七月二十六日　阴

上午，开始写《巴黎国家图书馆中的中国小说与戏曲》文，没有写多少，便放下了。下午，理发，洗澡。与元冈闲谈了半天，一直到夜，一点事也没有做。买了三册 Kipling, Galsworthy 及 Hawthorne 的小说，价三十四佛。夜间，看了 Kipling 的《Just so Tales》，觉得很有趣，乃给孩子们看者。其中说及人类文字之发见的两篇故事，最好。文中多插图，亦为作者所自绘者。本书虽然很浅，是给孩子看的，然文章仍很漂亮，且音节至为铿锵可爱。大作者无论写什么都不会很草率的。午夜，看了此书大半本，方才入睡。这一夜，又有梦，梦见祖母和母亲，宛如在家中，不知怎样的，忽然买到了好几只红色的桃子，及白色的桃子。母亲为我削去桃皮。大桃很甜，削了一只，还吃不完。

七月二十七日　晨晴，下午雨。

今天什么都没有做，又是草草匆匆的过了一天。不知怎样，这几天心里很难过，夜睡亦甚不安，箴的信已将两星期不来了！下午，很无聊，独自到 Turnitz 的巴黎分店里，买了三册的 Jack London 的小说，价三十六佛。回到卢森堡公园，遇大雨。在一家咖啡店里躲雨，喝了一瓶汽水。雨是倾盆的落下，地上的水，立刻如河流一样的汹涌的流过去。但不久，便又晴了。晚饭后，送冈到车站，他今夜动身回国。九时二十分，开车。我的身虽归到旅馆，我的心是几乎跟了他回国了！

七月二十八日

　　心境和天气一样的阴沉沉的。整天的无聊的闷着，不肯动手做一点事。早晨，到杨太太那里去，因为不知她的房间在几楼，看门人又不在，无人可问，共去了三次，方才见到她。因欲找她介绍一位法文先生。先生乃一老妇人，即住在她的楼下。约定下星期一起上课，每月一百五十法郎的薪水，每星期教五点钟。下午，偕元及蔡医生同到波龙森林（Bois de Boulogne）去划船，勉强消磨去了半天。然偶不小心，坐到船头去，倒被船头上的铁钉，撕破了裤子。回家后，即换下叫茶房拿去织补了。十时半，写了一信给箴，即睡。

七月二十九日

　　今天不能再不做事了！愈懒将愈郁闷，愈郁闷将愈懒；再不振作，不仅空耗时间，亦且使人不知怎样度过这悠久的日子好，心里至为怅恼，也至为彷徨！九时半，早餐后，即到国家图书馆去，借出《三宝太监西洋记》，《封神传》，《呼家将》，《列国志》，及《玉娇梨》。《西洋记》与我所藏的一部不全本，同一刻本，惟印刷更为模糊不清。《封神传》为四雪草堂刊本，图虽不及褚氏刻的《隋唐演义》好，却亦颇精。《呼家将》文字甚为拙笨，似为未经文士删改之说话书，其中材料颇多足资参考者。《列国志》起于武王灭纣，终于秦之统一天下，是一部很重要的书，有许多地方可以与《东周列国志》对照的读，可以使我们晓得如何的一本通俗的《列国志》乃变而为一本文雅的《东周列国志》。《玉娇梨》为明刊本，本子还好。下午三时半出馆。写给箴，给调孚，给菊农各一信。夜间，元，曾觉之及徐元度来谈。

十一时睡，又甚不安，梦见了济之，秋白，好像见秋白的肺病的非常可怕的样子。

七月三十日

好几天不见面的太阳光，今早居然照进我屋里来；黄澄澄的金光，似欣欣的带有喜色。茶房托进早餐盘来，盘里却有一封箴的信！啊，我的心，也和太阳光在一同嬉笑的颤跳着了！但箴的信里，充满了苦味，这苦味使我不禁的如置身于她的苦境中。唉，别离，生生的别离，这是如何难堪的情绪！我在此还天天有新的激动，新的环境，足以移神收心，然而一到了闲暇时，还是苦苦的想家，像她终日无事的守在家里，天天过着同样的生活，只是少了一个人，这叫她如何不难过呢！她信上说，"屈指别离后，至今还只有两三个礼拜呢！如果你去了一年，那末有五十二个礼拜，现在只过了两三个礼拜，已是这样难堪了，那余下的五十个礼拜，不知将怎样度过！如果你去了两年，那末，还有一百多个礼拜呢——平常日子，你在家时，日子是如流水似的滑过去，我叫它停止一会它也不肯。如今老天爷却似乎有意和我捣乱一样，不管我如何的着急，痛苦，它却毫不理会，反而慢吞吞的过着它的日子，要它快，它偏不快！……"唉，我真是罪人，把她一个人抛在家里而自己跑了出来！我做事永远是如此的不顾前，不顾后。不熟想，不熟筹！我怎么对得住她！——她那样的因我之轻于别离而受苦！我想，她如果不出国来和我同住，我真的不能久在欧洲住着了！自见此信后，心里怅怅的苦闷着，饭后便消磨时间于咖啡馆，至四时方回。写了给箴的信及给放园，拔可，端六，同孙，振飞，昆山，叔通诸信后，又到了晚饭之时了。晚饭后，又去坐咖啡馆，至十时方回。时间是如此的浪费过去！

欧行日记

七月三十一日　阴

全天精神都不好，懒懒的，不想做事。上午，到卢森堡公园里去散步，十一时方回。下午，又懒懒的躺在床上，不觉的睡着了，这一睡直至四时才醒，心里嘴里都有苦味。洗了脸后，动手写小说《九叔》，至夜间十二时方毕，待明天誊清。睡梦中，仿佛像在家中的样子，筬走至床边，俯下头来，吻了我一下，我在半睡半醒之际，似欲仰起头来，以手揽她的头，回吻她一下，然而我的手刚一伸出被外，我便醒了，床前却是空空的。我立刻觉得现在却是在万里外的一个旅馆中，不是在家里。我心里真难过！窗外路灯的光，淡淡的照进房里来，我任怎样也再睡不着！

八月一日　雨丝绵绵不绝，终日挂在窗前，如一道水帘。

上午，读了一点法文；誊清《九叔》一部分。饭后，到元家中，吃到很好的桃子。三时乘地道车回；自己一个人坐地道车，这是第一次。巴黎地道车价钱是均一的，无论路程之远近，无论换车与否，头等皆为一个佛郎，二等皆为六十生丁。坐车的人并不拥挤。地道车共有两个公司，一为 Metro，一为 Nord – sub，但两家的票子可以通用。六时，到我的法文先生 Madame Conessin 家里读法文；她已六十多岁，白发如银，但口音还准确。她说，她到过纽约四年，但英文很不好。跟了她读法文，简直如用直接教授法，不必，也不能，用英文为媒介。用的课本是 H. Didier 的《Parlono Francais》，很清楚，很便于初学。前天本与她约定今天下午五时半到她那里去，但因我的表慢了半点，所以竟迟至六时才去，而我自己还以为是五时半。今天是星期一，又是八月一日，开始上学，拣的日子很好。夜间，仍钞《九叔》，已毕，自己觉得很有趣。十二时半睡。

八月二日　晴

九时起，到卢森堡公园读法文。十时半回，开始写一篇小说《病室》，本想有所讽刺，结果却反似同情于所要讽刺的人了。初写时，自己也想不到感情会变迁到这个样子的！做小说，像这样的例子是常要遇到的。至夜间十二时半，《病室》已完全写毕。

　　旁晚，吃晚饭回来时，见有几个中国妇女在街上兜卖杂物。大约是山东人，据她们的口音看来，脚是裹得小小的，衣服穿得很褴褛，街上没有一个人不注目而视。我们觉得很难过。这种人不知是如何流落到巴黎来的？

八月三日　晴

　　九时起，到卢森堡公园温读法文后回来，已十一时了；顺道到宗岱处，向他借了一部《文选》，一本《唐诗选》，很想念念这些书。下午及晚间，除读法文及吃晚饭的时间外，皆在续写《巴黎国家图书馆中的中国小说与戏曲》一文。仍未毕。

　　这两天来，很觉得自己的记忆力太弱，又不用功，法文是草草的滑读过去，旋读旋忘，不知如何学得好！

八月四日　晴而暖，自到巴黎后没有今天这样的热过。

　　沿街及公园中，黄叶已铺满了地上，枝头未落的半枯叶子，潇潇的似在告诉我们以秋之将至。然而天气又热得不像入秋的样子。除上法文课外，今天仍在续写《巴黎国家图书馆中的中国小说与戏曲》一文。晚饭在 Steinbach，一家犹太人开的饭馆里吃。吃到了"鸡杂饭"，其中有鸡胗，鸡肝，鸡翼膀，鸡脚等，烧得很好，而价钱又甚廉。箴是最喜欢吃鸡翼膀的，假定她也在巴黎，今天吃到了这碗好菜，她将如何的高兴呢？不禁怅然的顿生"乡愁"。晚饭后，到咖啡馆里吃"布托"（Porto）一杯，醺然有醉意。十二时一刻睡。

八月五日　晴，仍然很暖，傍晚，大雷雨后。天气渐凉。

几乎全天都在预备法文，一连读了四课，又是匆匆的读过去，自觉进步绝少。此病不知何日方能改革掉！若长此旋读旋忘，不深切的用苦功，将百事无所成也！不禁自危！下午，因口干，去水果铺里买了十佛的桃子及葡萄回家，吃得很多，但愈吃口却愈干。晚饭，独自一个人在北京饭店吃，要了一碗紫菜汤，一盘炒牙芽，都很好，价共十一佛。夜间，在打着一篇小说《三年》的草稿，十一时半睡。拿了一本《唐诗选》，在床上读着《长恨歌》，《琵琶行》，《连昌官辞》等篇，不觉的渐渐入睡了。书从手里落下也不知道。

八月六日　阴，天气渐有秋意，落叶似更厚的铺在地上。

早晨，得文英一信，很高兴，这是祖母们的来信的第一封！但不知何故，箴却没有信来。昨天下午，上法文课时，先生说，请在下星期一，把钱带来。然而我一计算，家款要月底才可到，而身边的钱，已不大够维持到月底了，那里还有钱读法文！很想就此不念，托杨太太对她说，送了她一个星期的钱。她的教授法，本不大高明。自己在家里念，也是一个样子的，如果肯用功的话，不一定要教员督促着。

自上午至夜间，除了读法文及吃饭的时间外，皆在写小说《三年》，至十时半，方告竣。

八月七日　晴

上午仍到公园树下读法文，不因不请先生而就此把法文收拾起。十时回家，即开始写一篇小说《五老爹》，这几天写小说的兴致甚高，材料又如泉涌似的追迫而来，故写得很多。像这样的机会很少，不得不立刻捉住而利用之也。至午夜，《五老爹》已写毕，自己也还满意。

晚饭，在万花楼吃，遇杨太太，交给她五十佛郎，请她转交给 Madame Conessin，作为上一个星期的薪金，并请她代为婉辞之。也许款到时，再从她念也不一定。

八月八日

天气时晴时雨，使人不敢出门；有时太阳光辉煌的从破絮似的云隙中射下，有时又阴沉沉的一阵粗雨点由上面紧洒而下。全个上午都未出去。写给岳父，给箴，给文英各一信；在岳父的信内，曾详细的商量着要箴出国的事。我们——在我自己尤甚——都很觉得，我们的别离是很痛苦的，都渴望着能在最近时候再相见，不再相离；离愁是受得人够了，别意是苦得人够了！不知我们的幸福有没有那样好，可以使我们同在国外住个三五年！又写给彦长，若谷等一信，调孚一信。写信毕，又开始写小说《王瑜》。这篇故事给我的印象很深，我久想写出，至今才得到了机会。至午夜一时许，才完全写毕。晚饭在万花楼吃，饭后，偕元及蔡，景二医生同到 Cafe Dreher 听音乐，那里的音乐是很有名的，常奏着大作家的名曲。乐队只有五个人，然已够用了。我听了一出魏格纳的曲，一出流行的新曲后，时已九点半，即先回家，因欲赶着把《王瑜》写完。

八月九日　今天天气又是时晴时雨的。

早晨，太阳很好，照常的到公园去读法文。然树下已不能使人久坐；微凉侵肤，大似初冬。园中游人，寥寥可数。想不到巴黎天气变化得这末快。连忙回家，法文也不念了。回家后，即写小说《春兰与秋菊》一篇，写得很高兴，至黄昏即写毕。夜间，到王维克那里谈了一会，十时回。写一信给调孚，并将前几天以来所作的六篇小说复看了一遍，封在一个大信封内。十二时睡。

八月十日　天气又是那样的捉摸不定。

上午，到邮局把稿子挂号寄给调孚。又步行到国家图书馆，借出《百炼真》，《一捧雪》，《花笺记》，《东周列国志》，《列国志》及《封神传》。《封神传》即翻刻四雪草堂本之坊刊本，不足注意。《百炼真》为冯犹龙的自著小说，是一部罕见的书。《一捧雪》叙粤东一件大案，亦不多见。《花笺记》亦名《第八才子》，乃粤曲，内容很不坏，文字亦很流利。把粤曲的身架，抬高到《水浒》，《西厢》并列，这是很可令人注意的。最后，把《东周列国志》及《列国志》对读了数部分，摘记出其不同点。四时一刻出馆。回家，甚闷，微睡了一会。元来，同到万花楼吃晚饭。饭后，闲谈了一会，九时半即睡，因觉得很疲倦。到巴黎后，从没有这末早便睡的。

八月十一日　上午阴，下午晴，又有些暖意。

得予同一信，很高兴，他们已接到我由巴黎发的信了。但箴还无信来，不禁使我闷极而疑愁交并。难道她是病了不能写信？步行到国家图书馆，借出《西江祝嘏》，《砥石斋二种曲》，《双翠圆》，及《双鸳祠》。《西江祝嘏》为蒋士铨作以遥祝清太后之寿诞者；想不到这种的迂腐的题材，乃能写得那样的流丽生动！《砥石斋曲》不好，但传本颇罕见。《双翠园》叙翠娘及徐海事；《双鸳祠》叙广州一贞妇事，都非十分出色的传奇。又借出一种，目录上写的是《西厢琵琶合刊》，不知如何，取出后却是《觉世雅言》所缺的第六至第八卷；大约是他们把号码弄错乱了。自今天以后，国家图书馆拟暂时不去了，中国的小说与戏曲，他们所收藏的，大略的都已看过一遍了。晚饭在东方饭店吃，吃的是炸酱面。买葡萄五佛，共三大串，大家分吃而尽。十时半睡。

八月十二日　晴

早餐后，即到公园，坐在树下读法文。遇袁中道君，他说，《文学周报》的"Athos号"第二，第三册，已经出版了，刚由里昂转寄来。我即到他家里取了二册回来；又得调孚一挂号信，甚喜！续写《巴黎国家图书馆中的中国小说与戏曲》一文，至午夜一时方毕，总算将五十天以来在巴黎所孜孜搜读的东西，作一个结束，作一个报告。其中颇有些重要的材料在内，虽然文章写得质朴无华，而其内容则甚可注意。预料发表后，当可引起许多人的研究与讨论。

晚饭在元家里吃，自己买大虾，买火腿，买酒，买面包来，然所费的钱，并不比在饭馆里吃的少。但大虾的大螯，甚似蟹螯，风味至佳。

八月十三日　晴。夜间，微雨。

早餐后，仍到公园读法文。十一时归，写信给予同，圣陶，心南，调孚，景深及同人会。魏兆淇君来，谈了一会。午饭后，在家微睡了一会。三时开始写小说《五叔春荆》，写至五时，忽觉得不大满意。大约写小说的兴趣已减退了，再写下去，便成了勉强，一定写不好，很想以后不再写了。闷坐在旅舍中，很无聊，很难过，又不禁动了想家的念头。还好，元今天来的很早，把我的无聊打断了。晚饭后，偕元等同坐咖啡馆，吃了一杯咖啡后，又略略的高兴。独自先回，把《五叔春荆》续写完毕。十一时半睡。

八月十四日　阴云密布，雨点不时的滴落。

八时起，早餐后，到公园去散步了一周。偶买《New York Herald》，见上面赫然大书着蒋介石通电辞职的消息，并言北军大胜，一二星期内，将可到达南京，上海。我不禁黯然。万想不到中国政局乃竟如"白云沧狗"，变化得这样快！

上午十时许，开始写小说《三姑燕娟与三姑丈》，至午夜一时半才写毕。这篇小说，内容还好，也许写得粗些，此后拟暂时不再写小说了。许多材料，且留在心里，待更加成熟了些时，待写小说的兴致甚浓厚时再写出来。

八月十五日　晴

早起，正在写信，邮差敲着房门，送进愈之的一封挂号信及箴二信，圣陶一信来。我真高兴如得到了满捧的珍宝——不，这比珍宝还可贵，还可慰！——我很高兴的由愈之，圣陶的信里，知道上海的友人们都还很念着我；我更高兴的是，箴的信许久未来，一来却便是两封！但她的信中，仍充满了苦语愁言；我读了，热泪几乎要夺眶而出。我使她这几个月受尽了苦，不知将来怎样的补偿她，安慰她才好！还不知到了什么时候，才能见到她，补偿她，安慰她！她说道："铎呀，像这样的下去，我将要更瘦，瘦到只剩一根骨了呀。"又说道："铎呀，你什么才可回来呢？如果船上有五等舱，我便坐了五等舱到你那里去也情愿！"唉！我怅然的，我惘然的，良久，良久，我的心飞到万里之外的故乡去了！

上午十时，至邮局寄信，——挂号信，给调孚的——因今天系法国节日，邮局关了门。又到公使馆去取汇票信，因箴来信说，四十镑的汇票已寄出，亦为了节日，公使馆也闭了门。

下午，偕景医生同到凡尔塞（Versailles）去。在车站上遇到了光潜。我们约定于九月二十三日同到伦敦去。前一次到凡尔塞，未进宫去，只在公园中走走，这一次则进了官。跟随了一大批的游历者，匆匆的一间一间的看过去，连细看的时间都没有；今天的人实在太多了！很想以后再去一次二次。在树下坐了一会。临出宫门时，还到国会（Congress）去看了下，其中为一个会场，乃上下两院遇总统出缺或选举总统时所用的；此外，则规定七年在此开会一次。七时回，到万花楼吃饭。饭后买了一瓶白兰地回，预备肚子不大好时喝一点。夜间，写给岳父一信，箴一信，又给圣陶，调孚一信，十时睡。临睡时，喝了一点酒，用肉松来下酒。

八月十六日　阴

寄去挂号信一封，给调孚，内有稿子三篇，一为论文；二为小说，还附有给愈之，圣陶的二信。另外又寄一信给圣陶，内附给雪村及少椿的信各一。又到公使馆去，收到岳父一信，并四十镑的汇票，因系副张（正张由船上寄，故未到），陈君说，恐不易取到钱。在那里和陈君谈了好一会，皆关于巴黎住家的事，他有家眷，在巴黎已住了很久，情形很熟悉。他说，住在巴黎，自己烧饭，两个人二千法郎一月可以敷用。我现在一个人还不止用二千法郎呢。则箴如果出来，我反倒可以省俭了！由公使馆回时，到 Hashette 公司，买了英文的《法国文学史》及《法国艺术史》二册，又法文的《Apollo》一册，计价共三十七法郎。午餐在 Vaneau 街一家菜馆里吃；鱼炸得很好，肉则远不如 Steinbach 之多而新鲜。回家后，很无聊的在看买来的新书。徐元度来，直谈到七点，我要去吃晚饭时才走。晚饭与元及一位珠宝商陈先生同在北京饭馆吃，北京馆店的菜，比万花楼为新鲜，价亦较廉，惟座位不大好。她的炒鱼片，又鲜嫩，又有味，到巴黎后，没有吃到那末好的鱼过；万花楼的鱼总是冰冻得如木头一样，一点鲜味也没有。晚饭后，一点事也没有做，仍以肉松下酒，睡得很早。是如此的空过了可宝贵的一天！

今天得济之一信，严敦易一信。

八月十七日　阴

早起，得上海寄来书籍两包，乃第一次写信去叫箴寄下者。其中有王国维的《宋元戏曲史》及《人间词话》；当我接到地山的信，说起王先生投昆明池自杀事，便写信给箴叫她把这些书寄来，因欲作一文以纪念他也。我上船时，曾带了他的《人间词》，而别的诗词却都没有带；我真喜欢他的词。学昭还把这书借去，在餐所里钞了一份去。前三四年在张东荪家里，我曾见过他一面，那态度是温温雅雅的，决不像会愤世自杀的样子。唉，也许愤世自杀的人，便是他那样温温雅雅的人！乱嚷乱叫的倒没有这末大的勇气了。十时，到克鲁尼（Cluny）博物院去，匆匆的走了一周，似乎其布置与前次所购的《Guide book》上所说的已颇不同。其中最引起我注意的是：第二室，陈列自中世纪至十八世纪的鞋子一部分，及第十四，十五室陈列法国，意大利的瓷器的一部分。我深觉得，中国瓷器如果肯多参考古代及外国的式样而加以创造，一定可以复兴的。洛夫博物院所印的两大册中国古瓷器，真是比那一国都好。可惜我们没有人知道到江西去改良他们。如果改良得好了，一定可以再度征服了全个世界的。下午二时，偕景医生同到 Hôtel In-valide 里的军事博物院（Army Museum）去参观。上次和元同到 Invalide 时，只看了礼拜堂和拿破仑墓，没有进这个博物院。这个博物院，来源很早，在一六八三年便有人收集关于军事上的器物以教导少年军官；到了一八九六年，这个博物院便正式成立。全院可以分军器甲胄及历史两大部分；军器甲胄部分包括古代的铁甲，枪矛，刀剑，一直到了近代最新式的大炮，机器枪，手溜弹，飞机，战濠；我们宛如经历了种种的杀人境界与最恐怖的战场；历史部分包括法国各时代的军旗，革命与帝国时代各次战事的纪念品；古代的军服，拿破仑及其后的遗物，拉法耶（La Fayette）的遗物等等。又可以分为古代近代及欧战两大部分；欧战的一部分，占的地位很多，几乎重要的战死的大将以及飞行家，海军军官，都留有遗物在内，还有一二间专陈列红十字会的救护工作的，专陈列战濠模型的。这其间，不知把多少残酷恐怖的故事，重新告诉给我们。还有一个红十字会的女看护，执了钱筒，请游人捐助。欧战的创痕还未完全恢复呢！这里的伤兵是特别多，因为Invalide里的一部分，又是伤兵院。壁上还挂了许多的战争的图画，其中很有些著名的，而关于欧战的画为尤多。从军事博物院出来，又到拿破仑墓看了一次，因景先生未见过。

回家后，我的房间又搬到三楼第十七号里来了；房间与十二号一样，也临街，也有两个窗门，太阳光也可晒进来，不过只多上了一层楼而已。晚饭后，与元等同坐咖啡馆，九时半回来，开始钞七月二十五日以后的日记，预备寄到上海给箴。七月二十五日以前的，已由冈带回去了。

八月十八日　晴

昨夜不知何时下起雨来，睡梦中仿佛听见窗外潺潺的雨声，至今天清晨，还没有停止。因为不能出去，便在房里钞日记，整整钞了一个早晨。直到十一时半，方见太阳的金光破云而出，街道也立刻便干了。巴黎的路政还算不差，所以从没有街上积水的事（下雨时当然是湿淋淋的，雨一停止，街道也便跟干了）。午饭后，又偕景医生同到Mussé Carnavalet去，他因为不久便要回到"外省"去了，所以这几天几乎天天在看博物院。Mussécarnavalet

欧行日记

是属于巴黎城的，不是国家所有，如洛夫，凡尔塞之类。这个博物院，虽说是专陈列关于巴黎城的历史的东西的，然其中有趣味的东西很不少，尤其关于文艺一方面。这个博物院的房子，原为文艺复兴时代的建筑物。后又为赛委尼夫人（Madame de Sévigné）的住宅，她住在这里凡二十年。她是法国一个有名的尺牍作家，她那时代，几乎都完全的活泼的在她生动的信札里表现出，上自宫庭大事，政治新闻，下至社会琐事，戏剧游艺，家庭小故，无不一一的详细的写着。这个博物院，立于一八八〇年，在一八九七及一九一四年又增大了两次。到一九二五年，又添了四十间新的陈列品。现在总计有房间七十九间；可以大略的将其性质区分如下：

（一）巴黎的招牌——第一至第四间

（二）服装史——第五至第十二间

（三）巴黎图型——第十三至第十五间

（四）古巴黎风景——第十七至第三十八间

（五）革命时代史——第三十九至第四十五间

（六）十六世纪的遗物与图像——第四十六至第六十间

（七）钱币与纪念牌——第六十一至第六十三间

（八）十九世纪的巴黎——第六十四至第七十九间。

第一至十六间，又第六十四至第七十九间，皆在楼下，自第十七至第六十三间，则皆在楼上。在这末繁多的房间，我们真不能看了一次二次便够了；其中使我感到兴趣的东西很不少，尤其是革命时代史一部分，十六世纪至十八世纪的遗物与图像一部分，及十九世纪的巴黎一部分。革命时代史使我们重历了那个无比的恐怖的时代；自路易十六的家庭生活，以至他上断头台的情形；巴斯底（Bastill）狱的遗物，革命的英雄的图像；路易十六的头发，袜子；他的皇后马丽，安东尼的手巾，鞋子，等等，在在都足以使我们起无穷的感慨。还有，革命时代的巷战情形，那发狂似的民众的暴动情形，尤使我忆起了今年三月间上海的一个大时代——虽然没有那末大的影响与结果，然其情形却是一样。

在十五六世纪至十八世纪的遗物与图像里，最使我注意的是：关于赛委尼夫人的几间房子；在那里，有她的图像，有她的遗物，这些房间都竭力要保存她的原来式样，还有她手书的两封信，寓言作家拉风登的手迹，她的衣服的碎片（在她的墓重开时取出的），Carnavalet（Carnevenoy）收取房租时的收据（赛委尼夫人是租了这个房子住的），乃至与她有关的人的图像等等；这是第四十七至第五十间；关于福禄特尔（Voltaire）及卢骚（J. J. Rousseau）的一个房间；在那里，有福禄特尔早起对他秘书口述信稿的画，有他二十四岁时的画像，有他的靠背椅，有他的面型，有他在桌上写东西时的小模型；在那里，更有卢骚收集植物的箱子，他的墨水瓶等等；这是第五十二间；关于佐治桑特（George Sand）的一间房间；在那里有她的图像，她的手型，她的头发，她所戴的珠宝，她的手稿，福洛贝尔送给她的一本《波娃里夫人传》等等；这是第五十九间，最新加入的一间房子。

在十六个房间的"十九世纪的巴黎"里，最使我注意的是第六十间，保存着艺术家与文人的遗物的，在那里，有缪塞（Paul and Alfred de Musset）幼时的像，有雨果（V. Hago）的像，有委尼（A. de Vigny）的像，有雨果，巴尔札克，仲马等作家的遗物等等；在第七十二间内有梅侣米（P. Mérimée）的图像，在第七十三间内还有巴尔札克的半身石像；大小仲马由巴黎旅行到卡地（Cadix）的图。

夜间，隐渔，元度来谈。他们去后，又钞了一点日记，喝了一点酒，十一时睡。

八月十九日　晴（星期五）

上午，到卢森堡博物院去，把上几次未仔细看过的第九，第十，第十一间的图画，再看过一遍。我的心境觉得变化得很利害，上次以为不好的，这一次却以为十分的好，上次以为很好的，这一次却也有觉得他不见得好的。批评艺术而用个人的一时感情，一时直觉去评衡，真是危险呀！不觉的已至十二时，即回家，与元同去吃午饭。饭后，又与元同去理发，仍在上次的巴比仑街的一家理发铺。但上次与冈同去时，因洗了一个头，擦了一点香油，便用去十五佛；这一次却只剪发，修面，不用别的什么，只花了七佛；元只剪了发，更便宜，仅五佛。这其间真是相差太远了。大约，完全因为用了香油之故。理发后，回家，到克鲁尼（Cluny）博物院匆匆的走了一周，要登上第二层楼，却遍觅楼梯不见。又到名人墓（Pantheon）去，跟了许多人同下墓道。墓道每十五分钟开放一次，有一个听差的带领下去，并为我们说明一切。下这样的墓道在我生平是第一次。墓道里面很清洁，一点也没有我国厝所那末可怕。但微光朦胧的照着，四周都是一间一间的墓室——空的居多——阴惨之气，中人欲栗。仿佛是到了第二个世界去参观。向来不多引起人生之疑问的，至此恐也不免要引起了。要不是同行的人很多，叫我一个人独自在里面徘徊，我真有点不敢。在这些墓室里面，第一个见到的卢骚，其次是福禄特尔，再其次是雨果及左拉（E. Zola）还有做马赛曲的台里尔（Ronget de Lilse）历史家米契莱（JulesMichelet），大作家莱南（Ernest Renan）等等，其他还有法国有名的算学家，政客，军人之类，我都不大熟悉。平常读了卢骚，雨果，他们的著作，而今天却立在他们的墓前，真不禁有一种说不出的感动。可惜不能在那里立得久，因为领导者说完话后，又匆匆的向前走了。他领导完毕后立在出口，每一个人出门，便都要给些小费，以酬他的领导之劳。他们大约都只给几十个生丁，我给了他一个法郎，他谢了又谢。由名人墓回后，甚倦，在床上躺了一回，不觉得睡着了。宗岱来，把我叫醒。我们谈了一会，他说，克鲁尼博物院的第二层楼，如果要上去，是要向看守者取钥匙来开门的。元和蔡医生亦来，同去万花楼吃晚饭。晚上睡得很早，没有做事。

八月二十日　（星期六）

上午雨丝不停的随风送来，大有我们"清明时节"的气象。不能冒雨出门，又不敢闷坐，便只好提起笔来写信。计写了三封家信，箴一，岳父一，祖母母亲一；五封友人的信，圣陶调孚一，石岑一，伯丞一，经宇一，君珈一，除了家信及圣陶调孚的信外，皆用名信片写，都不过寥寥的几句话。在给箴的信里，并附有七月二十五日至八月十八日的日记十五张；七月廿五日以前的，已由冈带回了。午饭后，到大学礼拜堂（Eglise de 1aSorbonne）去参观。这座礼拜堂与我住的地方近在咫尺，走三四十步便可到了，在楼上也可望见它，但因为太近了，以为随便那个时候都可以去，反而迟到今天才去。这座礼拜堂是建筑家，Jaeques Lemercier在一六三五至五三年，为大主教李却留（Richelier）造的，大学的最古房子，便是这一座礼拜堂，其余的都已改样重建过了。礼拜堂的前面便是 The Place de la Sorbonne，哲学家孔德（August Comté）的石像，正立在这个小小的方场中央，礼拜堂的前面。大主教李却留（1585—1642）的墓，即在礼拜堂里面的右边；这墓是 Girardon（1694）建造的，是一个很完美的作品。我们在墓上可见一群的雕像，扶掖着李却留的是宗教，伏在他脚边啜泣着的是科学。悬于墓上的是李却留的帽子。墓后的墙上，有 Trinbal 画的大壁画，表现着"神学"，有苏尔影（Robert de Sorbone）st. Bonaventura，但丁，柏斯哥（Pascal）诸人的像在里面。还有 H. Lefénce 作的李却留的铜像,很活泼的表现出这位瘦削而多心计的大主教来。在这座礼拜堂内,还有 the Due de Richelieu(1766—1822)的墓,(右边)N. A. Hesse 作的苏尔彭介绍神科学生见 St. Louis 的大壁画,(左边)等等。由大礼拜学堂出后,又到卢森堡博物院去,仔细的把其中所藏的雕刻,对着目录看了一遍,因为雕刻不多,所以到了五时便看完了。我从前到这个博物院去,都只注意图画而不注雕刻。但这里的好雕刻实在不少。关于卢森堡的雕刻,将另有记,现在不说了。晚饭在北京饭店吃。饭后,遇见陈先生,前几天托他代取汇票去,他今天取来了,交来二十镑,又二千四百七十余佛郎。正苦用款将竭,得此恰当其时。在一家咖啡馆里小坐一会,九时一刻回。又写信;给圣陶,调孚一信,云五,心南,敦易各一信。十一时半睡。夜间颇为乱梦所苦。

八月二十一日　（星期日）

今天是我离家后的第三个月的纪念日。呵,这三个月,真是长长的,长长的,仿佛经过了十年八年!在上海,一个月,一个月是流水似的逝去,在旅中却一天好像是一年一季的长久。还好,一天天都有事情做,觉得很忙,要是像在上海似的那样懒惰下去,真不知将怎样的度过这如年的一日好!

国事的变化,在这三个月内,也正如三年五年的长久的岁月所经历的一样。但不知家里的人和诸位朋友们的生活有没有什么变动?我很不放心!在这三个月内,岳父家中已有了一个大变动,便是大伯母的仙逝。唉,我回去后,将不再见到那慈爱的脸,迟慢而清晰的语声了!唉,在此短短的三个月内,真如隔一个世纪呀!早晨,天色刚刚发亮,便醒了。看看表,还只有六点三十分。又勉强的睡下。不知在什么时候却睡着了。而在这"晨睡"中，又做了好几个梦，有一个至今还清清楚楚的记着。我做的是回家的梦；仿佛自己是突然的到家了，全出于家中人的不意。一切都依旧，祖母还是那样的健强，母亲还是那样辛勤而沈默，文英还是那样不声不响的在看书……但我的第一个恋念着的人却不见。我照旧的"箴呢？箴呢？"的叫着。母亲道："少奶不在家，到亲母家里去了。"我突然的觉得不舒服起来，如在高岸上跌下深渊，失意的问道："那末，我就到他们那里去。他们还住在原来那个地方么？"母亲道："不，搬了。新房子，我记不清楚地址。"仿佛是文英，插说道："我认识的，等吃完饭后，我陪了哥哥同去。"正在这时，江妈抱了一大包的我的衣服，笑嬉嬉的回来了。我连忙问她道："小姐呢？"她道："还没有回来，不在太太那里，在大小姐家里呢。"我又问道："你们怎么知道我回来的？"她道："是×××说的。""你知道小姐几时回来？"她道："这几天×小姐生气，打小孩，小姐住在那里劝她，要下礼拜二方回家呢！"我非常的生气，又是非常的难过，仿佛箴是有意不在家等我，有意要住到下礼拜二方回来似的。我愤愤的，要立刻到大姊家里把她拉回来。正在这时，我却醒了。窗外车声隆隆，睁眼一看，我还在旅舍的房间中，并不曾回家！只不过做了一个回家的梦！

  起床后，窗外雨点渐渐的在洒落。因为今天心绪不大好，怕闷在家里更难受，便勉强的冒雨出外。选了要去的四个地方，最后拣定了先到恩纳（J. J. Henner）的博物院。这个博物院在 Avenue de Villier 四十三号，离旅馆很远，坐 Taxi 去太贵，便决定坐地道车去，因为地道车的路径最容易认识。在圣米萧尔街头下地道，换了一次车，才到 Viller，几乎走了大半条的 Viller 街，方见到四十三号的一所并不大的房子，棕黄色的门，上面标着"恩纳博物院"（Musée J. —J. Henner）。门上的墙头有恩纳的半身像

欧行日记

（铜的）立着。但两扇门却紧闭着。我按了按电铃，一个看门人出来开了门。里面冷寂寂的，只有先我而来的两个老头子在细看墙上的画。没有一个博物院是比之这个更冷寂的了。看门人只有一个，要管着三层楼的事（连楼下，在中国说来是四层）。但却没有一个博物院比之这个更亲切可动人的；这里是许多这个大画家生前的遗物，有他的烟斗，他的眼镜，他的铅笔，他的用了一半的炭笔，粉笔，他的大大小小的油画笔，他的还粘着许多未用尽的颜料的调色板，他的圆规，他的尺，……这里是他的客室，他的画室，画室里是照着原来的样子陈列着，我们可以依稀看出这个大画家工作时的情状；这里是他的作品，一幅一幅的陈饰在他自己住宅的壁上，其中更有无数的画稿，素描，使我们可以依稀的看出作成一幅画是要费了多少的功力。我在巴黎，也曾见到过好几个"个人博物院"，罗丹（Rodin）的是规模很大，莫纳（C. Monet）的是绚伟明洁，却都没有恩纳的那末显得亲切。他的藏在这个博物院的连素描在内，共有七百幅以上，他一生的成绩，大半是在这里了。

恩纳（1829—1905）在一八四七年到了巴黎，后又到意大利去，在罗马，委尼司诸地游历学习着。他以善于画尸体著名，尤其是许多幅关于耶稣的画，其中充满了凄楚的美，如《耶稣在十字架上》，《耶稣在墓石上》《耶稣和圣女们》等都是。但最使他受人家注意的，还是他的许多幅诗意欲流溢出画架之外的幽秀淳美的作品，如《读书》，《水神在泉边》，《哭泣》，《牧歌》等等。他还画着许多肖像画，如他母亲的像，他自己的像等等，其中尤以几幅想像的头部，如 Fabiolorpheline 等等，画得更动人。他在一八六三年，第一次把他的作品陈列于 Salon 里，以后便常久的都有陈列。他的画除了这个个人博物院里所陈列的以外，在洛夫，在卢森堡，在小官，以及在其他外省的博物院里，都有之。

欧行日记

我第一次认识的恩纳的作品，是那幅《读书》（LaLiseuse），这是六七年以前的事了。那样的静美的情调，那样的具着诗意的画幅，使我竟不忍把它放下手。但这还是复制的印片呢，在那时，在中国，我是没有好运见到他的原画的。后来，我便在《小说月报》上把这幅画再复制一遍，介绍给大家。我到了巴黎后，在洛夫见到了他的这幅《读书》的原画，在卢森堡见到了他的别的好几幅画。然而最使我惊诧的，还是那幅想像的头部《Fabiola》；这是一个贞静的少女的头部，发上覆着鲜红欲滴的头巾，全画是说不出的那样的秀美可爱。但那幅画却是复制的印片，在洛夫，在卢森堡，在别的博物院的门口，卖画片目录的摊柜上，都有得出卖，有的大张，有的小张而价钱却都很贵。我真喜欢这一张画。我渴想见一见这张原画。但我在洛夫找，在卢森堡找，都没有找到。我心里永远牵念着她。这便是这幅画，使我今天在四个要去的地方中，先拣出恩纳博物院第一个去看，而这个博物院却是最远的一个。我想，这幅 Fabiola 一定是在这里面的。果然，她没有被移到别的地方去，她没有被私人购去，她是在这个博物院的壁上！呵，我真是高兴，如拾到一件久已失落掉而时时记起来便惋惜不已的自己的东西时一样的高兴！如果这个博物院，只有这一幅画，而没有别的，我也十分愿意跑这一趟远路，便再远些也不妨。可惜我所能有的，只是复制的所印片，而印片那里能及得原作的万一！我在她前面徘徊了很久；等到我由三层楼上走下时，又在她前面徘徊了好久。

我临走时，向看门者买了四十张的画片，仅 Fabiola 买了五张。那看门的人觉得很诧异，说道："先生买得不少！"大约不曾有人在他手里买过那末多的画片过！仍由地道车回家，到家时已过十二时，这半天是很舒适的消度过去，暂忘了清晨所感到的浓挚的乡愁。

欧行日记

下午，天气仍是阴阴的，雨却不下了。我仍跑出去。先到巴尔札克博物院，看门的人说，现在闭了门。在八月中，法国的博物院，有许多是闭了门的，连商店也多因主人出外避暑而暂停营业，仿佛他们不去避暑，不到海边去一月半月，便是"耻辱"一样。这样的强迫休息的风尚，却也不坏。至少也可以使他们变换环境，感到些"新鲜的空气"。但也颇有人说道，很有几家大户人家曾故意的闭上了大门，贴上布告，说主人已去避暑，其实却由后门出入。更有，在巴黎他处暂住了几天，却到美国的药铺，买到一种擦了皮肤会变黑的药，涂在身上，却告诉人家说，他已经到海边也去过一次了。但这样的事究竟少，也许真不过是一句笑话而已。巴黎这一个月来人实在少，戏院也有好几家关门的。到处都纷纷乘此人少的时候在修理马路。只有外国的旅人及外省的游人却到了巴黎来看看。饭店里，外国人似乎较前更多，而按时去吃饭的人却不大看见了。

由巴尔札克博物院走了不远，便是特洛卡台洛宫（The Trocadero）了。我由后园里走进去，转到前面。特洛卡台洛宫里有两个性质很不同的博物院，一个是比较雕刻博物院（Le Musée de Sculpture Comparce），一个是人种志博物院（Le Musée Ethnographique）。比较雕刻博物院占据了特洛卡台洛的楼下全部，由 A 至 N，共有十三个间隔，（其中没有 J）再加上 B. D. K. M. 共是十七个。由十二世纪至十九世纪的法国雕刻，凡是罗马式的与高底式（Gothic）的雕刻都很有次序的排列着，且也选择得很好；不过都是模型，不是原物，但那模型也做得很工致。在那里，我们真可以读到一部法国雕刻发展史，而不必到别的博物院去，不必到外省去。在法国的雕刻，重要的希腊，罗马，埃及，诸古国，以及十二世纪至十六世纪外国雕刻，也都有模型在着，以资比较，虽然不很多，但拿来参考，则已够了。这些希腊，罗马诸古国及外国的雕刻，都在这个博物院的外面一周。

人种志博物院是很有趣味的，也许见了比较雕刻博物院觉得没有趣味的，到了这里一定会感到十分的高兴的；那里有无数的人类的遗物，自古代至现代，自野蛮人至文明人，都很有次序排列着；那里有无数的古代遗址的模型，最野蛮人的生活的状况，最文明人的日用品和他们的衣冠制度；我们可以不必出巴黎一步而见到全个世界的新奇的东西与人物。这个博物院占了特洛卡台洛宫的第一层楼，但在楼下也有一部分的陈列品。可惜其中除了靠外面的一层房间外，其余的地方都太暗，看不大清楚，这是一个缺点。最令人触目的是：许多红印度安人的模型及所用的弓箭，土器，帽子，衣饰等；印度安人用的独木舟，神坛的模型，他们的奇形怪状的土瓶等等；还有从中美洲来的东西；还有墨西哥的刻雕，铜斧，用图表意的手稿，武器，瓶子等等。更有关于非洲土人的许多东西。另有一部分是关于欧洲诸国的，有意大利，希腊，匈牙利，诺威，冰岛，罗马尼亚等国；另有一个大房间，陈列俄国及西伯利亚的东西，还有一个瑞士村屋的模型。法国各地的风俗人情，则可在楼梯边的另一排屋子里见到。

还有一个"La musée cambodgien et Indo—Chinois"我没有见到，还有第二层楼，我也没有上去。

特洛卡台洛宫在一八七八年建筑来为展览会之用，规模很不小，形式是东方的样子，正门对着赛因河及伊尔夫塔。

五时回家，写了一封信给箴，因为今天我们是离别的第三个月纪念日，要寄一信给她，信内并附给大姊及文英的画片。夜饭时，喝了一瓶多的酸酒，略有醉意。回家后，一上楼便躺在床上。匆匆的脱了衣服，不及九时半，即沈沈的睡去。

八月二十二日　（星期一）晴

今天太阳光出来了，不觉的使人感到一种光明的愉意，然而在我的心里却还是阴沈沈的。昨夜睡得很不安，半夜曾醒来几次。又为乱梦所苦。一个梦却奇特；仿佛是箴把房门关了睡。我回家了，敲门不应。我从窗外，推开了窗隔而爬进房去。箴正在床上和衣睡着，睡得很甜蜜。她身上盖的是我现在所盖的黄色绒毡，她的头露出毡外，她的脚也露出毡外；我轻轻的走近床边。正要俯下头来，偷偷的吻她，不知何故，自己却忽然的醒了。房间里是黑漆漆的，隐约的听见隔房间鼾声。我心里很难过。这个美梦怎么会不继续的做下去！

邮差又敲了房门进来，交给我调孚及圣陶的一封挂号信。调孚在信里很详细的报告我国内诸友人的消息。我匆匆的下楼，在信格里又收到伯祥的，乃乾的，少聪的信各一封。只不见有箴的来信。我很失望！别人的一千封信，一万封信，怎么抵得她的一封信呢！自上个星期一她来了两信后，至今又隔了一个星期了，怎么还没有信来？唉，这一个星期是如何的长久呀，在我看来！今天不来，又要等到星期四了。大约是她写的信投邮过晚，不及赶上这一次火车吧。唉，难忍受的等待呀！

在一家咖啡馆喝了一杯咖啡，吃了一块饼后，即到中法友谊会去，要看中国报纸，她的双门却紧闭着，不知何故。下午，约了元同到意大利街一家书铺里买《Kama Sutra》；这是一本印度古代讲"爱术"的书，有英文译本，有法文译本。法文译本定价十八佛，英文译本却要一百佛，真是相差太远了，而法文本还多了许多附注呢。我因为不大懂法文，只好买英文本的，又向元借了他的法文本的，预备对照着读。此外还买别的二书，价共三十佛。在元的旅馆里坐到四时半。为了魏兆淇托问赴比手续，特跑到公使馆去，找陈君说了一会。五时回，在家看书。《Kama Sutra》一书并没有我原想的那末"诡异""艳丽"，我很快的便看完了半本。晚饭后，又接下去看，几乎把它都看了一遍。只有几个小地方我因为不高兴看，把他们忽略了过去。这一类的书，在巴黎真出版了不少，用英文写的也很多，但英文本却总比法文本贵到五六倍。还有一本波斯的"奇书"《香园》（ThePerfumed Garden），英文本却要一百二十佛，此外还有其他，总之都是这一类的书，都是要用高价卖给英美人的。还有几部小说，故意打上"Not to be sold in England"的印子，这样的印子一打上，却更容易引动他们的好奇心了。其实内容一点也没有什么"违禁"的地方，我曾买过这样的小说一二本看过。十时睡。

八月二十三日　（星期二）

今天天气又不大好，上午晴了又阴，阴了又晴，天堂上似乎总弥漫着雨云，不带雨衣出门实在不放心。清晨六时左右，又醒了一会，又勉强的使自己睡着了。——好在我睡着得很快，——在这时，又做了一个梦，仿佛是玄珠由西伯利亚到了巴黎来。我们真是带着激动的心而相见！我们已别了很久，我是天天为他担心着。如今居然见他平安的在巴黎，我喜欢得反而说不出一句慰喜的话来。我问他许多俄国的情形。他告诉我后，又说，他不久便要由法国复回到上海了。我竭力的劝他留在法国，他总是不昕，我很不高兴的醒了过来，窗外太阳光已经很高。呵，他如今还在中国呢。××来信说，他在江西。祝他是平平安安的在这个大时代中过着呀！早餐后，又到中法友谊会去，门仍闭着，大约是会里的人都避暑去了。顺便到 Rue Madame 一家书馆里，买了五册的 Tanchnitz Edition 的书，共价六十佛。坐在公园草地旁，把书打开，看了一篇史的文生的小说。十二时回家。饭后，与元等同到波龙森林的边境,又回来,因为他们不高兴去划船。他们去买东西,我独自到小宫(Petit Palais)去。小宫即在大宫的对面;大宫为每年各种 Salon 的陈列所,小宫则为巴黎城的美术馆。大宫,小宫的前面,便是亚历山大第三桥,再过去,在对河,便是 Invalide。这两个宫及这个桥都是一九〇〇年时为了开展览会而造成的。小宫的大部分是陈列油画的,其中有 PaulChabas 的《浴女》,O. Guillonnet 的《阿尔琪亚的结婚》,以及印象派画家 Sisley, Manet, Cazin, Monet, Renoio 诸人的作品,而 Engéne Cartiére 也有四大幅的把人物罩在灰黄色云雾中的油画。此外更有三间房子,一间是专陈列 Ziem 的画的,名为 Salle Ziem;一间是专陈列 J. J. Henner 的画的,名为 Salle Henner;一间则陈列 H. Harpignies 及里顿(Redon),罗丹(Rodin)诸人的画的,名为 Salle Harpignies。雕刻则陈列在大门两旁的两个大厅里,在楼下一室里也有一部分,其中也有不少好作品。此外还有好几个 Collection 都是收藏家送的,内容很复杂(以 Collection Dutuit 为最多)。我买了四十佛的画片回来。到家已五时余。桌上放着三包书,是调孚寄来的,其中有稿子,有《血痕》等书。旁晚,下了大雨。冒雨去吃饭。晚上写了好几封信后,十一时睡。

八月二十四日 (星期三)阴晴不定,不时下雨。

昨夜又为乱梦所苦。这几天不知何故竟如此的多梦!仿佛见箴在楼上打牌。我在楼下等她。实在等不住了,便高声的对她道:"我先回去了",而她不立起身来,只答道:"你先回去也好,我就来。"我很不高兴。却正在这时醒了。因雨,上午在家未出,在抄日记,预备寄给箴。独自到北京饭店吃饭。饭后,遇蔡医生,知道元病了,便同去看他。他昨夜肚子痛,今天已好了。在他那里,谈到六时回。陈女士送了放园先生的一封信来,说了一会即去。晚饭时，遇见×，他的肺病更深，已有些咳嗽，我很为他担心。他自己也觉得非到外省去养病不可。夜间，在家续抄日记，直抄至今日的，已毕。十一时睡。

八月二十五日　（星期四）

全日雨丝如藕丝似的，绵绵不断。间有日影，破云而出，亦瞬即隐去，如美人之开了一缝窗棂，向外窥人，而惟恐人觉，一瞬即复掩窗一样。今日是由西比利亚火车来的信到达的日子，但箴的信没有来。全个上午都因此郁郁。闷坐在家中，写信给箴，并附八月十九日至二十四日的日记十二张。颇怪她为什么来信如此的稀少。随即把这封信冒雨寄发了。回时，又写给调孚，圣陶及诸友的信，并写给同人会的信，附了不少画片去。午饭后，元等在此闲谈，至三时半方去。又写给庐隐及菊农，地山的信。四时半时，下楼寄调孚的信，在信格里不意中得到了箴的来信！我真是高兴极了！惟其是"出于不意"，所以益觉得喜欢；惟其是等待得绝望时，而忽然又给你以你所望的，所以益见其可贵。门前雨点潺潺的落下，我立在那里，带着颤动的心，把箴的信读了一遍。我很后晦，不应该那末性急，上午信一不来，便立刻写信去责备她！我真难过，错怪了她！这都是邮差不好，本来应该上午送来的信，为什么迟到下午四时半才送来？冒雨寄了调孚的信后，匆匆的上楼，又从怀中，取出她的信来，再读了一遍两遍；很高兴的知道她将于下半年和大姊同去读英文。还附有叔弩的一封信，他报告说，已经考取了沪江的高中。这都使我喜欢。但箴的信上又说："我想法国不是一个好地方，你可不必多在那儿留连着。何不早些到英国去呢？法国风俗是非常坏的，你看得出吗？"这又使我好笑。她真是太"过虑"了。她难道还不知道我的性情吗？她常笑我，一见女人，脸就会红。我自信这样的人绝不会为"坏风俗"所陷溺的。且我在法国并不是无事留连着，实在是要看些法国的，或者可以说是巴黎的艺术与名胜，且要等候几个朋友同行也。立即匆匆的写了一封覆信给她，怕她得了早上的信后，将焦急也。蔡医生和宗岱来，同到万花楼吃晚饭。晚饭后又写给济之，放园及舍予的信。十时睡。

综计自上次写了几篇文章后，又有十天没有动笔写东西了——除了写信和写日记。真是太懒惰了！明天起，一定要继续的写文章了，我预想要在二三十天内写不少东西呢！再因循下去，一定要写不完了。

八月二十六日　（星期五）

起来梳洗时，太阳光已照耀着。呵，好不可爱的太阳！今日的心境，也和昨日不同了，正如天气之不同一样。想开始写一篇《卢森堡博物院参观记》之类的文章，已经把材料都找好了，放在桌上，且已经在稿纸上写了半张了，房门上忽然有人叩着。×××君走了进来。他直谈十一时后才去。他的肺病很深，使我非常怕。他之来，如一片阴云似的，把我清晨的心上的太阳光罩住了，虽然窗前的太阳光还是仍旧的灿烂。我在太阳光中坐了许久，感到一种说不出的苦闷。亏得元来，唤我同去吃饭，才把这愁闷驱逐开了。饭后，与元及蔡医生在卢森堡公园树下坐到四时才回。太阳光在绿叶间游嬉着，小孩子们在地上游嬉着，麻雀们，鸽子们在闲散的飞着，跳着，叫着，大自然是如此的愉悦着！我的心不禁与之共鸣了。归家坐了不久，陈女士与杨太太来谈。箴的来信说，"日记"缺了五月三十日至六月四日的，我所以请陈女士把她的日记，约略的说给我听一下，以便重记。这几天的日记，我恰恰没有留底稿，且已忘记了。谢谢她把这几天在船上的事告诉了我，使我回忆起了许多的事，不难把他们补记下来。杨太太脸上生了一个东西，她说很痛，一边的脸都肿了。我约她明天饭后到我这里来，给蔡医生诊看，他正是专门的外科，要得到他的指示后，才可安心些。七时，她们回去。

与蔡医生同在北京饭店吃饭，饭后，同到一家 MusicHall，名为"Palace"的，去看《妇女与竞技》（Femmeset Sports）。巴黎的 Music Hall，是全世界有名的，在别的地方决看不到的；那样大胆的表现，除了巴黎外，还有那里会有之！他们名这些东西为"revue"，真是名副其实。《妇女与竞技》共分二部，凡四十五幕。有的很粗俗，有的很美丽，但大都在表现女子肉体的美，没有什么深意；除了小小的歌词与应节的跳舞外，除了赤裸裸的女子，辉煌华丽的布景与衣饰外，更没有什么别的了。有人说，这是"耳的愉悦"，其实不对，应该说是"目的愉悦"。在第一部分，先之以《环球的歌》，继之以《莫西哥歌》，再有《给纽约歌》，《当你要被爱时》，《巴黎景色》，《缓舞》，《妇女与竞技》，《打球》，《摇船》，《游泳》，《航空》，等等；其中最使我不高兴的是《是的，但我有两个佐绥芬》一幕，两个黑女，又丑又怪的在台上乱跳乱舞，不知他们何所爱而喜见这些怪状怪舞（巴黎颇有拜"黑"狂）。第二部分则有《过去日子的歌》，《当像你的一个女子爱像我的一个男子时》，《夜间的月出》，《鸟》，《玫瑰花盛开时》，《打拳》，《花战》等；而全剧即在花朵纷飞的《花战》中渐渐的闭幕了。坐在前排的观客，曾得到好些台上舞女们抛下来的花朵。这种 revue，布景及衣饰是最足动人的，都是极为和谐而美丽的。讲到女子的肉体美，那当然是这种"revue"最能吸引观客的一端；然一大群赤膊露腿的女子，全身只有腰下是围了一点东西的，在台上循规蹈矩的合舞着，其实并不见得怎么美，或怎么动人；乳房垂垂的挂着，手膊和腿的筋肉，都因激烈的动作而坟起，并不是我们所想像的那末富满圆润的"女性美"也。也许"女性美"真不过仅存在图画中，仅存在想像中而已。但在这许多幕中，也有几幕是使我喜欢的，至少有两节；其一是：《当你要被爱时》；写一个贞静的女子，以歌声表现出她的隐藏在心底的求爱之情。但好几个男子，爱情不专一的男子，陆续的来诱惑她。她并不理会他们，她要的贞固的爱情。他们去了，几个女子立刻把他们的如流水的爱情牵引住了。他们一对对的，围绕于她的四周，夸耀着，诱惑着，傲慢着，但她却坚定的立着。他们来了，又去了，而她仍只一个人站在台上唱着凄凉之歌，寻求着贞固的爱情。其二是《夜间的日出》。先写"夜神"在群星的拥护中出现；次写"黎明"带了微红的曙光而出现，再次写"日出"，各地方有各地方的太阳，如中国，印度，波兰，意大利，西班牙，美国及非洲，各有一个神为代表，还有许多舞女，饰为"太阳光"。另有一个歌女，立在台边，唱着介绍这些"夜""黎明"与"太阳"。这是全部 revue 中最美丽绚烂的一节，完全以她的"美丽绚烂"使人注意的。所谓引动世界的巴黎的 revue，每个人到巴黎都要一见识的 revue，不过如是而已。

　　这是我看 revue 的第一次，也许不再去看，十几个 Music Hall 所表演的都不过如此而已。"Palace"还算是上等的一个，再有更赤裸裸的，更粗俗的地方呢，所有的舞女，真不过全身只挂了手巾大的一块布。假定巴黎警察厅不禁止，也许连这一块手巾大的布也早已取消了。

　　自八时半进"Palace"，至十二时左右才闭幕，到家时已经午夜过半小时了。

八月二十七日晴　（星期六）

　　因为昨夜睡得晚，起来时，已经十时了。到卢森堡公园去，读了 T. Hardy 的《Life's little Ironies》一篇，颇为之不怡，Hardy 的东西，差不多没有一篇不是灰色的，惨暗的，凄楚的。饭后，蔡医生在我房里谈了一会。杨太太来，他看了一看她脸上的小疖子，那是很不要紧的。杨太太去后，我们同到 Riboli 街一家卖英国书的书铺里，买到一本《五十本流行的歌剧》，价八十五佛。又到喜剧院（Opera Comique）定座看《漫郎》，计正厅后排，价三十佛又五十生丁。又同到波龙森林，在一家咖啡馆里喝茶，看隔院的人一对对在随了乐声跳舞着。五时，到湖上划船。暮色渐渐的笼罩上两岸，松树笔挺的如巨人似的矗立着，小舟朦胧的在微光的湖面上浮荡着，天上有数抹的红云。"黄昏晓"已熠熠的镶在蓝天上了。当我们的小舟，转桨归来时，遥见对面森林下，红光如燃，景色至美，盖即我们刚才喝茶的跳舞场之"灯火齐明"也。晚饭到 Pére Louis 吃饭，那是专以烧鸡著名的，价钱也不贵，顾客拥挤得不堪，常要立在那里等候。我们一进门，便见一大串的鸡穿在棍上，在火上烧烤。我吃了田鸡和烤鸡，味儿都极好。田鸡都是腿部，烤鸡则胖嫩异常，几乎入口即化。从没有吃过那末好的烤鸡过。饭后，在街上闲步，直到了 Place de Concorde 附近一家咖啡馆里才坐下，整条的"四马路"，半条的"大马路"都走过了。这是在夜间巴黎的街上散步的第一次。下地道车回时，已经十一时了，即睡。

八月二十八日　（星期日）　晴

至今日，已离家一百日了！在这一百日中，几乎天天总是不断的做着"归家"之梦的；然而一想起"已离家百日了"，便不禁更要引起浓挚的"乡愁"。心里愁情重叠，很想设法排遣。清晨，到公园走了一周。午饭时，元与蔡医生约去吃烧猪，这家饭店即在 St. Michel 街附近，排场颇大，是专以吃烧猪著名的，那些猪据说是喝牛奶长成的。但猪肉太多，太油腻，吃得过饱，颇不舒服。饭后，到 Place de Victor–Hugo 看"十人画会"的露天展览会，但到了那里，车马冷落，广场上并无一幅画陈列着。我还以为改期了呢。蔡指道："那边不是么？"那边街头，陈列了一长排的画。我们转过去看。画并不多，真只是十个人画的，但好的也真少。我们匆匆的走了一遍，姑立在一个我们以为画得还好的几幅画前面看了一会。一个看守画幅的女人即跑来问道："你们要不要问个价钱？"我们说"不"，随即走开了。清寒的画家真是可怜。回到卢森堡车站，上车至 Robinson 去，车行半小时才到。那里是一个很有名的乡落，以跳舞场及树顶的房屋著名。那些木屋高踞于古树的顶干上，很有逸趣，大约是仿照了《瑞士家庭鲁滨孙》中的木屋而造的。小小的一个山，绿荫交加，游人如蚁，沿路都是小咖啡馆。大的跳舞场有三所，都是一张张桌子坐满了人，我们挤不进去。只好在场外坐了一会，静听着舞乐悠扬的奏着，一对对的人，隐约在绿林里面转了来，转了去的跳舞着。旁晚，坐火车回来很觉得疲倦。休息了一会，便去吃晚饭。饭后不久即睡。

八月二十九日　晴　（星期一）

清晨，即醒勉强的又睡了一会，乱梦如夏云，扰人至苦。梳洗后，下楼，得笺一信，甚喜！抄了一会日记。元来，同去吃饭。饭后，买了两镑葡萄，在房里吃着。这里的葡萄极好，有白的，有黑的，一颗颗都晶莹如珠玉，不要说吃下去，便看看也够可爱了，入口则甜汁如蜜，多无子者，兼有一种玫瑰花似香味；白的，更似我们故乡的荔枝味儿。这样的葡萄，在故乡是吃不到的。喜欢吃水果的人居留在法国真是不坏！桃，杏，李，还有樱桃，那一样不好。惟有梨，味儿略略的淡些。三时，同到波龙森林去划船。等划船的人真多，我们拿到了三〇三号的纪码，到了一点钟后，才有得船划。上湖中小岛的咖啡馆里喝茶，因口甚渴。六时回，在房里洗澡。天气真热，自到巴黎后，没有见过这样热的天气。七时许，到北京饭店吃饭；匆匆的吃完了饭，即到喜剧院去听《漫郎》。《漫郎》是教士 Prévost 著的一部小说，曾有好几个人把她改编为歌剧，而惟现代大音乐家 Massenete 所编的一本为最好，今夜所演唱的，即为他所编的。Massenete 的石像新近竖立在卢森堡公园中，他的像下，即有漫郎的一个像刻着。《漫郎》的故事真是动人；当我无意中翻检《说部丛书》时，得到一本《漫郎摄实戈》，无译者姓名，一读之下，即大为惊奇。乃知茶花女所深喜者即为此书。自到巴黎后，天天想去看此剧，总因无伴而中止，今夜乃得蔡医生为伴而看所欲看的《漫郎》了！全剧分为五出；第一出写 des Grieux 与漫郎初相见而偕逃的事；第二出写他们俩住在巴黎，而 desGrieux 为他父亲所诱归的事；第三出写漫郎被繁华所陷溺，跟随了一个贵族同住着，但她的心终不忘 desGrieux。后来知道了他要做"和尚，"便立志去寻他，去劝他。第四出写她与他在礼拜堂中相见，这一次是她引诱他同逃了！第五出分两幕，第一幕写他们俩去赌博，被贵族引警士捉去；第二幕写漫郎被充军，des Grieux 想了种种方法与她相见。而她的生活力已尽，即倒在他臂上死去了。全剧的音乐，都极动听，亦间插以对话。其中以漫郎初见 des Grieux 时羞涩的说出她的名字；漫郎知他们俩将离别，对小桌唱《再见，我们的小桌》一歌时；在礼拜堂中 des Grieux 唱的几个歌；以及漫郎将死的歌为最幽婉动人。喜剧院，没有歌剧院宏大，但也有四层，可容六七百人；歌剧院演的是大名著，庄重而壮伟的，如魏格纳的数剧，如《参孙与特里达》等等；喜剧院所演唱的，则为近代人的歌剧，较为轻巧的，如《加尔曼》，《漫郎》，《蝴蝶夫人》，《维特》等等。他们的区别，很像法国喜剧院（Comedie Francais）

及 Odeno 之不同，又有些像 Louvre 博物院与卢森堡博物院之不同。十一时五十分，出戏院，到附近咖啡馆坐了一会，即回。十二时半睡。

八月三十日　（星期二）　晴

天气还是那末热，现在的巴黎真有点像夏天，真应该说避暑了。黎明时，又醒来一次。八时半起床，写了一信给箴。十时半，去寄信，并到公园走了一会。得予同，愈之及舍予各一信，坐在咖啡馆里拆开读了，很高兴。饭后，与元等同坐公园闲坐着，三时回。午睡了一会，在家写信给予同，愈之，圣陶，雪村及舍予。信写毕，已将七时。蔡医生来，同到万花楼吃饭。饭后，喝了咖啡。街角的天空上，挂着如镰刀似的新月，晚烟微微的浓了。蔡道："到森林去划船吧。"说"森林"，当然是指波龙森林而言，芳登波罗太远，Vincenne 是在工人区中，我们没有去过。街上一点风也没有，便黄昏也不见凉。我希望那边会有一点风，便答道："好的。"船头上有一盏红的纸灯挂着，免得黑漆漆的船要相冲碰。这一夜，几乎是我一个人在划着船，绕了岛打了一个大圈，一个小圈，还停在小瀑布下静听着潺潺的水的清音。晚上的湖面，游人也并不见少。所有的小舟仍都出去了。湖面上，一盏盏红灯，各把长长的红影投映在水中，宛如放湖灯时的西湖。今夜我腕力觉得特别好，一点也不疲倦。只是手掌上的皮有点坟起了。十时半，舍舟上岸，走了一条的森林大街（Ave. de Bois），沿街坐了许多的人，看人，也被人看。又转到 Henry Martin，在那里等电车。到十一时半才回家。

八月三十一日　（星期三）　晴

夜间颇不能安睡。起床后，梳洗，记日记，已至十时半。到公园看报，走了一周，不觉的已经将十二时了。与元同去吃饭，饭后在 Cluny 咖啡馆坐到将三时才回。本想写《漫郎摄实戈》一文，写了半页，觉得心绪很乱，又放下了，便拿起日记来抄写。七时，到万花楼，与元同吃晚饭。饭后，和杨太太及学昭女士同到喜剧院（Opéra Comique）看《维特》（Werther），戏票前几天已由杨太太替我买好了。座位在三层楼，但还算宽舒可坐。《维特》亦为 Massenet 所编，系依据于德国诗人歌德（Goethe）所著的小说《少年维特的烦恼》者。那个绿衣黄裤的热情少年，活泼泼的现于我们之前。全剧共分四幕，五段；第一幕叙夏绿蒂的家庭及她与维特在月下共话，那时是圣诞节，孩子们正高高兴兴的唱着圣诞歌。维特在清光如水的月下，向夏绿蒂倾泄他的情怀。但夏绿蒂却婉拒道，她已经由母命与阿尔伯（Albert）订婚了。维特很悲苦的失望着。第二幕写阿尔伯与夏绿蒂已经结婚三个月了，他们俩同到礼拜堂去。但维特又追踪而至。夏绿蒂仍婉拒维特的热情。第三幕是在阿尔伯家的客室。夏绿蒂读着维特的来信，心里十分的纷乱而凄楚。正在这时，维特推了门进到室中；他再也抑制不住他的恋情了！他向她热烈的，热烈的表示他的爱情，她还是婉拒着。这天又是一个圣诞节。她进了房门，迷乱的躲在房里。维特推门不进。挣持了一会，他忽然的清醒，另有了一个决心。他匆匆的离了她的家。阿尔伯在这时回来了。跟着来的是一个使者，乃维特差他来借手枪的。阿尔伯叫夏绿蒂把手枪递到来人的手中。夏绿蒂当然明白有什么事要发生。于是她匆匆的披了外衣，赶到维特住的地方去。第四幕第一段开场时，我们看见维特坐在他自己家里灯光下写最后的信，手枪放在桌上。信写完了，他立起来，把手枪抵住胸前。幕布渐渐垂下。第二段的幕布复揭起时，我们见维特已倒在地上。夏绿蒂匆匆的进门。她已经来不及阻止维特的自杀了，她悲戚的扶起他，他微弱的向她

欧行日记

诉说着最后的热情。隐隐的圣诞歌的声音由窗外透进。维特是倒地死了。夏绿蒂惊叫了一声。窗外还隐隐的透进孩子们的歌声。她无力的叫道："维特……一切都完了……"便晕倒在维特的身边了。幕布又渐渐的垂下，全剧是告终了。这当然与歌德的原作，情节略有出入。Massenet 的音乐，在此剧里是异常的紧张而热烈，《漫郎》似乎还没有如此的使人惊动。我自始至终，一点也没有松懈过，紧紧的，紧紧的，为她所吸引。今夜扮维特的是 Kaisin，动作与歌喉都很好。以维特故事作为歌剧的，不仅始于 Massenet，在他之前已有好几种，但在现代，演唱的却是他所编的一种。他的《维特》第一次在一八九二年二月，出演于维也纳，第二年正月，才在巴黎喜剧院出演。散戏后，坐公共汽车回。送杨太太她们回家后，我到了自己的房里，已经是第二天一时了。